L'ANGÉLUS DE MINUIT

DU MÊME AUTEUR
CHEZ POCKET

LE ROI EN SON MOULIN
LE PORTEUR DE DESTINS
LA NUIT DES HULOTTES

GILBERT BORDES

L'ANGÉLUS DE MINUIT

ÉDITIONS ROBERT LAFFONT

ISBN 2-266-06077-5

La Perceval a commencé vers minuit...

Après la soupe, Brutus s'est assis devant le feu. Les flammes mangent une souche de hêtre. Des braises tombent sur la cendre, palpitent et meurent... Brutus se tait. Il pense à tout et à rien. En face de lui, sa vieille mère tremble, cachée dans l'ombre du mur. Mélanie est assise sous la lanterne et raccommode des chaussettes. L'aiguille brillante se plante régulièrement dans la laine épaisse... Dehors, il pleut. C'est comme ça depuis le mois d'avril... Une pluie froide qui détrempe les collines et emporte la bonne terre. Les blés et les sarrasins pourrissent sur pied : ici, le soleil ne brille jamais de trop.

Mélanie bâille, repousse la mèche blanche qui descend sur son front. Elle se lève, pose la chaussette roulée en boule sur le coin de la table, place sa chaise près de la pendule.

– Allez, la mémé! C'est l'heure d'aller au lit.

Elle prend la vieille à bras-le-corps et l'emporte. La mémé ne pèse pas : c'est un paquet d'os et de peau ridée. Seuls ses yeux gardent au fond de leurs trous sombres une lueur contenue. Elle ne parle plus. Peut-être qu'elle ne dort pas non plus. Toute la nuit, sa respiration fait grincer la mécanique de sa poitrine. Ses mains tordues aux veines bleues tremblent sans cesse.

Brutus allume la petite lanterne à pétrole. C'est un homme court sur jambes, trapu. Il a la tête carrée, le front un peu dégarni, les tempes grises. De larges sourcils couvrent ses petits yeux sombres.

La porte grince en s'ouvrant. La nuit a digéré les collines, le ciel touche la terre, l'écrase; le mont Gradis a disparu. Brutus s'éloigne dans le chemin que ses sabots reconnaissent. La pluie martèle un chaudron oublié sous la gouttière. A l'étable, l'homme soulève la lanterne, inspecte une à une ses cinq vaches. Les bêtes surprises tournent la tête vers lui; elles ruminent paisiblement... Il vérifie les attaches des chaînes puis sort. Le vent s'est arrêté quelque part sur le plateau et la pluie tombe, droite et régulière.

Le silence de la maison oppresse Brutus, un poids terrible lui comprime la poitrine. Il souffle la flamme de la lanterne, avance dans le noir. Ses mains effleurent le bord de la table, la cuisinière encore chaude. Son genou gauche touche le banc comme pour s'assurer qu'il se trouve à la bonne place. Voilà le bois lustré de la porte du couloir. A droite, il touche la masse mouvante des vieux manteaux suspendus, entre dans sa chambre et se déshabille rapidement. Le sang lui cogne aux tempes. La nuit l'écrase, lourde du poids de mille montagnes, de tout le ciel, de la pluie. Il a mal partout comme à l'approche d'une maladie. La fièvre pianote sur sa peau. Une angoisse sans raison le torture. Du plancher, le souffle putride de la cave monte jusqu'à sa figure.

Il se glisse entre les draps et reste un long moment sur le dos. La charpente craque. La pluie s'est tue au fond de son chaudron; elle aussi s'est réfugiée dans l'au-delà. Devant ses yeux clos, Brutus voit un visage de femme très brune avec des cheveux abondants qui forment des anglaises.

Tout à coup, l'air bascule. L'ombre se brise en mille éclats brillants qui n'en finissent pas de mourir. Un tintement puissant et bref résonne dans la nuit. Brutus se dresse sur ses coudes. Un frisson glacé le suit au creux du dos. Mélanie se tourne :

– Tu entends?

– Oui.

Ils pensent tous les deux à la même chose. Le tintement n'a duré que quelques secondes mais il vibre longtemps encore dans la tête de l'homme.

– Voilà que ça recommence! dit Mélanie en soupirant.

Brutus cherche son pantalon dans le noir.

– Où tu vas?

– Dehors. Ça résonne là-dedans comme dans le ventre d'un tambour.

– Tu ne vas pas croire ce qu'ils racontent...

– Sûrement pas. Mais ça me suit partout comme l'eau froide que tu me verserais dans le cou.

Dehors, il s'arrête près de la porte et, les yeux

grands ouverts sur la nuit, regarde dans la direction du clocher.

– La Perceval! dit-il entre ses dents.

Oui, la cloche. Couverte de poussière et de rouille. Elle s'est réveillée deux fois déjà. D'abord pendant la guerre. Les Allemands attendaient sur la route de Saint-Merd-les-Oussines, leurs fusils-mitrailleurs pointés vers les maisons. Les hommes du Masselot n'ont pas fait attention : ici, les vieilles choses se mettent parfois à délirer, les rochers se fendent dans un claquement de fouet et les arbres à moitié pourris craquent des jours de suite avant de tomber, vaincus par un petit vent de printemps. Alors, la Perceval... Mais Brutus ne croit pas aux racontars. Il a pensé que quelqu'un s'amusait à lui lancer des pierres. Pourtant, au retour du champ, il a trouvé son Marco étendu dans le chemin, juste devant sa porte, tué par une balle perdue.

L'hiver dernier, elle a recommencé, cette putain de Perceval. Elle a sonné pendant plus d'une semaine. Le jour ou la nuit, lorsque ça lui plaisait... Et la femme de Noirac est morte. Les autres se sont mis à parler... A se souvenir de ce que disaient les vieux. Ils ont évoqué le diable. Brutus s'est mis en colère :

– Toutes vos histoires ne riment à rien! La Perceval, c'est une cloche comme les autres. Une vieillerie! Une marmite où le vent s'amuse à tourner...

Personne ne l'a contrarié. Le vieux Fernand s'est appuyé de sa canne et a tourné vers le clocher son menton sec :

– Que tu dis, Brutus... C'est ton affaire!

Le clocher, c'est une ruine sur un promontoire rocheux qui domine le Masselot. Un amas de pierres et de gravats. Les ronces grimpent sur ce qui servait d'autel et, là où on rangeait les hosties consacrées, les vipères se chauffent le ventre en été. Le curé a dit qu'on pouvait prendre les pierres. Pourtant, Noirac qui a fait construire son étable à moutons l'été dernier n'a pas voulu y toucher. Et la Perceval est restée pendue là-haut.

Personne n'a osé la descendre; d'ailleurs elle finira par tomber toute seule quand la poutre qui la tient sera complètement pourrie. Les vieux qui l'avaient vue vivante disaient qu'elle était noire et que le diable venait y danser sous la lune. Le battant est perdu. Vide, on la croyait muette. Quand elle s'est réveillée, Brutus n'a pensé qu'au vent.

– Et ton Marco, le Brutus?

– Mon pauvre Marco, c'est un de ces gamins qu'on avait enrôlés dans le maquis qui me l'a tué! Il croyait que son fusil était déchargé et le coup est parti droit sur mon Marco. Ta Perceval n'y était pour rien!

Les autres savent qu'il dit ça pour se rassurer. Autrement, ce serait trop grave...

Brutus boutonne sa veste. Un goût de fruit pourri lui gâte la bouche. Il avance dans le chemin un peu plus clair que les murets couverts de mousse. La nuit est épaisse et il ne voit pas les maisons. Un chien enfermé dans une grange hurle à la mort. Par moments, un morceau de lune passe dans une trouée de nuages puis disparaît aussitôt.

Brutus reconnaît les sabots lourds et traînards de Jules Janson. Jules habite près du clocher la petite ferme rouge aux tuiles romaines. Il est grand et maigre. Ses yeux de fouine semblent se moquer des gens et on a envie de le frapper. Sa bouche est trop grande avec des lèvres épaisses.

– C'est toi, Brutus?

– C'est moi, Janson.

– Tu entends?

– Si j'entends...

Cette question! Il faudrait être sourd comme le Bébert. C'est d'ailleurs quand il s'arrête, ce tintement, qu'on y pense le plus! Janson ondule comme un arbre qui aurait poussé trop vite et trop haut. Brutus devine le clair de ses yeux.

– Faut voir Noirac.

– Qu'est-ce que tu veux qu'il y fasse?

Pourtant, Brutus lui emboîte le pas. Janson traîne ses sabots sur les cailloux du chemin que la pluie a nettoyés. Il est voûté. Sa tête osseuse semble trop lourde pour son cou maigre.

Chez Noirac, c'est en bout de hameau. Les autres sont déjà là. Enfin, quelques-uns : le vieux Fernand qui se promène toutes les nuits, Louis et son père, Baptiste. Fernand a quatre-vingts ans. Son menton pointu est piqué de barbe blanche. Il marche courbé en s'appuyant sur sa canne, la tête plus basse que les épaules. Ses lèvres bougent dans un continuel mouvement de mastication. L'âge lui a redonné une taille d'enfant. Il ne travaille plus, il s'amuse, penché sur sa terre noire, la griffe, l'agace pour qu'elle lui cède son peu de vie. Il cultive quelques choux, un carré de sarrasin, une pièce de seigle qu'il moissonne à la faucille. Cela suffit pour le nourrir... Comme il ne peut plus soulever le grand fléau, Brutus lui a donné celui qu'il avait fabriqué à Marco pour ses dix ans, un jouet.

Louis Caut s'est assis. Ses os ne peuvent pas soutenir le fardeau de sa graisse. Son crâne chauve a la forme d'un obus. Baptiste, son vieux père, est resté debout à côté de lui, maigre, pareil à ces insectes durs dont les larves sont quatre fois plus grosses que l'adulte. Inquiet, il regarde la nuit par la porte restée ouverte.

Jean Noirac attend que les hommes se soient rassemblés chez lui, sûr de son affaire. Il est debout sur le perron de granit; ses cheveux blancs se voient dans la nuit. Il sait que tous les chemins secrets du Masselot conduisent ici et que Brutus n'y peut rien. Sa servante se tient à côté de lui, une Aline Combes, de Saint-Merd-les-Oussines, qui doit avoir vingt-cinq ans... C'est Brutus qui parle le premier :

– Vous n'allez pas vous faire du mauvais sang... C'est qu'une cloche!

– Alors, pourquoi que tu t'es levé, le Brutus? questionne Louis en s'essuyant le front avec un immense mouchoir à carreaux noirs et blancs. Pourquoi que t'as pris le chemin pour venir ici à cette heure où tu n'entends même pas une chaîne dans les étables? Dis-le, Brutus, toi qui es si fort!

– Je suis monté parce que je ne dormais pas! Et que je savais que vous étiez là à trembler.

– Faut voir la Nerrine! dit Fernand en ouvrant sa bouche édentée comme un poisson hors de l'eau.

– La Nerrine? T'y penses pas? dit Noirac en passant la main dans ses cheveux qu'il coiffe soigneusement. Tu as vu ses yeux qui te reprochent de vivre? Tu as touché ses mains qui te brûlent? Tu l'as entendue parler avec ses mots qui entrent en dedans de toi et te mordent? Tu veux aller voir cette vipère?

– Oui, je veux aller la voir parce que la Nerrine connaît ces choses qui sont derrière le bruit et derrière le visible. La Nerrine soigne le feu et le gel des pieds... Ce n'est pas parce que tu ne t'entends pas avec elle, Noirac, qu'on va rester là à attendre le malheur que nous annonce cette cloche. Moi, j'irai seul, si les autres ne veulent pas me suivre...

– Et le curé? Tu ne crois pas qu'il est mieux placé que la Nerrine pour cette vieille église?

– Le curé? C'est bien une idée à toi! Qu'est-ce que tu veux qu'il dise avec ses airs supérieurs? Tu vois Baugue monter se déchirer la soutane aux ronces du sentier? Le Baugue qui marche droit comme un cierge et te regarde de haut? T'as vu ses yeux qui te font aussi mal que des lames? Baugue, c'est pas un curé comme on en avait dans le temps!

Brutus tend la main :

– Vous en dites des mots pour rien! Vos bouches tournent comme des moulins... Les autres fois, elle s'est arrêtée toute seule, la Perceval. Et elle fera pareil...

Janson a des mains énormes. Il les ouvre devant Brutus, sa tête se balance sur son cou maigre :

– Ça se voit que tu ne t'en rappelles déjà plus, le Brutus. Et ton Marco? Et la pauvre Marine, hein? C'est à qui le tour maintenant? A moi? A toi?

Une rafale de vent s'engouffre par la porte ouverte. La Perceval se réveille : trois coups réguliers qui n'en finissent pas de vibrer.

– Vous entendez? Elle nous rappelle à l'ordre, cette bestiole. On a beau savoir que c'est une cloche...

– Comme si quelqu'un nous sonnait l'angélus... Mais qui? Hein, qui? Tu le sais, toi?

Ils se regardent. Aline, la bonne de Noirac, serre son grand gilet sombre sur ses seins. Ses yeux très noirs, tirés à l'arrière, montrent un large front clair.

– Je dis qu'il faut prendre l'avis de la Nerrine! insiste Louis qui s'essuie de nouveau le front.

– Vous me faites rigoler avec vos histoires de l'ancien temps! tranche Brutus. Moi, je n'y crois pas! C'est le hasard s'il est arrivé des malheurs, les autres fois. Le hasard, rien de plus... Ce bruit... Tiens, je vous dis, c'est le vent qui tourne dedans votre Perceval et qui la chatouille. Maintenant, on a assez raconté de bêtises. Je vais me coucher!

– Le vent? ricane Janson. Qu'est-ce que tu racontes? Le vent! Et tu ne le sens même pas sur la figure...

– Il passe au-dessus des maisons... Tu ne l'entends pas, là-haut? Un grand vent tranquille... Un vent de plateau qui prend son temps d'aller vers le bas pays. Un vent pas pressé, comme toi le dimanche quand tu vas te promener dans tes champs.

– Le vent qui secoue la cloche pour la faire sonner? Mais Brutus, elle n'a pas de battant...

Brutus disparaît dans l'ombre du chemin. Baptiste, le père de Louis, s'étonne :

– Il n'est plus comme avant, le Brutus... Depuis qu'il a mis cette femme dans son moulin, tu dirais qu'il regarde autour de lui pour la chercher... Tu croirais qu'il a toujours la tête tournée vers le bas du village et qu'il l'attend! Et si tu le contraries, il te montre les dents comme un chien enragé... Je me demande ce qui lui arrive! Brutus, d'ordinaire, c'est pas un homme comme ça! Il marche droit et ne perd pas son temps à regarder de côté...

Ce matin, la Perceval se tait, noire sous les nuages gris. Brutus s'arrête sur le pas de sa porte. La pluie a cessé, laissant la place à une ouate de brume qui noie le pays tout entier.

Les autres l'attendent chez Noirac. Fernand mastique sa langue, le menton pointé vers l'escalier. Janson sautille d'une jambe sur l'autre; il a oublié son béret et ses cheveux gris sont agglutinés en épis désordonnés. Il se mordille les doigts.

– Tu n'entendrais rien, ce matin! dit-il comme pour lui-même. Ni un pinson qui viendrait manger les bourgeons tendres du poirier. Ni une poule qui chanterait sur son œuf!

– C'est la brume qui étouffe tout! répond Brutus. Je vous avais bien dit que cette cloche allait s'arrêter toute seule. On ne l'a plus entendue!

– Tu parles encore, Brutus! dit Fernand de sa voix cassée. A croire que tu n'as que ça à faire! Tu parles tout le temps, mais je ne suis pas certain que tu saches ce que tu dis...

– Fernand, tu ferais mieux de te taire et d'aller

mettre tes chèvres au pré. Elles tirent sur leurs chaînes comme des malheureuses...

Comme d'habitude, Noirac a attendu que tout le monde soit là pour sortir. Il a volontairement oublié son chapeau pour ne pas cacher ses cheveux blancs dont il est fier.

– On y va?

– Vous me faites bien rigoler! dit Brutus. Tous rassemblés là, comme des brebis... Hier au soir, la pluie tombait dans un chaudron. Et ça faisait un raffut de tous les diables. C'est pas pour ça que j'ai pensé à une calamité.

– On y va! dit le gros Louis qui sue malgré la fraîcheur de l'air.

Les voilà partis, Noirac en tête. Fernand s'appuie sur sa canne et n'arrive pas à suivre. Louis marche les bras écartés en se dandinant. Sa bedaine est soulevée par une respiration rapide.

– Tiens, pourquoi que tu nous suis, le Brutus? questionne Fernand.

– Parce que j'ai honte pour vous!

Fernand a un petit rire haché... Les nuages touchent les arbres, les maisons, le clocher. Les hommes se taisent jusqu'à la maison de la Nerrine dont ils devinent la forme écrasée. C'est une bâtisse délabrée, les murs perdent leurs pierres, il manque des ardoises sur le toit couvert de mousse, mais la Nerrine s'en contente : elle n'en a pas toujours eu autant... La voilà justement qui remonte de son pâturage en s'aidant d'un bâton. Sa maigreur fait ressortir la bosse qui casse son dos. Elle n'a pas d'âge. Servante à huit ans, boiteuse, personne ne s'est jamais occupé d'elle. Quand ses patrons n'en ont plus voulu, elle est montée au Masselot et s'est installée dans une cabane de berger abandonnée. Et puis, elle a acheté cette maison avec le pré et le champ voisins.

Le Drôle est né juste avant la guerre. On n'avait jamais vu la Nerrine avec un homme, pourtant, un soir, la vieille Lidoune qui habitait un peu plus bas sur le chemin des Gouttes est venue chercher Brutus : la bossue accouchait seule dans l'étable des chèvres. Brutus a envoyé sa belle-mère qui était encore valide. Il se souvient toujours de ce bébé lavé dans le chaudron des cochons, grimaçant, ridé. Ce rat a poussé et c'est maintenant un solide garçon. Tout le monde l'appelle le Drôle. Quand il chante et que sa voix claire monte au-dessus du Masselot, le soleil luit au fond des cœurs, chaud et bon. Il rit toujours, heureux de vivre. C'est le grand copain de Brutus qui lui donne souvent une cigarette ou un verre de vin.

Quand elle voit les hommes attroupés devant sa porte, la Nerrine s'arrête. Noirac fait un pas vers elle :

– Le bonjour, la Nerrine. C'est pas un temps bien gai qui nous amène!

– Ça tu peux le dire, le Jean Noirac. C'est pas un temps de soleil. Cette pluie va tout pourrir. Il ne nous restera rien. Mais je vous vois tous là...

– Dis-nous, la Nerrine, toi qui as des secrets... L'as-tu entendue la Perceval?

– Si je l'ai entendue!... Toute la nuit! Et, dès que

je fermais les yeux, c'était comme si elle me mordait aux talons, la chienne.

– Qu'est-ce que tu en penses, toi?

– Tu voudrais que j'en pense quoi? Enfin, le Pierre, tu peux me dire pourquoi tu es monté jusqu'ici? Que veux-tu que je dise? Que la Perceval nous apporte le malheur? Tu crois que j'en sais quelque chose? Moi, je sais poser les mains, c'est tout.

Jules Janson se cache derrière Brutus. Une grêle de rire hoquette au fond de sa gorge. La Nerrine a croisé les bras et s'est appuyée sur sa jambe solide.

– On est simplement monté te demander ton avis. Et voilà que tu t'étonnes...

– Mon avis? Et si je pouvais faire quelque chose aussi!... Hein, Jean Noirac, tu as encore peur qu'elle te prenne quelqu'un, la Perceval, maintenant qu'elle t'a pris ta Marine!... Tu as peur pour l'autre, celle que tu as achetée à son père... Méfie-toi! Tu penses à la cloche et tu ne sais pas regarder autour de toi. Tu ne penses qu'à toi!

– Qu'est-ce que tu me racontes là?... Tu déraillles, la Nerrine?

– Non. Je ne déraille pas. Je sais que les autres jours, tu passes à côté de moi sans me regarder. Et ce matin, parce que la Perceval a fait un peu de bruit, tu as peur. Tu as peur pour toi... Je veux parler à Brutus. Lui, il ne tire pas les oreilles au Drôle comme tu l'as fait l'autre soir.

– Mais ton Drôle m'a dit une grossièreté... Ça lui rend service de lui tirer les oreilles. Faut bien lui apprendre la politesse!

– Il la connaît mieux que toi, la politesse! Je sais que mon Drôle ne t'a pas dit de grossièreté!

Noirac cherche autour de lui un signe approbateur mais personne ne le regarde. Il avale sa rage, se passe nerveusement la main dans les cheveux. Brutus, qui s'est tu jusque-là, explose :

– Vous me cassez les pieds tous à pleurer! Moi, je m'en vais à la maison!

– Non, Brutus, tu vas m'écouter! dit la Nerrine.

Brutus fait demi-tour. Janson renifle, un filet huileux coule de son nez. Il l'essuie rapidement avec la main. La brume se lève par endroits et laisse voir le tronc des pommiers voisins. La cheminée de la Nerrine apparaît, pendue dans les nuages.

– Tu vas pas me dire que tu y crois, toi, à ces bêtises, la Nerrine? C'est vrai que le malheur était là, les autres fois que la Perceval s'est mise à sonner toute seule. Mais puisque c'était le vent...

– Je sais ce que tu penses, Brutus. Et tu as peut-être raison. A cause de ton gars, le Marco. Tu as encore mal et tu voudrais crier! Je sais aussi que tu voudrais montrer le poing à tout le monde, mais écoute-moi, c'est pas si simple! La cloche, tu as raison, c'est un peu de bronze couvert de poussière. Pourtant rien n'empêche le diable de s'en servir. Le battant, c'était la langue avec laquelle la Perceval disait la joie ou la tristesse, le carillon du mariage ou le tocsin de la guerre. Maintenant, elle gémit sans langue, un bruit creux, ni gai, ni triste. On ne peut pas savoir ce qu'elle raconte, ni si c'est bon signe!

– Mais enfin! ose Brutus. Toi aussi, tu te mets à croire ces histoires de vieux? Tu l'as dit, la Nerrine, la Perceval, c'est du bronze et rien de plus. Moi, j'y crois pas, à ton diable! Je crois à ce que je touche, à la terre froide qui me gèle les mains, aux rochers qui montent du cœur du champ et qu'il faut enlever avant de semer le sarrasin. Je crois que le malheur, c'est une bête sans yeux, sans nez. Il tombe partout, chez moi, chez toi, ailleurs... Il tombe parce que plus rien ne le retient pendu au-dessus de nos têtes. C'est comme un dé qui s'arrête sur un as ou un autre numéro.

Janson rit franchement. Louis Caut l'entend et se racle la gorge en guise de protestation.

– Tu te crois trop fort, Brutus! Tu crois que tu vas tout dominer parce que tu portes un sac de cent kilos sans broncher et que tu retiens un taureau furieux. C'est pas de cette force-là que je voulais parler...

– Parlez de ce que vous voulez! répond Brutus. Moi, je vais à la maison!

Il s'éloigne, les mains dans les poches. Il pense à Marco étendu devant sa porte. Le sang coulait à gros bouillons et durcissait sur la poussière en racines noires. Une seule balle avait suffi pour faire basculer le monde, la minuscule pression d'un doigt inexpérimenté sur une languette de fer... Le diable n'avait rien à voir là-dedans. C'était beaucoup plus simple et plus terrible aussi.

La brume se disloque en grumeaux épais et, par moments, un peu de soleil jaunit la lande. Énorme entre ses murs, la Perceval se tait. Un silence lourd d'un bruit contenu qu'on imagine et qu'on entend au fond de soi. Brutus rentre chez lui et va s'asseoir près du feu qui pétille sous un chaudron. Il roule une cigarette et fume. La mémé est calée entre ses coussins. Mélanie va et vient. De temps en temps, elle repousse sa mèche blanche qui descend sur ses yeux.

– On avait cru que c'était fini et voilà que ça recommence! dit-elle sans s'arrêter.

– Bien sûr, répond Brutus. Le vent s'est levé. Il suffit d'une branche cassée qui est tombée dessus et qui bouge. Ça tape et voilà... Moi, j'ai autre chose à faire. Je vais monter sarcler les pommes de terre qui sont recouvertes de chiendent!

– C'est peut-être du beau temps... J'ai vu que le vent avait tourné.

– Cette année, tu ne saurais pas! constate Brutus. Le vent est du bon côté et pourtant, il pleut quand même...

Le chien dresse les oreilles. On tape à la porte. Brutus crie : « Entrez. » Pour s'occuper les mains, il a pris les pincettes et approche des braises un tison qui a roulé sur les cendres. L'étrangère entre. Mélanie la regarde, les mains levées comme un chat près de bondir. La femme approche de la table. C'est une bohémienne à la taille fine des danseuses de foire, les cheveux abondants, la peau mate. Rien d'honnête : les femmes d'ici ne serrent pas leur ceinture comme ça. Elles sont épaisses, solides, et ne regardent pas les hommes avec ce rien d'espiègle qui donne des idées. Elle a pleuré. Ça se voit à ses joues humides, à son regard rouge.

– Qu'est-ce que vous voulez encore? s'écrie Mélanie, renfrognée.

Brutus jette son mégot.

La femme soupire et baisse les yeux. Brutus la regarde par-dessous ses grands sourcils. Mélanie a compris. Elle ouvre le tiroir de la table et tend une demi-tourte.

L'étrangère prend le pain, remercie et sort. Sa jupe est légère autour de ses mollets... Mélanie vide l'eau bouillante du chaudron dans le seau des cochons à moitié rempli de pommes de terre cuites. Elle retrousse ses manches et plonge ses mains dans le liquide pour écraser les légumes.

– Toujours à mendier, celle-là. Brutus, pourquoi que tu l'as ramenée? On n'avait pas besoin d'elle!

Il ne répond pas. Le feu s'éteint sous les cendres. La mémé a disparu dans l'ombre perpétuelle du mur, derrière la cuisinière.

– Tu entends, Brutus, pourquoi que tu l'as ramenée, cette mendiante? Tu vas lui dire de s'en aller et qu'on ne la voie plus jamais... Elle porte malheur. Je l'ai vu dans ses yeux trop grands qui changent de couleur avec le temps.

Brutus sort. Le soleil luit dans les flaques. En lui, ça marmonne et ça chante. Comment oublier?... Le brouhaha d'une foire... Des gens attablés devant du salé et de la soupe chaude... Il y a là les paysans des alentours, qui n'ont pas souvent l'occasion de faire bombance. Ils s'entassent dans ce bistrot gris et bavardent en buvant du vin. Ils ont la voix forte de ceux qui s'adressent plus souvent aux bêtes qu'aux hommes. Les verres défilent et ils reculent la casquette à l'heure des confidences et de cette douce ivresse qui les comble. Brutus est au milieu. Content. Il a vendu son veau un bon prix et écoute, silencieux, ces discours, ces prières au soleil qui ne vient pas... L'étrangère arrive... La robe fine ne cache rien de ce corps, le ventre plat, les seins superbes, les hanches rondes. Elle passe entre les tables pour demander une pièce. Des mains caressent les fesses offertes et se donnent pour cinq francs de plaisir devant tout le monde. C'est fait exprès, la femme leur sourit... Tout à coup, ses yeux rencontrent ceux de Brutus. Elle s'arrête. Brutus entre dans ce regard comme s'il l'avait cherché depuis toujours et que là, dans ce bistrot, il le reconnaissait. Un liquide tiède coule en lui. Il ne pense plus à rien. Pour un temps, l'agonie de Marco a quitté son esprit. Le voilà un autre, un Brutus ancien qui n'osait plus montrer le bout de son nez. Celui de ses vingt ans, d'avant la guerre, d'avant Marco. Il demande :

– D'où tu viens?

Elle répond sans sourciller, ses yeux fixant toujours ceux de Brutus :

– Suis-moi...

Il ne bouge pas. Il reste là et boit encore quelques verres. Le liquide aigre répand en lui tant de bien-être qu'il n'a pas encore envie de partir. Mais quand il sort du bistrot, la femme est devant la porte avec ses deux filles. Brutus n'en est pas étonné.

– Eh bien, le Brutus, qu'est-ce qu'il t'arrive?

C'est Gustave, Gust pour tout le monde, le voisin de Margot Boilaut, des Failloles. Un petit homme rouge de figure qui pousse à l'arrière sa casquette de toile comme pour mieux voir.

– Qu'est-ce que tu veux qu'il m'arrive, Gust?... Va donc à tes affaires et laisse-moi aux miennes!

Gust n'insiste pas. Il court raconter tout ça à Margot, la sœur de Mélanie. Il est à son affaire; parler des autres l'occupe une partie de la journée et pour une fois qu'il a quelque chose à dire... Chez lui, il ne prend même pas le temps de changer de pantalon. Le voilà chez Margot.

– J'étais venu voir si tu pouvais me prêter ta grande faux, celle que ton René savait si bien affûter...

Margot est une grosse femme. Elle a une figure d'homme et quelques poils au menton qu'elle néglige d'arracher depuis que René est mort.

– Prends-la donc, Gust. Mais je te vois tout fier... Tu veux faucher avec tes habits de la foire?

– M'en parle pas... J'ai tellement eu de presse que je n'ai pas trouvé le temps de me changer... Mais au fait, ton beau-frère, le Brutus, il en a trouvé une belle!

– De quoi tu veux parler, le Gust?

– Je veux dire qu'il s'est mis à l'arrêt devant une bohémienne, comme un chien devant la bécasse. A croire qu'il a perdu la tête!

Margot n'aime pas les ragots. Seule dans sa ferme des Failloles, elle n'a pas de temps à consacrer aux commérages.

– Gust, tu prends la faux et tu t'en vas chez toi. Les affaires de Brutus et de la Mélanie, ma sœur, ne me regardent pas! Tu as compris?

Bien qu'elle ne le montre pas, cette nouvelle tracasse Margot toute la journée. Elle a beau s'occuper, ses pensées reviennent toujours à Brutus et à la bohémienne. A la tombée de la nuit, elle change de tablier et monte au Masselot. Brutus n'est pas là et Mélanie s'étonne de la voir arriver à cette heure. Margot parle un moment de tout et de rien puis de la bohémienne :

– Ton Brutus a ramené une femme? On vient de m'en avertir... Et tu laisses faire? Paraît qu'il l'a promenée devant tout le monde à la foire...

Mélanie ne bronche pas. Elle serre ses lèvres fines et dit d'un ton cassant :

– Je te respecte, ma sœur aînée... Je sais que tu as eu du malheur à la mort de ton René. On a eu notre part aussi, avec Brutus, mais si c'est pour ça que tu es montée, fallait rester chez toi. Brutus, c'est pas un homme qu'on emmène par la main. Il connaît son chemin et le suit sans s'occuper de ce que disent les autres.

– Si tu le prends comme ça...

– Oui, je le prends comme ça!

– Écoute, Mélanie, fallait pas en faire une histoire! Je te disais ça parce que ça me venait à la tête...

– Tu ferais bien de t'en aller avant que Brutus ne soit là. Ça pourrait peut-être chauffer!

Margot n'insiste pas. Elle remonte sur son vélo et se laisse emporter par la descente jusqu'aux Failloles en maudissant Gust et Brutus.

Quand Brutus sort de la grange, les autres arrivent chez Noirac. Du ciel tombe une lumière froide qui enlève tout relief aux arbres et aux maisons. Les hommes se sont arrêtés dans le chemin. Brutus les rejoint :

– Je m'en vais sarcler mes pommes de terre! dit-il. A se regarder toute la journée pour rien, ça ne fait pas le travail.

– Puisque tu es si fort, le Brutus, dit Louis Caut, pourquoi que tu n'y montes pas, sur le clocher? Après, on serait tranquilles!

Brutus les regarde tour à tour. Louis a un air de défi. Noirac qui dépasse tout le monde de sa tête blanche ne baisse pas les yeux. Fernand mastique sa langue.

– Janson, apporte ta grande échelle!

Brutus passe le premier. Janson entre chez lui chercher son beau-frère, Bébert, qui est sourd-muet. A eux deux, ils portent l'échelle dans le sentier qui conduit au clocher. Brutus leur dit de la dresser contre le mur.

– Si vous vous laissez faire, vous finirez par vous tasser dans vos maisons comme des rats. La peur vous mange!

Noirac ne relève pas ces paroles vexantes. Il regarde le sommet de l'échelle et, au-dessus, la Perceval qui cache un morceau de ciel.

– Alors à qui? demande Brutus en montrant les barreaux.

Janson tourne la tête, les yeux ailleurs. Bébert, qui n'a pas entendu la cloche, s'est rassemblé en boule comme un chien qui redoute le coup de pied et se traîne contre les jambes de Brutus. Noirac ne dit rien. Les autres savent qu'il a le vertige : une main de fer qui s'accroche à son dos pour le pousser en bas. Il ne peut même pas monter sur sa charrette de foin sans avoir la tête qui tourne.

– Tirez-vous de là! dit Brutus.

Il ajuste sa casquette sur sa tête ronde. Les lèvres pincées, il regarde la cime de l'échelle, empoigne les barreaux, se hisse lentement jusqu'aux pierres plates qui forment un promontoire. Là, il coince ses pieds sur le rebord et regarde en bas. Les autres lèvent la tête. Bébert s'est éloigné.

La Perceval est attachée à une poutre de chêne crevassée de profondes saignées. Au-dessus, d'énormes pierres plates retiennent des tonnes de maçonnerie. Brutus frappe du plat de la main le bronze qui se met à chanter. Un tas de débris indique un nid d'oiseau de nuit, chouette ou, plutôt, hibou. Brutus pousse le tout par terre.

– Je vous l'avais dit, c'est le vent! crie-t-il. Le vent du plateau qui fait bouger cette branche. Et elle tape comme un battant! Voilà! Ce n'était pas plus compliqué! Elle ne sonnera plus, maintenant. Vous pouvez être tranquilles!

Il descend et laisse les autres se débrouiller avec l'échelle. Au bas du sentier, il longe le ruisseau puis passe devant le moulin. L'étrangère est devant la porte et lui sourit.

– Merci pour le pain! dit-elle.

Son sourire lisse ses lèvres un peu épaisses.

– Ce n'est rien! répond Brutus en baissant les yeux. Rien du tout!

Il ne voudrait pas s'en aller. Il se voudrait arbre ou pierre pour rester là, mais ses pas l'emportent et il n'ose pas se retourner. Un peu plus loin, le Drôle sort de la haie. Il a des joues rondes et des yeux clairs pleins d'admiration pour Brutus. C'est un animal sauvage qui voit tout, sait tout, peut se faufiler partout. Il glisse sa main humide entre les doigts de Brutus, l'autre main au fond de sa poche serre un petit couteau au manche en corne que l'homme lui a donné. Ils marchent ainsi sans parler, le cœur rempli de quelque chose qui n'est pas de la joie ni de l'amour mais un peu les deux à la fois.

Brutus apporte une boule de foin à la vache qu'il va traire. Il approche un tabouret à trois pieds, s'assoit, une casserole à la main. Le lait sonne contre le fer-blanc, un bruit régulier, net, à l'image de Brutus. Mélanie surveille un petit veau qui tète sa mère. La porte est fermée sur la nuit et il fait bon dans cette petite étable baignée de lumière jaune.

– C'est pour ici le malheur! dit tout à coup Mélanie. Je le sens autour de moi qui me serre dans sa toile d'araignée!

Surpris, Brutus lève la tête. Le lait se tait dans la casserole.

– Qu'est-ce que tu racontes, là?

– Je ne sais pas... Mais la nuit, je me réveille et j'ai froid. Je tremble. Mon sang est gelé dans mes bras. Et mon cœur bat pourtant si fort qu'il me fait mal. Je te dis, c'est pour ici.

Entre eux, ils ne parlent jamais de Marco même s'ils y pensent tout le temps, chacun de son côté.

– Tu ne vas pas faire comme les autres? Raconter n'importe quoi parce que le vent tourne dans une vieille cloche! Tu ne vas pas me dire que toi, ma Mélanie, tu crois à ces sornettes?

– Ce ne sont pas des sornettes, Brutus. Toi, tu viens d'ailleurs, tu viens de Madranges, alors, tu ne peux pas comprendre ce qui se passe sur le plateau. Des choses qui t'étonneraient... Et ce que disaient les vieux te fait rire... La Perceval, c'est la cloche du diable. Ça, tout le monde le savait avant. C'est pour ça qu'ils ne l'ont pas prise pendant la guerre de 14 pour faire des canons. Ils ont pris toutes les autres, mais pas la Perceval, mon Brutus. Parce que les vieux savaient...

– Cesse de m'énerver avec tes histoires de femme! La Perceval, c'est une cloche comme les autres. Fondue par des hommes. Moi, je l'ai touchée cet après-midi et elle ne m'a pas mordu!

Mélanie tire le veau par l'oreille et le pousse jusqu'au réduit du fond de l'étable où elle l'attache. Le lait sonne de nouveau contre la paroi de la casserole.

– Et puis cette femme que tu gardes ici... Cette étrangère qui a des yeux de serpent et qui va mettre la brouille dans le pays... Tu comprends, mon Brutus? Le diable peut avoir toutes les apparences.

– J'ai ramené cette femme parce qu'elle n'avait pas de toit pour faire dormir ses filles. Voilà! Je lui ai prêté le moulin en attendant qu'elle trouve autre chose. Alors qu'est-ce que tu vas t'imaginer?

Il a parlé sans lever la tête et sans s'arrêter de traire.

– Tu n'as pas vu ses mains longues et fines? Des mains qui ne connaissent pas grand-chose au travail honnête. Et ses robes qui laissent voir ce qu'une femme de bien doit cacher... Je te dis, Brutus, elle aussi apporte le malheur au Masselot.

– Arrête de dire n'importe quoi!

En parlant, il a pincé la tétine. La vache piétine. Brutus laisse éclater la colère qui monte en lui. Il s'empare d'un bâton et frappe la bête qui tire sur sa chaîne. Plus il tape, plus il a mal en lui. Les larges palmes des toiles d'araignée ondulent. La vache roule de gros yeux blancs terrifiés. Mélanie prend le seau de lait et ouvre la porte.

– Je vais faire chauffer la soupe! dit-elle. Te retarde pas trop!

Brutus pose son bâton et s'assoit sur un tas de paille. La nuit lui apporte les bruits du plateau. Tout est calme. Des odeurs d'herbe mouillée rappellent le printemps. La lune se lève au-dessus des sapins de Noirac et dessine le clocher et la Perceval, énorme et silencieuse.

Brutus nettoie ses bottes dans l'herbe du fossé, souffle la lanterne et rentre. Calé sur le banc de la cheminée, il touche les tisons du bout des pincettes. Les flammes jaunes éclairent les rides de sa mère. Mélanie prend un bol de soupe fumante qu'elle avait mis à refroidir sur la table, s'assied près de la vieille. Elle souffle sur la cuillerée avant de l'enfoncer dans le trou de cette bouche toujours ouverte. Les rides s'animent. La peau des joues se froisse.

– Le vent a tourné! dit Mélanie. Ça nous donnerait une gelée cette nuit que ça ne m'étonnerait pas...

– Faudrait pas... Les blés sont gorgés de sève.

Après la soupe et le fromage, Brutus roule une cigarette.

– Je vais à l'étable. La Rougette a passé son temps depuis vingt jours. Faudrait pas qu'elle nous fasse le veau cette nuit!... Une génisse... Tu devras peut-être venir m'aider quand tu auras couché la mémé...

Il allume la lanterne. La nuit est moins sombre que d'habitude. Un peu de lumière court au ras du sol. Brutus voit nettement le chemin et les murets de chaque côté. Un vent léger coule au-dessus des toits, d'une colline à l'autre; c'est le vent semeur de désordre, renverseur de blé et porteur de gel, le vent du nord.

Tout à coup, Brutus sursaute : plusieurs tintements venus du clocher remplissent la nuit. Un moment incrédule, il finit par penser que le hibou doit reconstruire son nid et qu'il a remonté la branche. Cette explication le rassure. Il reprend sa marche, fait un détour pour ne pas passer devant la fenêtre du moulin où vacille la faible lueur d'une chandelle.

Au pré, il se dissimule contre la haie. Pourquoi est-il descendu au lieu d'aller à l'étable comme il l'a annoncé à Mélanie? Pour la cloche? Il s'assoit; son chien se couche contre ses jambes et, tous les deux, ils restent ainsi longtemps, très longtemps.

La lune sort des hêtres de Noirac, une lune ronde et froide qui déverse des flots de lumière. L'ombre du moulin s'allonge sur la lande. Près du chemin, le ruisseau se tait à cette heure. Il ne fait pas froid :

le gel ne viendra que demain au lever du soleil... Brutus tire lentement sur sa cigarette. De sa place, il voit la vague silhouette de l'étrangère passer derrière les vitres.

Une voix claire monte entre les collines. C'était elle que Brutus attendait! Cette voix, il la reconnaîtrait entre toutes, c'est celle du Drôle. L'enfant a un violon dans la gorge. Quand il chante, les herbes mouillées se mettent à scintiller. Le Masselot reçoit du soleil plein ses murailles. Même le clocher resplendit. Dans sa maison encombrée de vieilleries, Fernand oublie ses quatre-vingts ans et pleure de bonheur. Brutus est aussi à la fête. Il ose à peine respirer et le chien lui lèche la main. La pluie, le froid qui risque de détruire les seigles en fleur, plus rien n'a d'importance que le bonheur intense d'écouter ces notes transparentes et pures, cette mélodie parfaite. L'air frais sent la menthe et le regain. Brutus est transformé en pierre...

Il se dresse soudain. Le chien hérisse le poil et grogne. L'homme le retient de la main. Là, dans le pré en pleine lumière, à moins de dix mètres de lui, l'étrangère avance. La voix l'enveloppe, l'invite à la danse, l'appelle, la tire. Et la femme cède au démon séduisant, cabriole sur l'herbe sombre. Elle tournoie, légère, sur la pointe des pieds, lance ses jambes; ses cheveux dansent aussi, ponctuent les accents de cette romance en patois dont Brutus n'écoute pas le sens. Et cela n'en finit pas... Il n'y a pas une femme dans ce pré, mais dix, cent femmes qui dansent sous la lune.

Une autre silhouette sort du fossé. Brutus reconnaît Janson à ses épaules maigres, son pas incertain. La lune éclaire son visage osseux, luit sur ses grosses lèvres humides. Il avance vers l'étrangère, ses larges mains sales ouvertes devant lui. Des pinces de crabe prêtes à se refermer sur leur proie. La femme le voit, recule, les griffes en avant. Elle fait demi-tour puis court à toutes jambes en direction de Brutus, s'accroupit près de lui. Janson n'insiste pas et s'éloigne. La chanson du Drôle s'est arrêtée. Alors, la lune se cache derrière un gros nuage, la nuit redevient sombre et triste. Le vent du nord rappelle le gel. L'étrangère soupire. Brutus sent son corps tiède bouger contre son épaule.

– C'est le Drôle! dit-il. On ne sait pas d'où il vient. Sa mère est bossue et boiteuse; pourtant, il a un rossignol dans la gorge. Personne ne lui a jamais appris à chanter. C'est un don... Je vous ai vue danser...

– Avant, je dansais dans les foires...

– Vous saviez que j'étais là?

– Oui. Je vous ai vu de la fenêtre quand vous vous êtes assis. La lune s'est braquée sur vous tout d'un coup. Et j'étais contente. Quand j'entends cette voix, j'ai envie de danser... J'ai aussi entendu la cloche. On dirait un oiseau qui la griffe. Ou bien le diable qui nous avertit de quelque chose.

– C'est le vent ou l'oiseau! tranche Brutus. J'y suis monté.

– Je sais.

– Dans les foires, vous dansiez devant les hommes?

– Devant ceux qui payaient pour me voir.

– Dans une roulotte?

– Oui. Dans une roulotte. Ce soir, c'était pour vous seul. L'autre est arrivé, mais je n'ai pas eu peur parce que je savais que vous étiez là.

– C'est Janson. Un gars qui s'en va de travers comme une écrevisse. Un jour, je l'étranglerai.

– J'ai grandi dans une roulotte! poursuit l'étrangère. D'un village à l'autre et loin des maisons parce que les gens nous chassaient. C'est vrai qu'on volait quelques poules... Les hommes fabriquaient des paniers en osier et nous, les femmes, on allait les vendre. On chantait autour du feu. La nuit, on dormait tous ensemble.

– Et pourquoi vous avez arrêté?

– Pour rien. Je ne veux pas en parler!

– Et vos filles?

– Mes filles dorment dans le moulin. Je ne veux pas qu'elles suivent les foires. Je veux qu'elles grandissent et que, plus tard, elles trouvent chacune un homme, un de ces paysans d'ici qui n'ont pas la bougeotte et vivent d'un travail honnête.

– Mais pourquoi êtes-vous venue sur le plateau? Ici, la vie est dure. Elle vous écrase, vous malmène! Fallait aller dans le bas pays. Là-bas, les pommes de terre sont déjà grosses dans les champs...

– C'est un homme qui m'a tirée de leurs griffes. Un homme bon et fort et en même temps aussi incertain qu'un tout petit enfant. Il porte quelque chose de trop lourd pour ses épaules grêles. Il porte son Dieu à bout de bras et vous le jette à la figure comme une volée de pierres. Peut-être parce qu'il l'aime trop et ne se sait pas digne de le servir... Et vous, pourquoi m'avez-vous ramenée ici?

– Pour rien. Pour vous rendre service.

L'étrangère frissonne. Le vent qui vient du plateau a fraîchi. Elle se lève :

– Je rentre. Il commence à faire froid.

Brutus entend son pas s'éloigner. Il pense à cet homme qui porte son Dieu à bout de bras. Un curé?

L'outil s'abaisse à la cadence régulière de bras qui savent ce que travailler longtemps veut dire. Les mains épaisses tirent de cette terre légère et noire les longues racines souterraines du chiendent et les étalent au soleil où elles vont sécher. Accroupi entre les rangs de pommes de terre, Brutus éprouve une grande satisfaction : chaque plant débarrassé des mauvaises herbes qui l'étouffaient le guérit d'un sentiment coupable. Parfois, le fer de l'outil découvre une racine épaisse, chargée de sève et prolongée d'un moignon blanc : le tubercule en formation.

Son chien s'est couché sur l'herbe au bout du champ. Les nuages viennent de l'ouest, annonciateurs de nouvelles pluies, mais ce n'est pas pour tout de suite. Blancs et légers, ils ne voilent pas le soleil qui pompe l'humidité du sol. Brutus sait pourtant que toute une vie interne les anime et que, dans leur cœur qui s'assombrit, l'orage se prépare.

L'homme qui arrive du chemin des Rocs se dandine comme un jars et souffle. La sueur ruisselle sur son crâne chauve, des traînées grises lacèrent ses joues qui pendent de chaque côté de son double menton. C'est Louis Caut.

– Brutus... Ah, t'es là! Je te cherchais.

Brutus plante son outil devant lui et s'appuie sur le manche.

– Je suis là. Tu le vois bien!

– Ça fait une heure que je cours après toi! Le malheur est arrivé.

Sur le chêne voisin, une tourterelle roucoule. Son nid ne doit pas être très loin et, si Louis n'était pas là, Brutus le chercherait pour le montrer au Drôle.

– Tu l'as encore entendue cette nuit, la garce? C'était juste avant d'aller se coucher. On était tous près du feu, ma mère, Anaïs, mon père, ma Marguerite et la petite Marion. On ne parlait pas. Le feu nous tenait compagnie. Et la Perceval est arrivée au milieu de nous avec sa grêle de bruit.

– J'ai entendu, Louis. Tout comme toi.

– Ce matin, on a trouvé notre Marion malade. Tu te rappelles de la Marine Noirac? Elle était toute fière, le premier soir que la Perceval s'est mise à sonner, l'hiver dernier. Et puis, le lendemain, elle était au lit en se tordant. Elle disait : « J'ai du lierre qui me pousse dans les jambes et dans les bras, qui entoure mon cœur et m'étouffe! » Brutus, ma petite...

– Qu'est-ce que tu veux que j'y fasse, moi? Ta petite a peut-être attrapé froid! Tu vas pas me dire que la cloche y est pour quelque chose?

– Hier au soir, elle était encore heureuse comme un oiseau et puis, ce matin, la voilà complètement fanée... Elle est là, à tendre sa main gelée... Assise dans la cendre à couver le feu! Faut faire quelque chose, Brutus...

– Faut faire quelque chose? Mais qu'est-ce que tu veux que je fasse? Regarde-moi, je suis en train de sarcler mes légumes! Hier, je suis monté sur le clocher. J'ai vu la branche qui grattait la cloche : le hibou l'a replacée! Les bêtes n'aiment pas qu'on touche à leurs nids... Alors, ne me casse plus les pieds. Ta petite a toujours été maigrichonne. Elle ne passe pas un hiver sans ramasser la grippe...

– Tu veux qu'elle finisse comme les autres, Brutus? Dis-le, si tu le veux! Il faut que tu décides la Nerrine à venir la voir. Tu pourras, toi qui sais lui parler.

– Que veux-tu que je lui dise, moi, à la Nerrine? Prends ma moto et va chercher le docteur. Ça sera plus sûr que les discours!

– Le docteur? Tu as une façon de parler depuis quelque temps qui ne te ressemble pas! Comme si, toi aussi, tu avais quelque chose de travers, un tracas au fond de toi qui te rendrait sourd aux autres. Je te le dis : t'es plus comme avant!

Brutus ne répond pas. Le roucoulement de la tourterelle n'en finit pas.

– Ce n'est pas une maladie du docteur... Tu la regardes et elle te fait pitié. Elle a du feu dans le ventre. Son front brûle de fièvre et pourtant, quand tu touches ses mains, c'est de la glace. Elle tient la maladie de la Marine Noirac!

– Tout ça, c'est des conneries, Louis! Des histoires de vieilles femmes. Je te dis que je te prête ma moto pour aller chercher le docteur. Maintenant, laisse-moi travailler : tu vois bien que je n'aurai pas fini à la tombée de la nuit!

Louis Caut s'éloigne de quelques mètres :

– Tu fais le fort, Brutus! Tu as autre chose à penser, hein? Sûr que ma petite Marion ne t'intéresse pas! Rien ne t'intéresse, sauf la femme du moulin. Tu crois qu'on n'a rien vu? Tu crois qu'on est sourds et aveugles! Qu'on n'a pas remarqué ton manège, les soirs, quand tu descends la voir et qu'elle vient s'asseoir à côté de toi?... C'est du beau, Brutus, ce que tu fais à ta Mélanie! Et devant tout le monde!

Brutus s'est approché de Louis. Il se plante devant lui, la tête haute, le regard dans le blanc de ses yeux :

– Louis, je crois que je vais te casser mon outil sur la tête!

Le vent balance les ajoncs fleuris. La tourterelle s'est envolée vers un moignon de châtaignier. Louis n'insiste pas et s'éloigne. Quand il marche, des pans de graisse bougent sur son dos.

– Ah, tu crois qu'on ne l'a pas vu, ton manège? crie-t-il de nouveau avant de disparaître dans le chemin creux.

Il redescend au hameau. Un épervier gris au vol lourd plane devant lui puis monte dans le ciel, aspiré par les nuages. En passant devant la maison de Brutus, il croise Mélanie qui apporte une brassée de bois :

– Je ne sais pas ce qu'il a, ton Brutus, depuis quelque temps, mais tu ne peux pas lui causer sans qu'il te renvoie promener...

Mélanie s'arrête devant Louis :

– Moi, je le trouve toujours pareil!

– C'est cette femme du moulin qui lui a tourné les sangs!

– Qu'est-ce que tu veux dire, Louis? Brutus est un homme droit. Cette femme, il l'a ramassée dans le fossé et il lui a donné le moulin pour qu'elle abrite ses filles. Ne va pas raconter n'importe quoi, parce que Brutus, c'est pas un homme comme ça!

Louis baisse les yeux :

– Ne m'en veux pas, Mélanie. J'ai pas voulu te faire de dépit. Mais ma petite est malade et... Je vais aller chercher le docteur!

– Tu peux prendre la moto de Brutus. Ça ira plus vite.

– C'est pas de refus, Mélanie.

Louis Caut finit de descendre à sa petite maison carrée. Une moitié est réservée à l'habitation, l'autre sert d'étable à vaches et de grange à foin. La cuisine est sombre. Les murs poisseux de suie sont noirs. Au fond, une immense maie qui sert de garde-manger exhale des odeurs puissantes. La chambre de Marion se trouve derrière; le lit, l'armoire, une chaise encombrent toute la place. La petite fille est couchée, sa tête baigne dans une flaque de cheveux noirs. La fièvre fait briller ses yeux... La grand-mère, Anaïs, lui remonte un énorme édredon rouge et déplace la bouillotte encore chaude. Le grand-père, Baptiste, est là, les bras ballants, les mains ouvertes. Il a oublié de partir aux champs et souffre en silence de cette maladie gratuite et injuste. Louis passe la tête par la porte :

– Ne t'en fais pas, Marion... Je vais voir le docteur. Il va monter te guérir.

Marguerite attise le feu sous le chaudron. Sans un mot, Louis passe devant elle, prend son porte-monnaie dans l'armoire. Il va chercher la moto de Brutus, dit encore merci à Mélanie et s'en va.

A Saint-Merd-les-Oussines, il se rend directement chez le médecin qui habite une grande maison au fond d'un jardin en pente. Un domestique ratisse une allée... La casquette à la main, Louis appuie sur le bouton de la sonnette. La bonne vient ouvrir ; c'est une veuve qu'il connaît un peu. Elle lui annonce que le docteur Bernard est parti visiter ses malades, il montera au Masselot dans la soirée ou demain si son auto ne tombe pas en panne entre-temps. Sa Traction est, en effet, capricieuse! Les vieux de la montagne l'accusent d'empêcher les sarrasins de fleurir et de rendre les œufs stériles. Bernard n'y prête pas attention : il connaît son monde et les limites de l'entendement local face aux innovations de l'après-guerre.

De nouveau dans la rue, Louis hésite. Il enfourche cependant la moto, pèse sur la pédale du démarreur. Le moteur tout neuf, un 125 cm^3 à quatre temps, démarre aussitôt. L'homme dépasse les dernières maisons et les marronniers de l'école couverts de leurs grappes de fleurs blanches.

Le voilà seul. Il s'arrête. Le vent réveille les

sapins. Dans le fossé, les fougères déplient leurs mains aux doigts dentelés. Les herbes nouvelles sortent entre les restes de foin de l'été dernier. La rumeur de la forêt voisine arrive jusqu'à lui. Jamais il n'avait entendu ces voix lointaines des arbres et des bêtes, cette respiration tranquille de la campagne... Il s'étonne. Il travaille chaque jour dans les champs et c'est la première fois que tout ceci lui apparaît si clairement. Comment ces arbres savent-ils que l'été est proche? Qui a raconté à ces feuilles dépliées en une multitude d'oreilles que les gelées sont probablement finies? Et pourquoi, en ce moment, alors que Marion est étendue sur son lit, pense-t-il à tout ça, appuyé sur la moto de Brutus? Voilà qu'il se met à parler, ça lui arrive par moments. Avec les autres, le gros homme a peur de trop en dire, alors il se tait, mais seul, pourquoi se gêner? Il a tant à dire, Louis Caut!

– C'est peut-être vrai que j'ai la tête de travers. C'est peut-être vrai que je déraille, moi, Louis Caut! Que je ne sais plus mettre un pied devant l'autre! Regarde ce que j'ai dit à Brutus, alors que c'est mon copain... Non, je n'ai pas déraillé! C'est Brutus qui va de travers avec sa bohémienne. Moi, j'ai toujours les idées en place. J'en ai même quelques-unes qui avancent. Tiens, dans moins de deux ans, j'aurai acheté la propriété de Fernand. Noirac la guette aussi, mais c'est moi qui l'aurai, parce que je connais tous ses héritiers et que je les aurai vus avant Noirac. Moi, je suis gros et les gens rient en me voyant marcher comme un oison, mais je réfléchis et, mine de rien, le Fernand, je l'ai fait parler!

T'en fais pas pour moi, sauf que j'ai du vinaigre dans l'estomac! C'est cette maladie de ma Marion. Je sais que la Perceval n'est qu'une cloche, mais je ne voudrais pas jouer au malin. Au Masselot, je suis le plus jeune. S'il doit en rester deux, ce sera Brutus et moi. Et s'il n'en restait qu'un?... Pas besoin de te dessiner le reste. De quoi monter une belle petite affaire! Mon père, Baptiste, à qui tu donnerais le bon Dieu sans confession, y a pensé aussi. Cela fait plus de vingt ans qu'il y pense! Et qu'il ramasse des sous pour ça. Lui et moi, on s'est bien compris. Tout ça, c'est pour ma petite Marion... C'est pour en faire une demoiselle qui ira à l'institution à Tulle avec les petits bourgeois! D'en parler, ça ne porte pas malheur. Et je ne voudrais pas que le diable nous sonne trop longtemps son angélus. Faudrait pas qu'il touche à la petite! Le docteur c'est bien, mais on ne prend jamais trop de précautions!

Louis Caut fait un pas. Il trébuche, la moto lui échappe des mains et tombe.

– Voilà que je vais lui tordre le guidon! Le Brutus va me raconter quelque chose! Tu crois que je ne pourrais pas m'en payer une moto, moi? Que si! Même une automobile, si je voulais! Mais il ne faut pas montrer qu'on a des sous, sinon, les autres sont jaloux et se mettent en travers de ton chemin.

Il fait demi-tour, traverse le foirail et pose la moto devant l'église. La tête basse, il pousse la lourde porte de bois armée de volutes de fer cloutées. Depuis combien d'années n'est-il pas entré? Quand tout va bien, pourquoi penser à Dieu? Il monte lentement entre les rangs de chaises, s'agenouille devant l'autel aux colonnes couleur d'or.

– Sauvez ma petite Marion... Elle n'a fait aucun mal. C'est un petit oisillon qui volette autour de nous. Laissez-nous-la!

Louis a tout à coup l'impression qu'on le regarde. Il se tourne vivement. Baugue est là, le regard froid. Il est grand et maigre. Ses cheveux sombres sont coupés en brosse sur son crâne haut. Un reste de jeunesse laisse un peu de satin sur sa peau lisse.

– Eh bien, Louis Caut, tu as des ennuis? Et tu viens pleurer auprès de ton Dieu? Dis, lorsqu'il te comblait, pensais-tu à le remercier?

– Ma petite est malade! Peut-être que Dieu me punit.

– Pourquoi? Quelle est ta faute?

– Il m'arrive de regarder une belle femme comme on ne doit pas... De la regarder avec envie, une poignée de feu dans chaque main. Une étrangère qui se trouve dans le moulin de Brutus.

– L'étrangère? demande le curé d'une voix sifflante. Tu veux parler de cette femme de foire avec ses deux filles?

– Oui. C'est pas une femme comme les autres, pas une femme de chair. Elle a des gestes de fumée... Elle ne pèse pas plus qu'une plume. L'autre matin, j'étais dans mon petit champ en bas du moulin. La haie est épaisse et j'ai regardé par un trou entre les branches. Je crois bien que c'était le diable qui m'avait soufflé cette idée...

– Et qu'est-ce que tu as vu? Parle vite...

– J'ai vu la femme au bord du ruisseau. Elle était

nue. D'en parler, ça me réchauffe le sang. J'en ai honte!

– C'est tout?

– Non. La Perceval s'est réveillée... Comme quand le Marco de Brutus s'est fait tuer par une balle perdue pendant la guerre et que la femme de Noirac est morte.

– La Perceval?

– C'est la cloche du diable qui est restée pendue au clocher. On n'a pas voulu la descendre parce qu'elle porte malheur. Chaque fois qu'elle se met à sonner sans raison, la mort froide tombe au Masselot.

– Tout ça c'est des racontars d'ignorants. Dieu aime les cloches et il n'accepte pas la superstition.

– Si Dieu existe, il faut bien que le diable existe. Et ce diable, il est là pour tenter les hommes et les conduire dans le mauvais chemin. Alors, la Perceval se plaint quand le vent la secoue. C'est peut-être Dieu qui nous avertit ou le diable qui veut nous tourmenter. C'est pas de la superstition, c'est la vérité.

– Dieu ne parle pas à travers les cloches oubliées. Et le diable... Le diable n'a jamais fait la loi sur terre, heureusement! Pour toi, le diable, c'est la femme.

– Peut-être que vous avez raison, mais il faut sauver ma petite qui est malade. Ma petite Marion ne doit pas payer les fautes des autres!

– Cesse donc de blasphémer. Écoute plutôt la leçon de Jésus. N'a-t-il pas demandé à son père de pardonner aux bourreaux? Et il ne t'est jamais arrivé de penser que pour les deux morts, c'était par hasard que la cloche avait sonné juste avant?

– Brutus dit la même chose, mais moi, je ne veux pas courir le risque... Je sais que Dieu peut tous les miracles.

– Et tu viens le supplier comme un mendiant...

– C'est vrai! constate Louis Caut.

– Mais, dis-moi, reprend le curé qui n'est pas pressé, cette femme que tu appelles l'étrangère, elle reçoit des hommes?

– Non. Mais je ne passe pas mon temps à la surveiller.

– Même ceux du village?

– Brutus vient la voir, les soirs. Ils s'assoient tous les deux dans le petit pré. Je les ai entendus parler.

– Qu'est-ce qu'ils disent?

– Je ne sais pas.

– Et tu les as vus rouler dans l'herbe, attachés l'un à l'autre comme s'ils n'étaient qu'une seule personne?

– Je n'ai rien vu de tout ça. Ils étaient assis. C'est tout ce que j'ai vu.

– Tu dis qu'il s'appelle comment, cet homme?

– Brutus Graulat. Un homme assez petit et carré. Il parle droit et ne baisse pas les yeux. C'est un bon voisin, toujours là pour le service. Lui et moi, on s'entend bien!

Louis plonge sa main potelée dans l'immense poche de sa veste, en sort un petit paquet préparé à l'avance qu'il déplie devant le curé. Il y a cinq billets soigneusement pliés en quatre.

– C'est pour dire des messes, monsieur le curé. Pour ma petite Marion et conjurer le mauvais sort. Il faut qu'elle guérisse!

Baugue prend les billets et les enfonce rapidement dans les profondeurs de sa soutane :

– Je dirai les messes. Te tracasse pas pour la cloche. C'est l'orage qui la harcèle de ses larges gouttes. Suffit de monter voir pour être fixé.

– Brutus y est monté. Il n'a rien vu que des branches apportées par un oiseau de nuit.

Louis Caut remercie le curé et sort.

Ce soir, la nuit est immobile. Aucune brindille ne craque. Pas de cri d'oiseau ni de bête agonisante. Les collines dorment, masses lourdes d'une fatigue millénaire. Les maisons n'existent plus. La Perceval se tait : on ne l'a pas entendue d'aujourd'hui; pourtant, tous les regards perdus aboutissaient à elle. Même ceux de Brutus qui la cherchaient entre le fouillis des arbres.

Il est peut-être dix heures. Marion s'est assoupie sous son édredon rouge en tenant la main de sa grand-mère qui n'ose pas bouger de peur de l'éveiller.

Chez lui, Jean Noirac éteint le feu à coups de pelle. Il frappe les braises et les tisons sur la cendre. Aline termine la vaisselle dans la bassière, sorte d'évier en granit. Les assiettes s'entrechoquent à peine. Le torchon clair tourne à l'intérieur des marmites. Aline travaille, les pensées ailleurs. Ses yeux noirs ne se posent sur rien de précis, ils vont, viennent, papillonnent comme s'ils regardaient des paysages secrets connus d'eux seuls.

La fille est chez Noirac depuis plus d'un an et personne ne s'en plaint. Elle parle peu : bonjour, bonsoir, juste ce qu'il faut pour ne pas vexer, un sourire en coin. Quelquefois, les blagues de Fernand allument un peu de coquinerie sur ses lèvres fines, de la jeunesse qui cherche à prendre ses aises!

Noirac cherche son chapeau. Le chien enfermé dans la grange gratte à la porte.

– J'y vais! dit-il à Aline. Faut pas se mettre en retard. La charrette est prête. Attends encore un peu pour me rejoindre.

Aline acquiesce. La lumière de la lampe à pétrole jaunit son visage ovale. Noirac sort. Il fait frais, la nuit est sombre, mais cela ne le gêne pas : il connaît chaque repli de terrain, chaque caillou que ses sabots ne cognent pas. Ses cheveux blancs font une tache de lait. Ce soir, quelque chose lui dit qu'il touche au but. Bientôt, il pourra dormir en paix. Sa femme n'y croyait pas, Aline, au contraire, le pousse à continuer. Noirac a pourtant longtemps hésité avant de la mettre dans le secret, mais il ne le regrette pas. Aline n'a pas l'insouciance folle de cette jeunesse qui ne pense qu'à danser. Elle a cent ans de sagesse sous son gilet de laine trop grand qu'elle ne quitte pas.

L'homme traverse le bois en pente douce, passe sous des hêtres volumineux, des châtaigniers stériles. Il traverse le ruisseau du Masselot, arrive au gué, puis monte sur l'autre versant et longe son champ de sarrasin qui jouxte le pré du château.

Autrefois, il y avait là un donjon dont il reste, à fleur de terre, des pierres que la faux rencontre en rasant l'herbe. Noirac y a construit une cabane de berger. L'autre année, tandis qu'il plantait un pommier, sa pioche a déterré une pièce brillante. Il l'a nettoyée au vinaigre et l'horloger de Saint-Merd lui a dit que c'était de l'or, une pièce de grande valeur parce que très ancienne. C'est depuis qu'il pioche... Il sait qu'une pièce d'or n'est jamais seule! Un trésor dort au milieu de cet amas de cailloux, de quoi acheter toutes les propriétés du Masselot, parer Aline des plus beaux bijoux qui rendront les autres jalouses.

Jean Noirac s'arrête près de la haie. Les grillons chantent, signe de beau temps. Il regarde un moment autour de lui, tend l'oreille puis traverse rapidement l'espace libre jusqu'à la cabane, se plaque comme un voleur contre la porte. La lune est sortie et allume les pentes. L'homme prend une clef dans sa poche, ouvre l'énorme cadenas, cherche en tâtonnant la lanterne à l'intérieur. Des planches obstruent la fenêtre. Noirac soulève une trappe qui cache des marches taillées dans la terre sombre. Des étais de bois soutiennent le plafond... Une pioche à la main, il s'enfonce dans les ténèbres. La douceur humide de la terre traverse sa chemise. Au bout de la galerie, la lumière révèle des restes de fondations qu'il descelle à la pioche. Il entasse la terre et les pierres dans des seaux à lait.

Un grattement annonce Aline qui entre. A cette heure, ses yeux sont plus grands et plus jeunes que le jour.

– Il y a de la lune! dit-elle. J'ai laissé les vaches en bas, dans le taillis.

Noirac la regarde longuement. L'odeur d'humus lui chauffe le sang. Il pose ses mains sales sur la poitrine d'Aline qui recule, contient un sursaut comme surprise par un contact glacé.

– Les bêtes attendent! dit-elle. Et puis...

– Tu as peut-être raison. Faut pas risquer de se faire voir...

Elle va chercher l'attelage pendant que Noirac remonte les seaux de gravats qu'il vide dans la charrette. Les vaches mangent les feuilles tendres des châtaigniers qu'Aline leur tend pour les faire patienter. Des frissons animent le cuir de leur dos; pourtant, il n'y a pas de mouches.

Quand toute la terre est chargée, Noirac boucle la porte :

– On y va?

Ils descendent jusqu'au taillis. La lune s'est cachée; les roues ferrées s'enfoncent sans bruit dans l'herbe molle. Lorsqu'ils sont arrivés au champ de sarrasin, Noirac grimpe sur la charrette et lance la terre autour de lui pour n'en laisser aucune trace. Il recommencera demain et chaque nuit jusqu'à ce qu'il ait trouvé l'or englouti.

Le petit chemin creux qui descend au Masselot passe derrière la maison de la Nerrine. La lune illumine les nuages. Des yeux s'allument au bord de la haie, furtifs, ronds et luisants puis s'éteignent, chat ou fouine surpris.

Noirac retient les vaches : le fer des roues sonne sur les cailloux. Il pense à Fernand qui passe ses nuits à marcher dans les chemins du Masselot. Peut-être est-il caché derrière ce chêne à l'épier?

Tout à coup, la voix du Drôle monte, claire, comme l'eau des sources les plus profondes, joyeuse dans cette nuit où on s'attend à chaque pas à voir surgir un monstre sanguinaire. Aline serre son gilet de laine sur sa poitrine. Noirac fait moins attention au bruit des roues; il tourne la tête vers la petite maison... Cette voix éveille un tumulte sourd qui lui chauffe le cœur. Les notes se lutinent dans l'air, des oiseaux qu'on voudrait caresser, un ruisseau où on aimerait plonger, de l'eau dorée... Noirac arrête les bêtes devant l'étable, mais ne se presse pas. Il est parti loin, dans une jeunesse éternelle. Rien ne peut plus l'atteindre. Les larmes lui mouillent les yeux, roulent sur ses joues et il ne pense pas à les essuyer. C'est si bon, cet alcool léger de la chanson qui anime tout son corps d'un tremblement satisfait! Il allume enfin la lampe à huile, une clarté jaune se répand en flots gras. La nuit pétille comme un cidre nouveau. Cette chanson du Drôle, on ne se lasserait pas de l'entendre. D'où tient-il ça, ce gosse de la Nerrine, né dans la boue, qui a grandi au milieu des bois, s'est nourri de mûres sauvages et de quignons de pain rassis? Ce feu d'artifice qui sort de sa bouche, il n'a pas eu besoin d'apprendre à l'allumer; le bébé de personne l'avait tout prêt en lui.

– Qu'est-ce qui m'a fait un Drôle pareil? demande Noirac. Tu l'entends, l'Aline?

Si elle l'entend... Elle ne bouge pas; les lèvres entrouvertes, elle se donne à cette musique souveraine. Sur l'écran de la nuit défilent des horizons lumineux qui l'attendent quelque part au-delà de ces collines. Des hommes jeunes et beaux se pressent autour d'elle. Pour eux se trouve au fond de son cœur, caché par ce grand gilet de laine, une place toute neuve et hospitalière.

– Rentrons! dit Jean Noirac qui a la chair de poule.

Après le fromage, Brutus fume sa cigarette en silence. D'ordinaire, il reste ainsi, le regard inutile posé sur la cuisinière et les boîtes de faïence. En hiver, le feu nourri lui brûle la figure, en été, la fraîcheur de la nuit l'endort. Mais depuis quelque temps, Brutus ne reste plus en place.

– Je vais au jardin! dit-il en prenant son paquet de tabac resté sur la table.

– Tu vas au jardin? demande Mélanie. Qu'est-ce que tu veux y faire? Il fait complètement nuit!

– J'y vais quand même.

– Brutus!

Mélanie a crié, une voix tranchante qui a fendu le silence de cette maison où l'on ne parle pas.

– Qu'est-ce qui te prend, la Mélanie? Voilà que tu viens de crier comme si tu t'étais brûlée?

– C'est toi qui m'as brûlée, Brutus. Tu m'as fait toucher du fer rouge et j'ai mal partout!

– Voilà que tu dis n'importe quoi, maintenant!

– C'est cette femme que tu vas encore voir, Brutus? Tout le monde en parle et tu sais que ça me fait dépit.

Brutus se tourne. Mélanie est debout à côté du chien qui lèche son assiette.

– Qu'est-ce que tu veux dire de cette femme?

Mélanie recule dans le coin sombre de la bassière. Elle ouvre le placard et fouille d'une main rapide entre les casseroles.

– Ça me fait dépit que tu descendes là-bas tous les soirs! dit-elle d'une voix éteinte. C'est une vipère, cette femme. Pas honnête, pour sûr! Et qui sait accrocher les hommes! Qui sait leur parler dans le sens qu'ils attendent. Et toi, Brutus, pourquoi que tu l'écoutes? Pourquoi tu y descends tous les soirs? Tu ne peux pas rester ici?

– Qu'est-ce que tu racontes là? C'est la Perceval qui te porte à la tête?

Elle ne répond pas. Son visage s'est de nouveau fermé, un masque. Elle prend les assiettes de la table et les plonge dans le chaudron d'eau bouillante.

Brutus sort. Le vent lui apporte un bruit de moteur. Des phares allument les arbres de Noirac, c'est le docteur Bernard qui arrive avec deux jours de retard. Il gare son véhicule dans la descente, une Traction dont les bouteilles de gazogène installées sur le toit rappellent les restrictions de la guerre. Brutus trouve Louis devant chez lui. Le docteur s'excuse de son retard, mais sa voiture est une nouvelle fois tombée en panne :

– Si ça continue, dit-il, je crois que je vais de nouveau acheter un cheval. Même si ça mange un peu d'avoine, c'est beaucoup moins capricieux que ces mécaniques!

Louis remercie le docteur. Son arrivée met fin à une interminable angoisse.

– Entrez vite, docteur. Notre petite Marion est là!

– Comment va-t-elle?

– Pas mieux, ça, je vous l'assure. Elle languit sans force... Depuis deux jours, elle n'a bu qu'un peu de bouillon. Pas moyen de lui faire avaler quoi que ce soit!

Le docteur Bernard est grand, osseux. Été comme hiver, il porte un immense manteau gris. Il a le nez en bec d'aigle, les yeux minuscules sous d'épais sourcils noirs.

– Quand je pense qu'on n'a pas encore installé l'électricité dans ce hameau, dit-il. On a l'impression de reculer d'un siècle en quittant la route départementale!

– Ils vont nous l'amener l'hiver prochain! réplique Louis. Mais nous, ça nous presse pas. Cette électricité, paraît que ça fait avorter les bêtes...

Pour passer la porte, le docteur est obligé de baisser la tête. La flamme de la chandelle éclaire à peine et fabrique des ombres qui bougent autour des objets. Des formes noires s'enlacent aux formes claires du feu. Quelques étincelles s'accrochent aux boîtes de faïence sur l'étagère. Tout le monde est là : Marguerite, la femme de Louis, sa mère, Anaïs, et son père, le vieux Baptiste, qui a posé son chapeau.

Bernard passe directement dans la chambre. C'est

si petit que son grand corps occupe tout l'espace. Il bouscule l'armoire, donne un coup de pied à la chaise, se cogne à une poutre. Le lit baigne dans une clarté laiteuse qui révèle le visage d'une fillette brune aux yeux immenses, brillants de fièvre. Courbé, le docteur contourne le lit.

Malgré les bouillottes qui l'entourent, Marion claque des dents. Louis est dans la porte et retient sa respiration. Brutus est resté dans la cuisine.

– Vous allez nous la guérir? demande Anaïs dont les cheveux blancs se découpent dans la pénombre.

– Cette question!... s'exclame Bernard en posant sa tête sur la poitrine de l'enfant. Respire fort que j'écoute tes poumons.

A la fin de l'examen, il range ses affaires dans un énorme sac en cuir usé, caresse du bout de l'index la joue de Marion qui se force à sourire puis revient dans la cuisine où Marguerite allume la lampe à alcool. Brutus s'est approché.

– Il faut nous la sauver! insiste de nouveau la grand-mère Anaïs.

Le médecin découvre ses dents plates et mal rangées :

– Je vais vous laisser des médicaments! dit-il. Avec cette guerre, on n'a pas encore tout ce qu'il faudrait mais enfin... C'est mieux que sous l'Occupation.

Il explique comment lui administrer les potions en même temps qu'il écrit sur une feuille de papier.

– Combien on vous doit, docteur? demande Louis le porte-monnaie à la main.

– Vous paierez tout à la fois. Je reviendrai dans deux jours.

Lorsqu'il sort, la Perceval émet un bref tintement.

– Quel est donc ce bruit de cloche que je viens d'entendre? Qui joue à sonner l'angélus à cette heure?

Louis passe devant Brutus :

– C'est la Perceval, docteur... La grosse cloche qui est restée là-haut... C'est d'elle que vient tout ce bruit et... peut-être, le malheur.

– Qu'est-ce que vous me racontez là?

– En tout cas, elle a déjà sonné deux fois avant le malheur. D'abord avec le Marco de Brutus pendant la guerre et, l'année dernière, avant la mort de la Marine Noirac. Chaque fois, je vous le dis...

– C'est le vent! réplique Brutus. Rien que le vent qui fait bouger une branche.

– Elle n'a plus de battant! continue Louis. Alors, forcément, elle ne sonne pas comme une cloche normale. Mon grand-père disait qu'il avait vu un petit homme tout bossu danser sur la Perceval, les nuits de pleine lune. Et les autres aussi le disaient. C'était le diable!

– Curieux! marmonne le docteur... Je veux voir ça de près. Je ne comprends pas comment le vent...

– Comme dans un sifflet! insiste Brutus. Il n'y a rien dedans et pourtant quand on souffle dedans, ça le réveille. Eh bien, là, c'est pareil!

Brutus passe le premier dans le sentier étroit suivi de Louis qui souffle déjà. Il fait clair. Le docteur s'engage dans le raidillon. La silhouette sombre de la Perceval se découpe contre le ciel. Louis soulève la lanterne à bout de bras. Les pierres ont des reflets cuivrés. Bernard regarde la cloche un long moment. Brutus enfonce ses mains au fond des poches :

– J'y suis monté, l'autre jour. Je n'ai rien vu que des restes de nids. De la saleté... Je vous dis que c'est le vent! Leurs histoires de diable ne tiennent pas debout!

Bernard se gratte les cheveux :

– Peut-être, mais votre explication non plus! Je ne vois pas comment le vent pourrait la faire sonner aussi fort. Ça la prend souvent?

– Elle a sonné trois ou quatre fois en deux jours. C'est chaque fois pareil...

– Je vous dis que c'est une branche qui tape sur le bronze!... Qu'est-ce que vous voulez que ce soit? Moi, ça ne me tracasse pas du tout...

– C'est pas ta Marion qui est malade, Brutus! dit sèchement Louis Caut.

Un craquement fait sursauter les trois hommes. Louis lève de nouveau sa lanterne.

– Vous en faites un bazar pour rien...

C'est Fernand. Le vieillard est assis sur une pierre plate près du roncier. Il a posé sa canne et s'est installé là, son grand menton tourné vers le clocher.

– J'attends le diable! dit-il. C'est la pleine lune aujourd'hui. Toi, Brutus, tu ne regardes pas le calendrier, alors, tu n'en sais rien. Mais c'est la nuit du diable. Il va bientôt venir. Alors, je vais lui dire deux mots!

La flamme de la lanterne se loge au creux de ses yeux profonds, prisonnière des orbites osseuses.

– Vous feriez mieux de rentrer chez vous, père Fernand! dit Bernard. Vous allez attraper froid. A votre âge, ce n'est pas prudent.

– A mon âge, on a toujours froid. Ça n'a pas d'importance, docteur. J'attends le diable. Sûr qu'il va venir danser sur la cloche quand le gosse se mettra à chanter. Et puis, entendre cette voix claire, ça me contente! Ce soir, je lui ai donné une pièce, alors, je sais qu'il chantera.

Le docteur Bernard frissonne. L'air le pique à travers son manteau. Le vent du nord est glacé sur ce monticule rocheux. Vivement sa voiture capricieuse, sa belle maison entourée d'un jardin fleuri. Au Masselot, la nuit se hérisse d'épines. Les hommes n'y sont pas les maîtres mais où diriger les coups? On n'attrape pas le vent; on n'arrête pas la pluie qui devient neige au moindre caprice du froid! Et ces tristes hivers où les seigles manquent dans les greniers, comment réveiller le printemps qui tarde?

– La petite va guérir! dit Bernard avec une sorte de défi dans la voix. Je vous assure qu'elle va guérir!

Louis l'accompagne jusqu'à sa voiture. Brutus dit bonsoir et s'en va. Avant de s'asseoir au volant, Bernard regarde une dernière fois le clocher.

– Cent ans en arrière! répète-t-il entre ses dents. C'est bien ça!

Brutus rentre chez lui. Mélanie est couchée. Elle essaye de dormir pour échapper à la peur, mais Brutus lui cause beaucoup trop de tracas. Lui, d'ordinaire, ne s'occupe pas des autres, et voilà que depuis quelque temps, il va chez les gens comme s'il s'ennuyait chez lui. Il tend l'oreille à toutes les conversations, il traîne dans les chemins pareil à ces paresseux qui ne savent pas quoi faire de leurs journées! Et maintenant qu'il a vu le docteur, pourquoi attend-il pour venir se coucher? Mélanie se tourne vivement, le sommier craque. Brutus doit fumer une cigarette assis sur le banc de la cheminée mais elle est bien longue cette cigarette, voilà une bonne demi-heure qu'il est arrivé! Enfin, le banc grince, il bouge. Mais ses pas ne s'approchent pas du couloir, au contraire, ils s'éloignent vers la porte. Ce que Mélanie redoutait se produit : la porte s'ouvre et se ferme. Brutus est sorti de nouveau.

Au moulin, il s'arrête devant la fenêtre. Une chandelle brûle à l'intérieur. L'étrangère l'aperçoit et sort.

– Je vous attendais! dit-elle. Merci d'être venu. Vous êtes le seul homme du Masselot en qui j'ai confiance.

Ils s'assoient sur la pierre plate qui sert de banc devant la porte. La jupe retroussée de la femme laisse voir ses genoux clairs. Brutus n'ose pas baisser les yeux.

– Les autres m'ont reproché de vous avoir ramenée. Et pourtant, vous avez vu les regards d'envie de Louis Caut qui, mine de rien, s'arrêtent toujours sur le moulin? Et Janson qui passe vingt fois par jour dans le chemin du haut...

– Celui-là me fait peur... On dirait que ses bras

trop grands cachent une force de serpent pour étouffer, pour tuer...

La lune est sortie. Quelques grillons chantent dans l'herbe nouvelle.

– On va bientôt être à la Saint-Jean, ajoute Brutus, et il a gelé dans les fonds la nuit dernière! Ce sera une mauvaise année, une de plus...

– Je sais coudre et broder. Je sais aussi laver le linge au ruisseau. J'irai chercher du travail à Saint-Merd... Je suis bien ici, près de vous. Je voudrais rester.

– Vous pouvez rester aussi longtemps que vous le voulez.

Ce qu'il dit n'a pas d'importance. C'est pour chasser le silence de la nuit qui s'installe progressivement autour d'eux, tisse sa toile. Brutus sent l'épaule de la femme contre la sienne, sa hanche chaude. Son cœur bat si fort que ça le gêne pour respirer.

– Vous êtes bon! dit-elle. Je n'ai jamais rencontré d'homme bon avant vous. Les autres ne pensaient qu'à ce que je pouvais leur rapporter.

Brutus ne répond pas. Ses membres sont parcourus de légers tremblements qu'il n'arrive pas à contenir. Elle s'en aperçoit.

– Vous avez froid?

– C'est hier dans mon champ... Le soleil sortait et se cachait tout le temps. Quand il se montrait, j'avais trop chaud et dès qu'il partait, j'avais froid. Depuis, j'ai la fièvre qui me suit au creux des reins.

– Je vais me coucher! dit-elle enfin. Il ne chantera pas ce soir...

– Non. Le Drôle a dû s'endormir contre ses chèvres. C'est un bon petit. Il me rappelle mon pauvre Marco. Et ça me fait tant de bien et de mal que j'ai envie de crier et de rire en même temps... Allez, bonsoir!

Il se dresse. La femme est debout tout près de lui. Il fait un pas en arrière.

– C'est Fernand qui ne va pas être content! Mais le gamin chantera pour lui demain, ajoute-t-il en s'éloignant.

Baugue est resté longtemps agenouillé sur les marches du grand autel, la tête basse en murmurant une prière. Courbé, il semble fragile. L'homme de fer à la voix tranchante est là, humble, repentant, un petit garçon qui demande pardon. Et Dieu ne lui envoie aucun réconfort :

– J'y ai pensé trois fois pendant la célébration, dit-il en levant les yeux. Pardonnez-moi et donnez-moi la force de résister. Pourquoi l'avez-vous mise sur mon chemin?

Il se tait un moment puis se prend la figure entre les mains :

– Voilà que je blasphème! Vous m'avez fait faible mais libre, aussi. Je trouverai en moi assez de force pour gagner. Et cette grande souffrance qui me décourage parfois se transformera en joie.

Il se met sur ses jambes, fait une génuflexion et sort par la sacristie. Au presbytère, Marie, sa servante, l'accueille en bougonnant :

– Diable d'homme, vous ne pouvez pas vous

habiller un peu plus chaudement? Cette église est plus froide qu'un tombeau.

– Je vous en prie, Marie, vous pourriez au moins respecter la maison de Dieu. Vous parlez comme une insupportable mégère.

– Et vous vous comportez comme un enfant à qui il manque une fessée!

Marie a posé les mains sur ses hanches épaisses. Elle ne tremble pas devant le regard d'acier du curé. Et Baugue lui pardonne tous ses écarts de langage : c'est lui qui l'a fait venir de son village natal du côté de Fesniers, en Creuse.

– Diable d'homme, je vous ai vu tout petit et je vous ai même tiré l'oreille. Alors, je vous parle comme le ferait votre pauvre maman.

– Je vous ai aussi demandé de ne plus jamais dire « Diable d'homme ».

– Qu'est-ce que j'y peux, moi? C'est une manie. Ces mots reviennent tout seuls dans ma bouche sans que j'y pense. Des mots sans intention.

– Pour une servante de curé, c'est un peu osé! ajoute Baugue en passant dans sa chambre.

Les murs sont nus. Seuls une image de la Vierge et un crucifix sont accrochés de chaque côté du lit. Baugue regarde un moment les arbres éclaboussés de soleil. Le marronnier de la place est fleuri. Les hirondelles réparent les anciens nids sous le toit de l'église.

– Puisqu'il le faut...

Baugue passe de nouveau devant Marie :

– Je pars, dit-il. Je ne sais pas quand je vais rentrer. Je vais voir quelqu'un au Masselot.

– Et le bon dîner que j'ai préparé, alors? Qu'est-ce que j'en fais?

– Je mangerai à mon retour... Tenez-le au chaud.

– Mais, diable d'homme, votre visite peut attendre une heure! Installez-vous, je vais vous donner quelque chose... Une omelette peut-être?

– Merci, je ne veux rien...

Il se dirige vers la porte. La bonne le suit des yeux en fronçant les sourcils :

– Vous, je vous connais... Quelque chose ne va pas... C'est pas votre figure de tous les jours que vous avez là!...

– Mais si, Marie. Tout va bien, je vous l'assure!

Il prend son vélo rangé dans le hangar du corbillard et s'en va. Les paysans se découvrent à son passage. Baugue ne répond pas à ces humbles saluts; il appuie fort sur les pédales qui grincent et se hisse au sommet de cette interminable côte qui conduit au Masselot. A mesure qu'il approche, il sent un pincement aigu au fond de lui. Ça lui fait tellement mal qu'il en descend de vélo.

Après le tournant de Noirac, le hameau apparaît sur son promontoire rocheux avec, au milieu, ce restant de clocher. Les chiens hargneux se précipitent en aboyant au-devant du curé et tournent autour de lui, menaçants. Il s'arrête chez Louis Caut où il trouve Anaïs qui ne quitte pas la petite Marion.

– Le docteur est venu! dit-elle. Il va guérir notre fille. D'ailleurs, on dirait que ça va un peu mieux, aujourd'hui!-

– J'ai prié pour elle. Je prierai encore et je sais que notre Seigneur veut son bien.

– Merci, monsieur le curé. Je vous offre quelque chose?

– Non. J'ai quelqu'un d'autre à voir.

Il sort d'un pas raide. Au moulin, il hésite, puis pose son vélo contre la dalle de pierre et entre sans frapper, le visage dur. L'étrangère qui attise le feu n'est pas surprise. Elle est seule : ses filles sont à l'école.

– Je savais que vous viendriez! dit-elle.

Elle n'a probablement rien sous sa robe. On devine ses seins libres, ses hanches rondes.

– Dieu n'abandonne jamais ses brebis égarées! dit Baugue. Il m'a donné comme mission, ici-bas, de les rassembler dans son troupeau... Et je veux consacrer toutes mes forces à cette tâche.

Il marche autour de la table. Ses grands pas agitent la soutane qu'il ne remplit pas. Tout à coup, il hausse le ton :

– Le diable est encore en toi, misérable!... C'est pour donner envie de toi que tu montres ton corps à travers ce tissu léger qui ne cache rien. Quand je pense que je t'ai tirée des mains de ces hommes qui te vendaient comme une bête... Et voilà que tu suis le premier venu!

– De qui voulez-vous parler?

– Cet homme... Ce Brutus qui t'a emmenée ici... Tu sais qu'il ne te prête pas cette maison pour rien. Et toi, tu as dansé dans la nuit; après, tu t'es donnée à lui!

– Non.

– Il a pris du plaisir avec ton corps. Parce que ce plaisir, toi aussi, tu en avais besoin!

– Non!

– Et toi, tu criais de bonheur! Aussi fort que si tu avais eu mal...

– Non, ce n'est pas vrai! Il ne m'a jamais rien demandé.

– Mais tu y as pensé, femme perfide. Tu as pensé qu'il pourrait prendre ta poitrine à pleines mains et que ses jambes auraient pu se glisser entre les tiennes... Tu y as pensé, je te dis...

Elle baisse les yeux.

– C'est déjà le péché! continue le curé. Et pourtant, dimanche dernier, je t'ai vue à la messe. Tu étais au premier rang. Un foulard sombre cachait tes cheveux qui ouvrent leurs ailes aussi facilement qu'une tourterelle. Tu t'es agenouillée devant l'hostie et tu avais peut-être des pensées de chair. Comment oses-tu encore lever les yeux au ciel? C'est ça, ta reconnaissance envers ton Dieu?

L'étrangère s'est assise sur une chaise qui perd sa paille. Elle se tient la tête entre les mains. Baugue continue :

– Souviens-toi de ce jour de foire... C'était la Saint-Clair à Tulle, je crois... Tu étais dans la petite rue près de la cathédrale... Et là, tu attendais les hommes. Tu leur souriais et tu les invitais à te suivre... Tu vendais ton corps, ce corps que Dieu t'a donné beau et attrayant. Tu le vendais pour quelques pièces que tu apportais aussitôt aux hommes de la roulotte. J'ai vu ta détresse, ta solitude. J'ai vu au fond de tes yeux l'image de mon

Dieu qui m'appelait. Qui me faisait signe, qui m'invitait à approcher. Non pas à la manière de ces hommes rouges qui te regardaient comme une bête de foire. Mais comme une fille de Dieu. Et qu'est-ce que j'ai fait? Hein? Qu'est-ce que j'ai fait?

– Vous m'avez emmenée avec vous à Saint-Merd-les-Oussines.

– Et toi, tu t'es échappée pour venir ici dans cette masure près de cet homme. Mais Dieu, qu'est-ce que tu en fais?

– Je suis venue parce que Brutus et moi, nous avons eu le même regard. Lui et moi sommes semblables. Et j'ai compris sa détresse mais il n'a pas eu besoin de m'en parler. Lui, il ne parle que pour cacher ses pensées. Brutus est un homme qui a de la pudeur et qui ne s'étale pas au nom de Dieu ou d'une quelconque raison supérieure. Brutus, il est comme un enfant qui se cache pour sucer son pouce. C'est pour cette raison que je l'ai suivi. C'est servir Dieu que de tenir compagnie à un homme qui se sent seul. Et je sais que ceux dont vous parlez ne me retrouveront pas. Que je suis en sécurité, défendue par Brutus! Je ne veux pas retourner à la roulotte. Je veux élever mes filles ici!

– Et ton Dieu, tu l'oublies? Dieu qui t'a tendu la main, qui t'a souri quand tu étais au fond de l'enfer.

– Dieu... Vous n'avez que ce mot à la bouche. Comme si vous n'étiez pas vivant. Comme si sous cette soutane, c'était la mort qui parlait. Dieu, j'en suis sûre, n'aime pas qu'on le mêle trop souvent aux affaires des hommes...

– Comprends-tu le sacrilège que tu viens de

commettre? Mon Dieu, c'est ma joie que je veux donner, la certitude que je ne souffre jamais pour rien. Et s'il m'arrive d'avoir un instant de doute, c'est toujours pour renforcer ma conviction. Alors, je te sauverai malgré toi. Au fait... Les hommes de la roulotte ont passé l'autre jour à Treignac où j'étais... J'ai reconnu celui qui a une balafre en travers de la joue droite. Peut-être te cherchent-ils?

– Je ne veux pas.

L'étrangère s'est levée, les cheveux en désordre. Elle regarde le curé bien en face :

– J'ai peur... Ici, j'ai la paix. Je veux rester... Je vais faire des travaux de couture et du repassage pour les gens de Saint-Merd. Je paierai mon loyer à Brutus et je veux qu'on me laisse tranquille. Je veux aller à la messe le dimanche et prier ce Dieu dont vous parlez tant. Je sais qu'il ne m'en veut pas de prendre enfin un peu de temps pour respirer... Laissez-moi vivre puisque j'étais morte!

Baugue a baissé les paupières le premier. L'étrangère lui a pris la main et ce contact chaud qu'il sent sur sa peau réveille en lui un grand tumulte.

– Je suis là pour t'aider. Je ne te laisserai pas aux loups. Chaque fois que tu auras besoin de moi, viens donc me voir... Je sais que le diable n'est pas mort en toi. Que ce passé a encore des racines vivantes. Je sais que ta chair ne se passera pas aussi vite de ce plaisir qu'elle a donné et qui lui était nécessaire. Je te sais faible... Viens me voir chaque fois que tu auras besoin de réconfort, chaque fois que tu voudras prier pour t'élever au-dessus de cette condition qui n'est pas la tienne.

Il sort sans rien ajouter. Le pédalier de sa lourde bicyclette grince dans le petit raidillon, derrière chez Brutus.

Le médecin remonte dans l'après-midi avec son jardinier, un homme maigre qui porte une casquette penchée sur l'oreille droite. Il réclame une échelle et Brutus propose celle de Janson qu'il a utilisée l'autre jour. Bébert, le sourd-muet, la traîne au pied du clocher. Brutus l'aide à la dresser contre le mur et le jardinier grimpe jusqu'à la cloche. Il se cale sur la poutre, examine de près le dessus de la Perceval.

– Alors? demande Bernard. Tu vois quelque chose?

– Non! dit-il en secouant la tête. Rien de particulier!

– Et la branche? demande Brutus. La branche dans le nid du hibou qui tape sur la Perceval, vous la voyez?

– Non. Il n'y a pas de branche!

– Ça, c'est un peu fort! Alors qu'est-ce qui la fait sonner, cette putain?

Tout à coup, le jardinier éclate de rire.

– Que t'arrive-t-il? fait Bernard qui tient le montant de l'échelle.

– Je crois que j'ai compris... Vous allez voir...

Sa silhouette se découpe dans le ciel clair au-dessus de la masse noire de la cloche. On le voit bouger, un tintement d'une grande pureté se fait entendre.

– C'est bien ça... Oui, de la pierraille qui tombe de ce gros mur. Une véritable carrière... Alors, ça descend de temps en temps. Voilà le mystère!

– De la pierraille? s'étonne Brutus. Ça fait bien longtemps qu'il ne devrait plus y en avoir. Et puis, vous n'allez pas me dire que ça peut se mettre à tomber d'un seul coup comme si quelqu'un venait le pousser de la main...

– La pluie et le gel rongent le mur... Et ça descend dans la fissure ici, comme le grain dans un moulin. Et puis, quand il n'y a plus rien, le bruit s'arrête pendant des années. Le gel descelle d'autres pierres et c'est reparti... C'est votre clocher qui s'écroule. Voilà la vérité!

– Mais alors, interroge Bernard, la cloche est en train de tomber! Ça peut être dangereux! Il va falloir la descendre!

– C'est pas pour demain... Elle est posée sur deux assises en pierre sèche et ça tient encore solidement. C'est seulement le dessus qui s'effrite.

Le jardinier descend, fier de sa découverte. Personne n'est rassuré pour autant. Brutus se contente de cette explication en se disant que le vent joue peut-être un rôle aussi important que le sable, mais les autres savent que le mur contient des tonnes de terre et de pierres. Tout ça peut couler des siècles sans se vider... Ça ne change rien.

Ensuite, Bernard passe voir Marion. Elle va un peu mieux mais son extrême faiblesse inquiète le docteur qui laisse de nouveaux médicaments.

– Il faut qu'elle se repose. Je repasserai dans quelques jours...

Il s'éloigne en plaisantant avec son jardinier. Sa voiture hoquette dans la descente puis démarre en fumant. Brutus écoute le bruit décroître au loin.

– Peut-être qu'il a raison! dit Louis. Mais pourquoi qu'elle s'est mise à tinter maintenant, la Perceval? Elle qui existe depuis si longtemps? Pourquoi que les pierres tombent juste au moment du malheur?

– Pourquoi, Louis? répond Brutus. Tout simplement parce qu'il a fallu beaucoup d'années de gel et puis parce qu'il faut un début à tout!

Brutus a beau jouer l'homme fort, il sait, lui aussi, que rien n'est comme avant. L'air pique de mille aiguilles. Le vent apporte une odeur putride. La nuit dernière, au fond de sa galerie, Jean Noirac a senti la terre bouger sous ses pieds. Il est sorti en courant, oppressé, l'envie de crier au bord des lèvres, le cœur près d'éclater. Il serait probablement rentré au Masselot si Aline n'était pas arrivée avec la charrette.

Louis Caut en a la fièvre. Il marche dans le chemin de Saint-Merd et la cloche marche avec lui. A côté de lui. Il en fait un discours aux arbres, tellement il est oppressé :

– Tu l'as vu ce jardinier du tonnerre de Dieu monter sur l'échelle comme un danseur! On était au cirque, nous, en dessous. Il s'amusait à nous faire ses pirouettes. Et il riait pour nous montrer son courage... Brutus rigolait aussi. Brutus qui se veut le patron! Je te dis, moi, que c'est pas normal tout ça! Et que notre Marion pourrait bien payer pour ces acrobates... Quand je pense que Baptiste, mon père, et l'Anaïs, ma mère, se sont privés de tout pendant leur vie, qu'ils m'ont fait remplir la boîte que j'ai cachée dans l'étable de belles pièces d'or et de beaux billets pour en arriver là! Quand je pense à ça, j'ai envie de mettre un bâton de dynamite dans ce clocher et adieu la cloche et tout le reste!

– Mais Louis, tu raisonnes comme une vieille femme!... Le docteur, qui est allé aux écoles, a bien dit que... Et le curé aussi!

– Les vieux n'étaient pas plus fous que nous et ils y croyaient, eux, à ces choses d'ailleurs. Cette cloche n'est pas catholique, ça, j'en suis sûr! Que ce soit le diable ou le reste, moi, je sais que ma Marion ne doit pas payer et qu'ils feraient mieux, tous, de rester chez eux au lieu de venir danser autour de la Perceval. Ah, ils ont beau dire que ça ne les tracasse pas!... Alors, je me demande pourquoi ils dansent si bien? Je me le demande...

De son côté, Janson n'a plus besoin de regarder la ruine pour sentir la douleur qui lui oppresse la poitrine. Penché sur son rang de légumes, l'angoisse le ronge. Personne n'échappe à cette peur inavouable, même le Drôle de la Nerrine. Brutus le croise dans le chemin de la Gane. L'enfant a enfoncé son béret sur les oreilles comme s'il faisait froid. Sa bouche large est fendue en un sourire gai. Une sorte de malice pétille dans ses yeux clairs. Il marche quelques instants à côté de Brutus, mais il ne lui donne pas la main.

– Alors, le Drôle? demande Brutus. As-tu attrapé des truites, ces derniers jours?

Le Drôle prend un air entendu :

– Quelques-unes, Brutus. Celles que tu m'avais indiquées... Et je t'ai peut-être battu... Combien sais-tu de nids de coqs de bruyère?

Brutus abaisse sa casquette sur ses yeux :

– Tu es une véritable fouine, le Drôle. Mais tu passes ton temps à courir les collines. Tu crois que j'ai que ça à faire, moi?

– Tu ne m'as pas répondu, Brutus... Tu as trouvé combien de nids?

– Me casse pas les pieds... Tu insistes comme si tu voulais me faire dire je ne sais quoi... Je te dis que je n'ai pas eu le temps d'aller voir...

– C'est bien la première année que tu n'as pas le temps. Avant, tu étais sûrement moins pressé!

Brutus fronce les sourcils :

– Dis-moi, gamin, qu'est-ce que tu veux dire avec tes mots vagues, hein? Qu'est-ce que tu me reproches?

– Rien. Moi, je sais trois beaux nids remplis de douze œufs... Tu te rappelles que tu m'as appris à les chercher en suivant le coq qui chante pour éloigner le renard de sa femelle? Tu te rappelles, Brutus, comme on les trouvait bien, tous les deux?

Brutus sort son paquet de tabac :

– On a bien un moment... Tiens, fais donc une cigarette!

Le Drôle prend une feuille qu'il colle au coin de la lèvre et plonge ses doigts dans le paquet de tabac.

– Et la Perceval, le Drôle, qu'est-ce que tu en penses, toi?

L'enfant roule sa cigarette avec application, mouille la feuille d'un bout de langue rapide :

– Moi? Qu'est-ce que tu veux que ça me fasse? Prête-moi ton briquet!

Brutus cherche son briquet dans sa poche et, se tournant vers le Drôle, se met à rire :

– Tu as vu ta cigarette comme elle est tordue! Tu me fais un sacré fumeur, le Drôle!

Ce matin, Brutus descend très tôt ses vaches au pâturage. Le jour se lève. Le mont Gradis se découpe sous un ciel clair, masse sombre d'une énorme marmite renversée. Dans le vallon, la brume garde encore un peu de nuit, le soleil se lève. Les flammes de l'horizon incendient des nuages plats. Brutus aime cette heure où les bêtes de nuit n'ont pas encore cédé la place aux hommes et aux bêtes de jour. Les oiseaux se battent entre les feuilles nouvelles. Le chemin sent la menthe fraîche et l'herbe humide.

Brutus enferme ses bêtes dans l'enclos puis remonte tranquillement par un sentier à travers bois. Son chien surprend un lapin qui détale devant lui... En arrivant aux Bornes, cette parcelle de châtaigniers stériles que son beau-père avait apportés du bas pays, il croise Fernand qui conduit ses chèvres au pré.

– Alors, le Fernand... Toi aussi tu es déjà levé?

– C'est le jour du pain, mon bon Brutus. Alors,

il faut que j'emmène mes petites là où elles vont se garder toutes seules.

Fernand articule lentement ses mots comme si sa langue les roulait contre le dur des gencives, en écrasait les saillies pour les dire aussi ronds que des bulles.

– Et toi, le Brutus, je vois que tu es toujours le premier.

– C'est mon tour de « cuire », Fernand, alors, faut que je porte les fagots et que j'allume le four avant de pétrir.

Le vieux avance d'un pas, s'appuie de nouveau sur sa canne et tourne ses petits yeux plissés :

– Tu l'as entendue, la Perceval, cette nuit?

– Oui. Comme toi, Fernand, mais qu'est-ce que tu veux que ça me fasse?

Le vieillard repousse sa casquette à l'arrière. Quand il sourit, ses lèvres s'enfoncent à l'intérieur de sa bouche qui bave.

– Tu te lèves bien tôt en ce moment, Brutus... Et même si la Perceval ne te fait rien! Hier, tu n'étais pourtant pas bien loin d'elle. Et même que tu n'étais pas seul...

– Que veux-tu dire?

– Que tu étais encore avec cette femme qui ressemble au diable... Et qu'elle était assise tout près de toi... Et qu'elle avait même sa tête posée sur ton épaule comme une amoureuse. On devinait ta figure noyée dans ses cheveux. Je sais que tu ouvrais la bouche parce que ça t'étouffait de plaisir. Dis, le Brutus, qu'est-ce qu'elle en dit, la Mélanie?

– Où veux-tu en venir, Fernand?

– J'étais à côté de toi, derrière le tilleul du moulin. Mais tu ne m'as pas vu parce que moi, je sais rester aussi immobile qu'une souche et que tu n'as d'yeux que pour la femme... Je vois ton manège... Tu es là, à trembler comme un enfant devant une chèvre qui gratte du pied! Tu ne sais même plus où mettre tes mains tellement tu as envie de les poser sur sa peau et que tu n'oses pas... Ah, Brutus, tu ne vas pas m'apprendre ces choses à moi qui ai vécu avant toi!

Brutus a un mouvement de colère qu'il contient. Il serre les dents, ses poings se crispent :

– Fernand, je crois que tu commences à perdre la tête et qu'on n'y peut rien! Mais cesse donc de raconter n'importe quoi pour me faire dépit... Tu ne serais pas aussi vieux, je t'aurais cassé le nez à coups de poing!

Fernand se met à rire.

– Ne t'en fais pas, Brutus! Tu n'as pas mis la mode sur la terre. Mais faut que je rattrape mes petites qui sont déjà dans le pré de ce vaurien de Noirac.

Chez lui, Brutus avale sa soupe, vide un verre de vin dans son assiette où il a laissé un peu de bouillon chaud. C'est délicieusement aigre! D'habitude, il prend le temps de fumer une cigarette, pas ce matin : c'est le jour du pain!

Il s'installe devant le bac de pierre à côté du puits, pose sa longue chemise de chanvre et s'asperge de cette eau de source qui sort du rocher, l'eau claire née du ventre de la terre. Chaque giclée le débarrasse d'un siècle de crasse, il fait peau neuve.

Depuis hier, le levain gonfle dans le pot de bois resté près du feu. Des bulles éclatent mollement à la surface crémeuse.

Brutus rentre dans la pièce du pain, pousse du pied la paillasse de la mémé. Il prend la farine à pleines mains dans le sac poussiéreux; le contact est doux, froid. Il en forme un barrage au milieu de la maie vide. Mélanie verse d'un côté le levain et, de l'autre, de l'eau chaude. Brutus jette deux grosses poignées de sel puis perce une trouée dans le mur de farine. L'eau coule lentement vers le levain gris et le dissout. Alors l'homme se met à pétrir en force. Il sue. Mélanie lui essuie le front avec un mouchoir propre. Pas question de s'économiser! La pâte élastique doit être longuement travaillée pour que la mie soit légère et savoureuse. L'odeur aigrelette du levain pique les narines.

Enfin, lorsque la pâte ne colle plus aux doigts, Brutus la divise en cinq boules que Mélanie dispose sur le tissu des paillons. Elle les emporte dans le lit où elle a mis des briques chaudes. Entre les draps, l'édredon remonté comme pour un malade, le pain nouveau va lever...

Satisfait, Brutus se lave les mains et roule une cigarette. Il monte au four déjà bourré jusqu'à la gueule de genêts secs, frotte son briquet. Des flammes naissent sur les brindilles, grandissent et lèchent la voûte de briques. Il apporte d'autres fagots, les lance dans le brasier.

De la gueule de pierre vient une chaleur qui brûle le visage et les mains. Brutus pose sa chemise. La sueur ruisselle sur son poitrail. Dès que le feu faiblit, il ajoute des fagots qui s'enflamment comme des torches. Enfin, quand la couleur des briques indique que le four est assez chaud, il rassemble les braises qu'il fait tomber dans une cuve de pierre prévue pour ça.

– Va crier le pain! dit-il à Mélanie.

Ce n'est pas la peine. Les autres arrivent, un paillon sous chaque bras. La grosse Jeanne et Jules Janson, Jean Noirac et Aline, puis le vieux Fernand qui ne peut plus marcher sans sa canne : il a mis ses deux tourtes dans la brouette qu'il pousse à petits pas. Depuis l'hiver dernier, le vieux ne chauffe plus le four mais donne du bois en compensation. Les filles de l'étrangère assistent au rite, morveuses, serrées l'une près de l'autre pour ne pas gêner le passage... Le Drôle marche vite; c'est lui qui pétrit désormais, preuve qu'il est un homme. Brutus lui dit :

– Tu vas me les passer!

L'enfant n'en demandait pas plus. Il prend les paillons que les autres lui tendent et les retourne délicatement sur la pelle de bois. Brutus pousse le manche démesuré sous la voûte. Les muscles de son torse se gonflent sous la peau claire.

Quand c'est fini, le Drôle ajuste la lourde plaque de fonte contre la gueule. Brutus la coince avec les braises qui palpitent et meurent lentement en se couvrant d'une peau noire et légère.

Janson pense à la Perceval. Il a maigri depuis quelques jours, ses yeux aux paupières trop grandes larmoient un jus clair. Une barbe de deux semaines lui couvre les joues. Ses épaisses lèvres molles sont poisseuses d'une bave qu'il oublie d'essuyer.

– Tu croirais que quelque chose le détruit pardedans, ma pauvre! dit la grosse Jeanne Janson, les mains sur les hanches, la peau des bras huileuse. Il n'en dort plus. Toujours à se tourner, à sauter dans le lit. Il se lève et s'en va comme s'il cherchait la guigne. Mauvais temps, va!

Brutus regarde furtivement les filles de l'étrangère. La petite donne la main à son aînée.

– Chante! dit-il au Drôle.

L'enfant fredonne quelques notes. Un peu timide, il regarde autour de lui. Sa voix contenue est pourtant chaude comme l'haleine du four. Fernand l'encourage. Aline baisse la tête, un frisson glacé serpente au creux de ses reins. La voix prend de l'assurance, s'affermit. L'odeur du pain qui cuit remplit la bouche de salive. Et la mélodie cabriole, légère comme un oiseau, virevolte, monte, descend, s'en va dans toutes les directions. Brutus se tient près de lui, les yeux rivés sur la masse des braises qui meurent. Il se laisse charmer par cet air que le Drôle est allé chercher on ne sait où, au hasard d'une foire, et qu'il a retenu, réinventé. Chez lui, Janson s'est assis au coin du feu. La chanson le rassure et il n'ose pas bouger.

Mais le charme ne dure pas. La Nerrine appelle son Drôle qui s'en va en courant. Louis retourne voir Marion. Mélanie, Jeanne et Aline descendent chez elles où les attendent les corvées habituelles. Le pain n'a plus besoin de personne. Seul, Brutus tire par moments la plaque de fonte et écoute la croûte craquer...

Deux heures plus tard, les tourtes sont dorées comme du fer au sortir du feu. Tout le monde reconnaît les siennes, pas besoin de les marquer : celles de Janson sont rondes et foncées, celles de Noirac plates et claires. D'une certaine manière, qui n'apparaît pas à qui n'a pas l'habitude du pain, elles ressemblent à ceux qui les ont pétries.

Le jour du pain est d'ordinaire jour de fête. Après avoir rangé les tourtes dans les cuisines sur les râteliers de bois au-dessus des tables, les hommes prennent le temps de parler. Depuis hier, la Perceval émet de temps à autre un tintement aigre : les graviers rassemblés dans la partie supérieure du mur coulent un à un dans la fente puis ricochent sur le bronze sonore.

– Ma petite ne va pas mieux! se plaint Louis. Et ce bruit me rentre dans les oreilles, me suit partout... Je vais devenir fou...

– Tu nous casses les pieds avec tes histoires! dit Brutus. Puisque tu y tiens, je vais te l'arrêter pour toujours, ton bruit.

– Et qu'est-ce que tu crois faire? demande Janson en se grattant les cheveux. Tu ne veux pas changer ce qui est dans l'air, ce qu'on sent tous, le pourri du vent?

– On va bien voir... Fernand, tu as toujours de la glaise dans ta mare?

– Sûr que j'en ai encore, et de la meilleure pour greffer. Mais qu'est-ce que tu veux en faire?

Il passe le premier. Les autres suivent, même Fernand qui sautille en s'appuyant de sa canne pour aller plus vite, la casquette pointée vers le bout du chemin... Un peu de soleil luit sur les toits humides. Le vent est passé à l'ouest, annonciateur de nouvelles pluies, mais Brutus ne pense pas au foin qu'il a coupé hier matin. Depuis quelque temps, il néglige son travail...

La mare se trouve au bout du hameau, sous le potager de Fernand. Le cresson y pousse dru en été. Des herbes grasses l'entourent, gorgées d'eau et de vert. Brutus pousse des bras cette savane d'où ne surnage que son béret. Noirac se tient derrière. Janson se balance sur ses grandes jambes maigres.

– Voilà la glaise! dit Brutus qui plonge ses mains dans la source. Passe le panier!

Le panier est vite rempli de cette terre à l'aspect de mastic rouge qui dégorge une eau claire. Puis, Brutus rejoint les autres.

– Janson, va chercher ton échelle!

Janson appelle Bébert qui était resté à la maison. Le soleil s'est caché sous une épaisse chape de nuages qui avance de l'ouest. Au clocher, ils aident tous à dresser l'échelle. Brutus prend le panier au bras et grimpe lentement. En haut, il se hisse sur le rebord de granit qui soutient la poutre. De près, la Perceval apparaît dans sa vérité : démentielle et inutile.

Brutus regarde les toits gris qui se tassent à ses pieds. Les murailles que les anciens avaient construites pour retenir la terre des champs courent en étoile autour du Masselot et se perdent dans les taillis. Il prend une poignée de terre, la triture entre ses doigts et la pousse à l'intérieur de la fente entre les pierres blessées par le gel. La crevasse est sans fond : tout l'argile y passe.

– Voilà! dit-il. Qu'on ne me parle plus de ça!

Le Drôle est arrivé en courant. Il monte sur les barreaux, agile comme un chat, prend le panier que lui tend Brutus. Fernand ricane. Il pense à tout ce que les mauvaises langues ont raconté quand ce petit diable est né. Et les mauvaises langues n'avaient pas tort puisque Brutus le regarde en riant avec des yeux qui en disent long.

Un coq chante dans le pré de Noirac où des vaches broutent paisiblement. Le soleil trouve une trouée dans la chape noire de l'orage. L'été explose soudain, un été humide mais doux comme les gens du Masselot n'en ont jamais eu. Ils ont envie de rire : ce n'était que des pierres! Qu'est-ce qu'on était allé s'imaginer?

Ils reviennent ensemble au milieu du hameau en parlant fort. Brutus joue au héros et plaisante. Le vent n'a pas encore dispersé l'odeur de tourte chaude qui donne faim. Le jour du pain a encore été jour de miracle, de rédemption.

– Bon, dit Fernand. C'est la Saint-Jean. Le plus grand jour de l'année. Si on faisait un feu?

– Ça c'est une bonne idée! répond Brutus. Le Drôle, où es-tu?

– J'irai chercher du bois! dit le gamin qui a compris.

Il demande aussitôt aux filles de l'étrangère de l'aider. Le bois de la Saint-Jean ne doit pas venir d'une grange. Il le faut sauvage, poussé au cœur du plateau, un bois qui connaît la lune ronde et froide, le gel, la foudre en plein été.

Cet après-midi, tout est neuf au Masselot. Finalement, le ciel se dégage, le soleil illumine les collines et grille les premiers foins coupés la veille. Les hirondelles tournent autour du clocher et réparent les nids de l'été dernier.

– Je savais bien que j'avais raison! s'exclame Brutus en allumant sa cigarette.

Janson ne s'est pas trompé : le beau temps s'installe. Un puissant soleil ruisselle sur les vieilles pierres, les chauffe à brûler la main. De la poussière blanche flotte dans l'air. L'eau se retire sous les herbes, les sources se cachent.

Le plateau a le goût de l'excès, hiver comme été. Tout grille. Les oiseaux se taisent lorsque midi approche, un midi de feu. La résine liquide coule sur l'écorce des sapins et embaume l'air. Hier lourds de pluie et de brume, les toits craquent aujourd'hui sous les coups de bélier de cette lumière aveuglante. Les hommes se penchent sur les fontaines. Ils goûtent avec volupté ces quelques minutes de fraîcheur et de repos avant de retourner à la fournaise qui mord à belles dents les épaules découvertes.

Mais ce temps ne dure pas au Masselot. Deux ou trois jours et l'orage ramène la pluie et la brume... Ce matin, la faux de Brutus glisse dans une herbe restée sèche durant la nuit. Il sait ce que ça veut dire. Le ciel n'a pourtant pas un seul nuage; le vent se tait. Pas une feuille ne bouge, mais les insectes n'en finissent pas d'agacer les bêtes. Le pré bout de sauterelles qui crépitent dans tous les sens. Les oiseaux aussi ont compris : leur chant est moins fort que d'ordinaire et, en montant au-dessus de l'horizon, le soleil rouge a déjà la fièvre. La journée se passera peut-être sans tonnerre mais pas la nuit prochaine. La foudre, le terrible feu du ciel qui frappe n'importe où, selon un hasard aveugle et méchant, va encore abattre des arbres ou brûler une grange.

Le chien de Brutus lève les oreilles et aboie. C'est l'étrangère qui vient du chemin de Saint-Merd. Elle porte toujours la même robe légère qui laisse deviner son corps, sa peau de brune.

– Je descends à Saint-Merd! dit-elle en rejoignant Brutus dans le pré; je vais chercher du linge; il faut que je le rapporte lavé et repassé ce soir... C'est pour une communion!

Elle sourit. Ses lèvres s'allongent, ses yeux se plissent. Brutus remarque un grain de beauté au coin du menton. La faux à la main, il baisse les yeux, conscient d'être laid et maladroit. Il voudrait se passer la main dans les cheveux et redresser sa casquette mais il n'ose pas.

– L'enfant a chanté cette nuit! dit-elle. Mais je ne vous ai pas vu...

– J'ai travaillé tard. Et puis, je suis allé dormir. Ce matin, j'étais ici avant le jour. Le beau temps ne va pas durer et il faut en profiter.

C'est peut-être pour se donner de l'importance qu'il ajoute :

– J'ai bien la machine à faucher qui fait le travail beaucoup plus vite que la faux, mais elle ne peut pas passer dans ce pré. C'est tellement tordu qu'elle se renversait au premier tour.

– Je vais souffler une minute, dit la femme. Je suis partie trop tôt. Ils ne seront pas levés à Saint-Merd...

Elle s'assied sur l'herbe à l'ombre d'un hêtre. Brutus s'accroupit en face. En plein jour, il n'ose pas s'approcher d'elle aussi près que la nuit.

– Maintenant que j'ai du travail, je vais vous payer un loyer. Personne ne pourra plus parler. Je voudrais rester encore un peu dans le moulin. Je me sens bien ici... En sécurité près de vous.

– Vous pouvez rester aussi longtemps que vous voulez.

– Et pourtant quelque chose me gêne...

– C'est vrai... C'est un vieux bâtiment avec des trous dans le plancher et la toiture. Il y pleut un peu; je le sais. Mais...

– Ce n'est pas de ça que je veux parler. Je me contente du bâtiment tel qu'il est ct, avec un peu de savoir-faire, le rendre agréable reste possible...

– Ah! Et qu'est-ce qui vous gêne alors?

L'étrangère baisse les yeux :

– Votre femme ne m'aime pas. Elle est jalouse parce qu'elle a compris pourquoi vous m'avez amenée au Masselot.

Brutus sursaute.

– Elle n'a rien compris parce qu'il n'y a rien à comprendre! tranche-t-il d'un ton bourru.

Un flot de sang lui monte à la figure. Il s'essuie le front. L'étrangère n'insiste pas.

– Même vous, vous avez peur de moi... Il est temps de parler franchement... Je vous sens tendu. Dur comme un morceau de bois qui refuse de se laisser plier. Vous construisez des murs entre vous et les autres. Pourquoi?

– Je ne comprends pas ce que vous dites! Moi, je ne construis rien du tout!

– Vous me fuyez. Je crois que je vous gêne et j'ai envie de partir.

– Vous faites comme vous voulez. Moi, je retourne au travail. C'est que le temps file...

Il fait un mouvement pour se lever. La femme s'est approchée de lui, si près qu'il sent la pointe de ses seins à travers sa chemise.

– Vous vous rappelez le premier jour, dans le bistrot... C'est pour ça que vous avez peur de moi, pour ce que je réveille en vous. Parce que c'est la première fois que ça vous arrive. Mais osez donc...

– Qu'est-ce qui m'arrive? demande Brutus. Il ne m'arrive rien! Je sais que l'orage approche et que, cette nuit, le foin qui sera dehors se mouillera. Voilà ce que je sais! Le reste n'existe pas!

– Si, il vous arrive que depuis le premier instant où vous m'avez vue, vous ne pouvez plus vous défaire de moi. Brutus, je connais bien les hommes... Mais pourquoi croyez-vous que je me sente heureuse au Masselot? Vous, comme moi, n'avons qu'une envie...

– Vous dites n'importe quoi! Je ne sais pas ce qui me retient...

– Et vous avez envie de moi comme j'ai envie de vous!

Brutus ne répond pas, ces mots réveillent en lui une vive douleur. Il s'éloigne et, en passant, donne un coup de pied au chien. L'étrangère a disparu derrière la haie qui cache le chemin de Gradis.

Mélanie arrive quelques instants plus tard. Brutus explose :

– Qu'est-ce que tu faisais? Tu ne vois pas le bleu qui vire au gris? Et cette poussière au-dessus du mont Gradis qui épaissit... On aura bien de la chance si on rentre ce foin avant la pluie!

Mélanie pose le panier du casse-croûte à l'ombre et se met à faner.

– Depuis quelque temps, Brutus, ça ne va plus! Tu te mets en colère pour un rien. Si je suis en retard, c'est qu'il a fallu faire toutes les corvées, lever la mémé et la faire manger...

– Tu as raison, bougonne Brutus. Le travail me presse, alors, je m'énerve.

Mélanie va chercher le râteau de bois pendu à la fourche d'un pommicr.

– C'est cette femme qui te tient dans ses anneaux de serpent! dit-elle. Et moi, je ne veux plus qu'elle reste dans mon moulin. J'irai le lui dire et elle s'en ira...

Avec le pouce et l'index, Brutus essuie le fil de sa faux avant de l'aiguiser.

– Tu entends, la Mélanie, tu n'iras pas! Si jamais tu te mêles de ça...

Elle ne répond pas. Le mur de silence a redonné

à son visage cette immobilité impassible d'où rien ne filtre.

A Saint-Merd-les-Oussines, l'étrangère est allée chercher le linge chez le notaire. Elle est repartie aussitôt de cette maison austère aux murs trop épais.

Elle traverse la grande place. Un peu de brume flotte au-dessus de la vallée et s'effiloche en morceaux de laine. Un chien jaune lève la patte sur le monument aux morts. Elle arrive à l'église, s'arrête devant la porte, hésite, puis entre. Il fait frais à l'intérieur. Les chaises alignées se détachent d'une ombre tapie au sol. Le vitrail du chœur plaque sur les dalles des carreaux de lumière rouge et bleu. La femme avance; il n'y a personne, et pourtant ce lieu ne lui semble pas désert. La paix des églises l'a toujours réconfortée. Elle s'agenouille sur la première marche de l'autel, se prosterne, les mains jointes. Les yeux baissés, elle dit à haute voix :

– Ce que j'ai fait est mal, je le sais. Donnez-moi la force de ne plus jamais recommencer. Je veux que mes filles aient une vie heureuse. Qu'elles aient au fond du cœur tellement d'amour et de joie pour vous célébrer qu'il ne restera pas de place pour médire ou pour haïr. Je veux qu'elles m'aiment, qu'elles n'aient pas honte de moi!

Elle se signe. Ses cheveux roulent autour de ses épaules en cascades noires jusqu'à ses seins.

– Je n'ai personne à qui parler. Comment me confier à ce prêtre qui parle en votre nom... Je sens en lui des choses inavouables, des envies du diable. Il me fait peur.

Elle se signe de nouveau, prend son panier, se tourne. Baugue est là, tout près d'elle, debout. L'épée de son regard la transperce.

– Ainsi je te fais peur?... Mes envies du diable, dis-tu!...

Honteuse, elle se dirige vers la sortie. Baugue l'arrête :

– Réponds... Je te fais peur? Suis-moi à la sacristie!

– Faut que je rende ce linge ce soir... Et mes filles m'attendent!

– Suis-moi, je te dis! Ça ne va pas durer longtemps!

Il traverse rapidement le chœur, passe dans la sacristie, une pièce minuscule encombrée de vêtements, de vieilles chaises et d'une immense armoire. Un crucifix en bois est posé sur des caisses de carton. Baugue ferme la porte. L'étrangère se tasse dans un coin, son panier de linge devant elle.

– Que me voulez-vous?

– Je te fais peur avec mes envies du diable...

D'un geste rapide, il déboutonne le haut de sa soutane, dégage son torse maigre et blanc. Il fouille dans l'armoire, prend une sorte de fouet dont la lanière de cuir est hérissée de petites pointes d'acier.

– Qu'est-ce que vous faites?

– Tu vas voir... C'est pour te rassurer.

Il s'agenouille sur un prie-Dieu, en face du crucifix. Le fouet se lève, claque et frappe son épaule droite. Des traînées rouges se dessinent sur la peau.

Pas une seule contraction de son visage anguleux ne montre la douleur. Et la main se lève de nouveau.

L'étrangère se précipite. Le panier roule.

– Arrêtez! Vous êtes complètement fou!

Baugue lâche le fouet qui tombe à ses pieds. La femme est serrée contre lui, la poitrine secouée de convulsions nerveuses, sortes de sanglots retenus qui ressemblent à un rire sec. Il suffoque.

– Tu vois que la douleur peut être vaincue. Tu vois que mes envies du diable n'ont aucun pouvoir sur moi. Et que tu peux me faire confiance. N'aie aucune crainte! Il n'y a pas la moindre ambiguïté dans mon attitude à ton égard.

– Vous êtes fou! répète-t-elle.

Il remonte la soutane et la boutonne lentement.

– Fou? Tu as raison! Fou de mon Dieu. Fou d'absolu et de pureté. Moi, l'homme imparfait. Et ce corps qui se rebiffe comme une bête sauvage prise au piège, je veux le ramener à la raison par le fouet.

L'étrangère ramasse son panier et les vêtements qui en sont tombés.

– Faut que je m'en aille!

– Pense à ce que tu as vu. Tu y trouveras, toi aussi, la force de résister.

Elle arrive au bas de la nef, trempe ses doigts dans le bénitier de pierre.

– Résister à quoi?

– A cet homme que tu as suivi au Masselot! Parce que tu lui apportes le malheur...

Elle sort. Le soleil luit sur les ardoises. Un chien

qui dort devant une porte lève la tête et la regarde passer. Les hirondelles frôlent les herbes du fossé. La chaleur monte de la terre en vagues épaisses. La route sent la poussière et la bouse sèche. Un berger appelle ses bêtes. La vie est là, simple. La vie avec son lot de travail, ses contentements, ses petits plaisirs, ses peines... Oubliée au milieu des collines, tout pourrait renaître pour l'étrangère.

La voilà presque au Masselot; elle contourne le pré où Brutus et Mélanie rassemblent le foin. Brutus... L'homme résolu. Qui semble si clair et sort ses griffes chaque fois que sa paix est menacée. Qu'a-t-il de plus que les autres? Que cette multitude d'hommes qu'elle a connus et dont elle ne garde qu'un souvenir de dégoût. C'est un arbre déraciné qui veut rester droit et défie le vent... L'étrangère s'est arrêtée derrière la haie pour le regarder. Le voilà qui parle à Mélanie. Qu'est-ce qui les unit sinon la disparition de leur unique enfant? Mélanie s'éloigne. Son large chapeau de paille lui cache les épaules. Entre ses mains, l'outil va vite. Depuis la mort de Marco, elle s'est légèrement voûtée, perdant ainsi quelques précieux centimètres. Maintenant, elle n'est pas aussi grande que le Drôle.

L'étrangère remonte au moulin par le petit chemin creux à côté du ruisseau qui luit entre les herbes et les saules. Elle arrive au pré de Janson. Aline l'attendait là. La jeune femme n'a pas pris son foulard. Ses cheveux très noirs tirés à l'arrière brillent comme une toison d'animal bien nourri.

– Je voulais vous voir! dit-elle.

Aujourd'hui, Aline ne baisse pas les yeux. Elle est plus grande que la moyenne, les formes de son corps sont gommées par un tablier trop long et ce gilet trop grand.

– Vous m'attendiez, moi?

– Oui, vous. Tenez!

Elle sort de sa poche une petite bourse qu'elle tend à l'étrangère.

– Mais qu'est-ce que c'est?

– Des pièces... Prenez, je vous dis!

– Moi? Mais pourquoi?

– Pour me débarrasser de cet homme... Je ne peux plus le supporter! Lorsque ses mains se posent sur moi, j'ai envie de crier. Je me sens remplie d'aiguilles. Dès qu'il me touche, j'ai envie de mourir. Je n'en peux plus... J'ai tenté de lutter mais ce n'est plus possible!

– Quel homme? Et comment voulez-vous que je vous en débarrasse?

– C'est bien votre métier, de contenter les hommes? De vous faire payer pour les laisser s'allonger sur vous et cracher en dedans de votre ventre leur bave visqueuse... C'est bien votre métier, puisqu'on le dit...

– Reprenez votre argent! Ce n'est pas mon métier!

Aline a parlé sans baisser la voix, sans la moindre gêne. L'étrangère remarque que ses yeux noirs ne sont pas dépourvus de beauté. L'austérité de ce visage n'est qu'un masque. En dessous, les joues ont une forme agréable et ces lèvres bien dessinées qui disent des mots trop lourds pour elles ne demandent qu'à rire.

– Marchons un peu. De qui parlez-vous?

– De Noirac. L'homme chez qui je travaille. Il m'a achetée à mon père : une vache et mille francs par mois. C'était une servante qu'il voulait après la mort de sa femme. Une servante, qu'il disait, pour faire la soupe et la vaisselle. Pour balayer la maison et donner un coup de main aux champs. Pour un travail de paysanne... Moi, ça m'allait, vu que je connais ça et l'effort ne me fait pas peur... Et puis...

Elle soupire. Sa poitrine se gonfle d'un sanglot retenu :

– Et puis, j'étais près du feu, baissée; je tournais le ragoût. Il est arrivé et il m'a pris les hanches. Il a retroussé ma jupe, comme ça, au coin du feu, sans parler, sans même poser sa cigarette. Ça n'a pas duré mais j'ai senti qu'il me brûlait! Et il a recommencé souvent... J'ai supporté ça presque un an. Maintenant, je ne peux plus. Quand je le sens près de moi, j'ai envie de vomir, de lui cracher à la figure, de le griffer... J'ai envie de le tuer... Alors, prenez cet argent et faites ça à ma place puisque c'est votre métier... Allez danser pour lui. Vous verrez ses yeux s'allumer et l'envie naître en lui.

Elles sont arrivées au lavoir. C'est une berge de ruisseau où des pierres plates retiennent la terre. L'étrangère pose son panier. Aline baisse la tête, comme honteuse d'avoir tant parlé.

– C'est vrai qu'on m'a forcée à faire ce métier! dit l'étrangère. J'avais le même dégoût que vous et l'envie de tuer tous ces hommes, de les écraser comme des larves puantes. Pourtant, fallait continuer... Parce que j'avais peur. Vous, vous êtes libre. Personne ne vous obligera! Alors, gardez votre argent, ce ne sont pas mes affaires!

Aline ne répond pas et s'éloigne rapidement. Le vent a tourné à l'ouest et apporte la voix aigrelette de Janson qui appelle ses bœufs sur le chemin de Gradis. La brume de la vallée est montée au-dessus du plateau. Elle coiffe les collines d'où se détachent des nuages blancs et légers comme du duvet de canard.

Quand la dernière charrette de foin est à l'abri dans la grange, Brutus dételle ses bêtes, leur apporte une grosse brassée d'herbe humide et rentre chez lui. Avant de pousser la porte, il prend le temps d'écouter la nuit chargée des premières menaces de l'orage. Les membres lourds de fatigue, il mange rapidement sa soupe chaude et va se coucher. Le puits profond du sommeil le happe aussitôt. A côté, Mélanie se tourne dans tous les sens. Depuis quelques jours, une migraine persistante lui serre les tempes dans un étau brûlant. Si elle s'assoupit quelques heures, c'est pour sombrer dans un cauchemar qui la réveille, le cœur battant, les yeux grands ouverts sur des visions terribles. C'est chaque fois la même chose : Marco est vivant. Son visage d'enfant est lacéré, la peau de ses membres laisse les os à nu. Marco l'implore mais Brutus ne veut pas qu'elle aille le rejoindre. Brutus se met devant elle et Marco se noie dans la rivière. Marco se brûle dans le feu. Marco glisse sur la pente glaiseuse vers un trou sans fond. Et Brutus ne laisse pas Mélanie lui tendre les bras... Brutus ne voit que l'étrangère toute nue. Il la serre fort contre lui, roule avec elle dans le foin sec. Mélanie a envie de crier. Peut-être crie-t-elle, mais qui l'entendrait? Brutus? Il dort, le Brutus, du sommeil profond des hommes qui travaillent au foin.

L'orage redouté ne passe pas au Masselot. Il tourne une partie de la nuit; le tonnerre gronde derrière le mont Gradis puis sur Saint-Merd-les-Oussines et contourne le plateau. Brutus se réveille très tôt. Il passe son pantalon et sort. La nuit s'achève. Des éclairs s'allument encore au loin, mais le vent pousse les nuages vers le bas pays. Il s'aperçoit, satisfait, que, pour une fois, la pluie s'est déversée ailleurs; pourtant, un nouvel orage se prépare à l'ouest pour arroser ce que le premier a épargné. L'air est suffocant; le chien tire déjà la langue. Brutus lui caresse le museau.

C'est là que la Perceval le surprend. Deux ou trois gongs rapides qui remplissent l'air de vibrations.

– Nom de Dieu...

Est-ce possible? Qui a pu enlever l'argile que le soleil a durcie. Le chien hérisse le poil, grogne à une bête dans la haie, probablement une fouine qui a flairé les poussins. Brutus le retient de la main.

– Voilà qu'elle me rappelle à l'ordre, cette bestiole!

Il n'ose pas bouger, planté entre ces murailles moussues que le gel écrase un peu plus chaque hiver avec une patience sournoise.

– Je les vois encore, tous... A tourner autour de moi pour me reprocher d'avoir fermé le trou à la glaise... Je les vois avec leurs yeux de renard. Ils n'ont pas fini d'en inventer des histoires qui ne tiennent pas debout!

Brutus sait qu'il va se mettre en colère, mais cela le rassure, la colère a, chez lui, le pouvoir de tout remettre en place et d'éviter le doute. La Perceval sonne de nouveau. Planté au milieu du chemin, l'homme se dit que c'est peut-être le Drôle qui s'amuse à lancer des pierres. Peut-être aussi que l'argile en séchant s'est détachée.

Jean Noirac se réveille en sursaut, se dresse sur son lit. La demie de quatre heures sonne à la pendule de la cuisine. Aline est descendue préparer le café. Elle a mal dormi; le roulement lointain du tonnerre l'a gardée les yeux ouverts pendant plusieurs heures. Mais était-ce bien la peur de l'orage? Aline est si peu bavarde!

La cloche surprend Noirac au sortir du sommeil. Malgré la chaleur moite, un frisson gelé le suit tout entier. Aline monte rapidement l'escalier qui craque sous ses pas, entre dans la chambre, échevelée, le visage hagard. Son gilet noir pend, déboutonné :

– Tu entends?

Elle marche vers la fenêtre, pousse les volets. Un nouveau tintement la heurte en pleine figure, s'étale en un son cristallin et puissant. Aline recule, titube puis, ramenant son gilet sur ses seins, se tourne vers Noirac qui se frotte les yeux. Sa barbe de deux jours le vieillit.

– Alors, ça recommence? L'argile de Brutus n'y a rien fait! Rien! Tu vois qu'on avait raison de se méfier!

Elle ne répond pas, va et vient dans cette pièce, rassemble des vêtements. Malgré l'air étouffant, elle ferme la fenêtre.

Les hommes du Masselot arrivent en même temps au croisement des chemins. Fernand a oublié sa casquette et son crâne chauve luit comme un caillou de la rivière. Son menton en est agrandi. Il triomphe :

– Quand je vous disais qu'on n'arrête pas ce bruit! La mort est dedans! Vous pouvez toujours reboucher le trou. J'ai vu les hirondelles... Elles se posaient près de la fente, une boule noire d'hirondelles. Et elles piochaient la terre de Brutus. C'était à qui en emporterait le plus. A qui en avalerait la plus grosse becquée. Les nids sont maintenant tout rouges de l'argile de ma mare. Vous voyez : la Perceval a plus d'un tour dans son sac. Vous voulez toujours faire les choses à moitié! Je vous l'avais dit : c'était pas une bonne idée. Il fallait agir plus fort que ça!

La Nerrine conduit ses chèvres au pré. Elle encourage son petit chien noir d'une voix pointue. L'animal tourne autour du troupeau en aboyant.

– Alors, le Louis, ta Marion ne va pas mieux?

Louis Caut s'essuie le front avec son grand mouchoir à carreaux. La sueur mouille sa chemise en plaques sombres.

– Pas mieux, la Nerrine! Elle est toujours au lit sans force, à se laisser emporter de langueur...

– Je passerai la voir en remontant...

Elle revient quelques minutes plus tard. Louis, qui l'attendait, lui emboîte le pas. Elle a plié sa tête dans un immense châle qui lui couvre la moitié du visage et marche lentement en s'appuyant de sa canne.

– Les médicaments ne servent plus à rien, la Nerrine. Quand la Perceval a recommencé, ce matin, la petite s'est tordue comme une branche dans le feu. Ses mains tendues vers nous, elle n'a même pas ouvert les yeux. C'est à croire que le mal vient de là. Et elle s'est mise à se plaindre... Qu'est-ce qu'il faut faire, à ton idée?

– Je ne sais pas, Louis. Moi, je pose les mains, c'est tout. Mais ça lui fera du bien.

Dans le lit, la fillette grelotte sous l'édredon. Ça sent le fruit pourri, le rat, le blé rance.

– Tu entends comme elle respire? demande Louis. Moi, ça me fait mal de l'entendre. Tu ne peux pas savoir comme ça me fait mal.

Anaïs apporte des bouillottes et cache ses yeux rouges. Baptiste est là aussi. Il passe ses journées près du lit : tant pis pour le foin et l'orage qui menace. Il guette chaque geste de l'enfant, cherchant un signe de mieux.

La Nerrine pose sa canne contre la table de nuit, retrousse les manches trop longues de son gilet. Ses mains ouvertes sont claires. Toute la lumière de la pièce semble se poser sur ses doigts crochus qu'elle approche des joues blêmes. Marion lui sourit, un sourire radieux; son visage s'allume. Une douce chaleur se répand dans ses membres engourdis. Elle ne tremble plus. Un peu de rose s'étale sur ses joues.

– Elle va dormir! dit la Nerrine. C'est toujours ça de pris. Je peux seulement lui faire du bien sur le moment. Peut-être que ça la guérira!

– C'est un miracle! s'exclame Louis. Regarde, elle dort comme elle n'a jamais dormi depuis longtemps... Je savais que tu allais me la sauver!

Anaïs serre la Nerrine dans ses bras et laisse couler ses larmes.

– Bon, dit la Nerrine, je repasserai ce soir. Pour le moment, il faut que j'aille au foin. Le Drôle doit être arrivé avec le chariot.

Elle prend sa canne et s'éloigne en boitant. Louis l'accompagne jusqu'à la porte puis revient dans la chambre. Marion dort, un sourire au coin des lèvres. Baptiste ajuste sa casquette sur ses cheveux blancs.

– Nom de Dieu! On ne lui a même pas dit merci! constate-t-il.

Janson ne résiste pas à ce nouvel assaut de la Perceval. Il s'en assoit devant sa porte et reste très longtemps comme une pierre, incapable de bouger ni de dire un mot. A l'étable, Jeanne et Bébert attellent les bœufs pour aller chercher le foin sec que l'orage risque de mouiller dans un instant, mais Janson ne pense pas à la pluie. Il se remet péniblement sur ses jambes, fait quelques pas dans le chemin, puis rentre chez lui, se tasse sur le banc près du feu mort en claquant des dents, sourd aux appels de sa femme. Il se torture les doigts, patauge dans le marais de ses pensées.

– Plus fainéant... crie la Jeanne. Faut chercher loin! Tu vas venir, oui?

Jules Janson ne bouge pas. Il a les lèvres humides, le regard perdu. Jeanne s'emporte :

– Mais qu'est-ce qui m'a fait un homme pareil?

D'ordinaire, il se rebiffe, crache sa hargne en flots de paroles méchantes. Ce matin, il se tait.

Comme il l'avait prévu, Brutus s'est mis en colère :

– Qu'est-ce que vous avez à tourner en rond? Et pourquoi me regardez-vous comme ça? C'est bien vous qui m'avez demandé de l'arrêter cette cloche de rien du tout!

Noirac lui a répondu :

– Écoute, Brutus, tu veux tout commander, même la Perceval. Tu veux que tout le monde t'écoute. Tu joues au chef et tu ne comprends rien du tout!

– Je comprends que vous me fatiguez avec votre Perceval! Moi, ça ne m'empêche pas de dormir! Alors, maintenant, hirondelles ou pas, je vais faire mes affaires!

Il les laisse plantés au milieu du chemin. À la maison, Mélanie est en train d'essuyer un peu de vaisselle. Elle lui demande :

– Tu peux aller me chercher de l'eau au puits? Ça m'avancerait pour la soupe!

Le puits se trouve devant la maison, rond avec

un petit toit pour empêcher la pluie de le souiller. C'est le meilleur du Masselot. On l'a creusé jusqu'à huit mètres. L'eau y reste toujours à la même température, fraîche en été, presque tiède en hiver. Elle vient du fond de la terre, entre des rochers propres et dorés. L'autre année, Noirac a fait venir un puisatier de Peyrelevade pour chercher chez lui. Il voulait savoir d'où venait la source de Brutus et creuser sur le filon... Mais l'homme a dit qu'elle était si profonde qu'il pourrait creuser toute sa vie sans jamais la trouver. Alors, il s'est contenté de son vieux puits qui baisse en été jusqu'à la vase.

Brutus accroche le seau à la chaîne dont il freine le déroulement en posant le plat de la main sur le moyeu de bois. Mélanie l'attend à la porte.

– C'est la foire à Saint-Merd! dit-elle. Tu n'y penses pas, Brutus?

– Non, je n'y pense pas.

– Tu as vu l'orage qui arrive... Il va pleuvoir une partie de la journée. Le travail ne va pas nous presser, aujourd'hui!

– Tu as raison. On va en profiter pour faire la sieste!

– Et si on allait tous les deux à la foire? On irait manger chez ma sœur, Margot. Je ne t'ai pas dit... Le jour où tu as ramené l'étrangère, elle est montée. Toi, tu étais au pré...

– Et que voulait-elle?

– Me dire que tu avais promené cette femme devant tout le monde. Que tu avais perdu la tête...

– Ah bon! Et que lui as-tu répondu?

– Qu'elle se mêle de ses affaires! Je l'ai vexée

puisqu'elle n'est pas remontée depuis. Alors, on pourrait aller la voir, tous les deux. Pour qu'elle sache que tu n'as pas perdu la tête. Ça passerait le temps : les bêtes peuvent se garder toutes seules... La mémé va rester là. Je demanderai à l'Anaïs d'y jeter un coup d'œil de temps en temps.

Brutus pose son seau.

– On serait comme avant, tous les deux! continue Mélanie. Tu te rappelles quand on était jeunes et qu'on allait à la foire... Tu te rappelles, Brutus? Et puis...

Le souvenir du petit Marco qui courait devant eux lui coupe la parole. Elle sait que Brutus y a pensé aussi.

– Et puis on serait ensemble, sur le chemin...

– Va à la foire si tu veux! tranche Brutus. Moi, je reste là!

Il sort sans voir Mélanie qui ramasse le torchon et s'essuie le visage. Il s'éloigne sur le chemin de Gradis, puis traverse le pré des Graves. La rivière coule en cascades rapides. Brutus regarde un moment ses bêtes que les mouches agacent. Il remonte au hameau par le champ de Noirac et arrive ainsi au moulin. Les filles sortent. L'aînée porte un panier de linge qu'elle doit rapporter à Gradis ou à Saint-Merd-les-Oussines. C'est une fillette d'une douzaine d'années. Ses yeux changent de couleur avec le temps comme ceux de sa mère... Sa sœur, beaucoup plus jeune, a la peau claire, des cheveux presque blonds. Brutus en déduit qu'elles n'ont pas le même père et il serre les dents. Il pense ensuite à ce que vient de lui apprendre Mélanie et se dit que la grosse Margot se mêle un peu trop des affaires des autres. Brutus la savait insolente et désagréable, mais pas à ce point!... Non, il n'a pas perdu la tête, même s'il reste caché comme un voleur de poules derrière ces aubépines qui montrent leurs épines dures entre les feuilles. Il écoute le silence de l'été; il regarde couler la lumière ocre sur les pentes du mont Gradis...

La porte du moulin s'ouvre. Un homme sort. Brutus reconnaît le clerc du notaire de Saint-Merd, un gars encore jeune. Que fait-il ici, chez l'étrangère, dans son moulin? Brutus grimace : un serpent déroule en lui ses anneaux de feu.

L'homme, un blondinet au visage régulier, s'éloigne dans le pâturage de Noirac comme pour ne pas avoir à traverser le hameau. L'étrangère lui fait un signe de la main et descend au lavoir. Brutus attend qu'elle se soit agenouillée sur les pierres plates pour se montrer.

– Le beau temps a assez duré! dit-il en sortant son paquet de tabac pour se donner une contenance. L'orage ne va pas tarder!

L'étrangère lui sourit. Il a mal partout.

– Je passais! dit-il. Et je vous ai vue... Après que l'homme qui travaille chez le notaire est sorti. Alors...

Il s'est forcé pour avoir une voix quelconque.

– Il m'a apporté du linge! dit la femme.

– Je l'ai vu arriver et partir...

– Nous avons bavardé. Il est amusant et raconte des tas d'histoires. Il m'a fait rire.

– Moi, je ne l'aime pas! dit Brutus. Quand le

vieux père de Mélanie est mort, on a partagé la propriété avec sa sœur Margot. Le vieux Jamet avait une préférence pour l'aînée mais il n'avait pas fait de testament. C'est moi qui ai payé la totalité des droits parce que je gardais la terre. Il riait en comptant mes sous...

– Moi, il m'a parlé de manèges, de chevaux de bois et de vin qu'il fait venir de Bordeaux. Paraît que ce vin vous met la joie au ventre pour le restant de la semaine...

Elle rit. Brutus a envie d'aller chercher son fusil et de courir après cet homme qui la rend heureuse.

– C'est un drôle de gars! continue-t-il. Il est né tout près d'ici. Il a perdu son père d'un petit mal à la lèvre. L'homme fumait sa cigarette en la tenant toujours du même côté de la bouche. Et c'est là que le mal s'est mis. D'abord un bouton, et puis une plaie qui ne guérissait pas, toute petite. Il en est mort. Et lui, vous savez ce qu'il a fait devant son père qui agonisait?

– Non.

– Il a ouvert l'armoire et il a forcé sa mère à lui remettre ce qu'il y avait dans une boîte de fer. Des billets et des pièces pour ne pas les partager avec sa sœur. D'ailleurs, elle lui a fait un procès, mais le malin connaît les lois...

– Moi, je le trouve gentil. Il m'a apporté du linge et il reviendra le chercher. Il me paie bien.

– Et puis, c'est un coureur de femmes... Toujours à chercher comme un chien. C'est pas que je veux médire, mais demandez aux gens d'ici ce qu'ils en pensent.

L'étrangère se met à rire d'une façon qui irrite Brutus. Se moquerait-elle de lui? Elle plonge le linge dans l'eau claire qui ruisselle en bouquets d'étincelles. Brutus s'éloigne, mal à l'aise. Il siffle son chien qui a disparu dans les taillis.

– Toi aussi, toujours à traîner à droite et à gauche. Tu ne peux pas rester avec moi?

Tout à coup, une volée de cailloux réveille un carillon lugubre. En piochant l'argile, les hirondelles ont dû ouvrir une nouvelle brèche. Brutus croise Louis Caut.

– Alors, tu l'entends, cette bestiole? demande le gros homme.

– Que veux-tu que j'y fasse, Louis? Il faudra bien qu'elle s'arrête seule. Toute la pierraille va finir par tomber et, quand il n'y en aura plus, tu seras tranquille. C'est l'affaire de quelque temps.

– Dis-moi, insiste Louis, tu ne vas pas la laisser me manger ma petite Marion... Toi, tu t'en fous. Tu n'as personne qui souffre, tu es seul avec ta Mélanie et ton chien. Ton pauvre Marco n'a plus besoin de rien mais moi, Brutus, moi et ma Marguerite, Anaïs, ma mère, et mon vieux père, Baptiste, on a la petite Marion qui chante toute la journée et, même si elle ne chante pas aussi bien que le Drôle, elle met de la gaieté dans la maison.

– Louis, tu sais qu'on a toujours été de bons copains, tous les deux... Mais ne me parle plus jamais du pauvre Marco comme tu viens de le faire.

Louis s'éponge le front.

– Ne m'en veux pas, Brutus. Je ne voulais pas te

faire de mal. Tu comprends, ma petite Marion et cette Perceval...

– Ce sont les hirondelles qui ont ouvert la fissure! Le père Fernand te l'a dit, à toi comme aux autres! Les nids saignent de l'argile...

– Notre Marion, c'est pour elle qu'on travaille. Et même qu'on a des idées sur l'avenir. Des tas d'idées que je ne peux pas te raconter. Alors, viens avec moi, Brutus. On va le reboucher ce foutu trou. On va le colmater avec du ciment et, cette fois, ce sera pour de bon!

– Si ça peut te rassurer...

– Comprends-moi... Ça fait des années qu'on y pense, tous, à l'avenir de cette petite... On n'est pas plus croyants que les autres, mais on ne veut pas risquer de se tromper. Ce serait trop bête pour elle et pour nous aussi.

Le ciel est bas. Le Masselot s'englue dans une fange de brume lourde. Ce n'est pas de la pluie mais un temps comme ça, un temps du plateau, gris. Des paquets de nuages, restes de l'ancien orage, ne trouvent pas le chemin de l'horizon. Ils flottent sur le dos du vent, immenses coquilles vides. Louis marche péniblement à côté de Brutus. Le bruit de la Perceval le serre encore à la gorge, lui donne des pensées curieuses qui ne sont pas de lui mais de son contraire, de celui qui se trouve dans son ombre.

Les autres ne sont pas loin. Fernand attendait sur le pas de sa porte que Brutus passe pour le rejoindre. Janson et Bébert rassemblent de la paille devant leur grange. Noirac s'est trouvé au milieu du chemin, les bras ballants, désœuvré.

– Bien sûr que les hirondelles ont pris la terre! dit Fernand. Mais je vous demande pourquoi? Qui les a poussées, ces petites bêtes de rien qui ne pèsent pas dans la main et qui volent toute la journée?... Qui? Le vent? Le diable qui vient danser sur la cloche et qu'elles connaissent?

– Cesse de raconter des bêtises, Fernand! dit Brutus. Je vais le reboucher, ce trou. Je veux que vous arrêtiez de me suivre comme des poussins.

Janson baisse la tête, absent. Les lèvres pendantes, il bave. En le voyant, Jean Noirac a un sursaut d'orgueil :

– Brutus a raison! Faut en finir une bonne fois pour toutes!

– Janson, va chercher ton échelle! Louis, ton ciment. Les hirondelles n'y pourront rien, cette fois! Surtout, n'oublie pas la truelle!

Louis part aussitôt. Brutus tamise un peu de sable de l'ancienne carrière des Places, sur la route de Gradis. Il le mélange au ciment et, quand le mortier est prêt, il monte au clocher où Bébert a dressé l'échelle. Il grimpe un à un les barreaux, s'installe à califourchon sur la poutre. Les hirondelles ont bien travaillé : il ne reste pas la moindre trace d'argile.

– Bon, allons-y!

Brutus ne sait pas se servir de la truelle. Tout à l'heure, il a demandé cet outil pour crâner. Aussi prend-il la pâte à pleines mains et la tasse-t-il dans la fissure entre les pierres disjointes. Louis Caut respire enfin. Noirac pousse un soupir et sourit.

– Cette fois, on est tranquilles! crie Brutus. A moins que les hirondelles aient le bec en fer... Vous voulez que je vous fasse l'angélus?

Il agite ses jambes pendantes et heurte le bronze. La cloche sonne, presque joyeuse.

– Descends! dit Louis. Ton vacarme nous casse les oreilles.

Brutus s'agrippe aux montants de l'échelle. Noirac rentre chez lui sans attendre les autres :

– Faut quand même que j'aille voir mon foin! dit-il en regardant le soleil.

Un coin de ciel bleu passe entre les nuages. Le tonnerre a grondé sur Millevaches, mais l'orage n'éclatera pas encore : le vent vient de tourner... Janson chancelle sous le poids de l'échelle. Son corps filiforme se gondole. Des larmes coulent de ses gros yeux tristes.

Tout à coup, un cri strident déchire le calme. Un appel d'agonie. Les hommes se regardent :

– C'est Noirac! dit Brutus.

Le voilà en effet qui descend en courant l'escalier de sa maison. Il a les yeux rouges, ses cheveux blancs en bataille. Il se plaint comme un chien qu'on vient de rosser. Brutus le rattrape.

– Que t'arrive-t-il, Jean?

– L'Aline! hurle-t-il. L'Aline que tu voyais tout le temps avec moi au pré et au champ... Qui ne disait jamais rien... Elle est partie...

– Partie?

– Oui. Tu la connais? Pas bavarde, plutôt renfermée même! Je l'ai vue avec son sac... Alors elle m'a dit comme ça : « Je m'en retourne voir ma mère. » Et elle est partie!

– Mais elle va revenir! C'est normal qu'elle veuille voir sa mère!

– Non. Je te dis qu'elle ne reviendra pas. Depuis quelque temps déjà, elle regardait ailleurs. Elle a passé à côté de moi sans me voir. J'ai compris...

Noirac est assis sur le muret. Ses épaules sont soulevées de sanglots qu'il ne cherche pas à contenir. Il pleure sans honte devant les autres qui comprennent que ce chagrin n'est pas celui d'un homme qui vient de perdre une simple servante. Pourtant, Brutus joue le jeu :

– Tu te montes la tête pour rien. Tu en trouveras une autre! Les bonnes ne manquent pas...

– Pas comme celle-là! Quand je suis arrivé tout à l'heure, elle préparait le café. Et puis elle a pris son sac, celui qu'elle avait le premier jour, un vieux sac noir en cuir qui contient une robe pour le dimanche. Elle s'est approchée de la porte et elle m'a dit ce que tu sais. Elle étouffait ici. Elle mourait avec des vieux. Je le savais...

Le soir tombe. L'orage qui s'était formé au-dessus de la brume est parti ailleurs. Brutus a vu le mur de la pluie se déplacer vers le bas pays. Le mont Gradis disparaît dans une ouate blanche, le ventre mou du ciel. Le silence a l'aigreur du fiel et s'étale en volutes lourdes. Le vent humide tourbillonne dans les bas-fonds. La grisaille pleut sur le Masselot. Depuis longtemps, le soleil s'est caché. Le départ d'Aline et la peine de Noirac laissent un goût de vinaigre dans la bouche. Brutus, Fernand et Louis ne sont pas partis au pré. Janson les rejoint... La Perceval s'est tue et, pourtant, ils ne sont pas soulagés. Après la griserie des premiers instants, ils ont au fond d'eux une rancœur difficile à chasser.

– Et si vous croyez que ça va aller mieux! s'exclame Janson avec une pointe de reproche. Moi, je sais que non! Tiens, regardez, ça commence bien! Aline s'en est allée sans demander son reste et nous, on croit que parce que la bête ne peut plus sonner l'air est guéri de la peste!

– C'est bien de toi, ça! dit Brutus. Tu étais le premier à me demander de monter boucher la fissure...

– Peut-être, Brutus, mais je me suis trompé. Et toi, tu t'énerves parce que tu sais que j'ai raison.

– Ah, ne recommence pas avec tes pleurnicheries!

Il les laisse au milieu du chemin et remonte chez lui. Janson traîne ses sabots en direction de son étable. Il croise Fernand :

– Il peut causer, le Brutus... C'est qu'on s'y habituait!

– On se fait plus facilement au mal qu'au bien! dit malicieusement le vieillard.

Janson n'insiste pas. Le silence le harcèle. Il pense à des rochers en équilibre qu'un coup de vent peut basculer dans le vide. Il sursaute au moindre bruit. Une peur liquide ballotte dans son ventre. Le voilà traqué, gibier aux abois qui ne voit pas le chasseur. Rien ne va; chez lui la lourde présence de sa femme qui bougonne ne le rassure même plus.

– Mon pauvre père avait bien raison! dit-elle. Un fainéant comme toi qui ne sait pas où il va... C'est la pire des catastrophes dans une maison!... Ah, si j'avais écouté ce pauvre homme!

L'évocation du vieillard grincheux qui n'hésitait pas à se servir de la canne rappelle à Janson ses premières années au Masselot. De mauvais souvenirs qu'il veut fuir. Il sort et s'éloigne dans le premier chemin, celui de la rivière.

En arrivant près du ruisseau, il voit l'étrangère en train de laver à genoux sur les cailloux dorés, les jupes retroussées. Ces belles jambes nues, ces hanches offertes réveillent en lui un vieux démon. Il se cache derrière la haie de Noirac. Du feu court le long de ses doigts. Il s'approche doucement derrière la femme puis s'arrête net à quelques pas de la berge. Brutus est là qui le regarde, les poings serrés, Brutus qui s'attache aux pas de l'étrangère comme si elle lui appartenait.

– Janson, cette fois, je...

Janson bredouille, recule vers le chemin et s'en va en courant. L'étrangère sourit à Brutus qui aperçoit ses seins libres sous le tissu presque transparent du corsage. Ce qui le pousse vers cette femme l'en éloigne tout autant, une envie qui, sitôt née, devient répulsion. Il part droit devant lui. Après la mare de Noirac qui se couvre de lentilles vertes, un bruit de branches cassées l'avertit d'une présence. C'est le Drôle qui a volontairement brisé un morceau de bois sec pour attirer son attention.

Le gamin sait suivre sans être vu avec l'agilité du renard; les brindilles ne bougent pas sous ses chaussures. Il sait traverser les taillis sans déranger les branches. Les dents des ronces sont pour les autres et se contentent d'effleurer sa veste usée et son pantalon trop grand, des vêtements qui viennent de Saint-Merd. C'est la femme du docteur Bernard qui s'occupe de les rassembler pour les distribuer aux plus nécessiteux. Brutus sait tout ça. Il connaît la pauvreté de la Nerrine, mais jamais il n'a parlé de donner les habits qui lui restent de Marco. Mélanie les a rangés dans une caisse qui se trouve au grenier, et c'est bien ainsi : de les voir vivre sur des épaules jeunes le mettrait en face de la terrible absence...

– Alors, petit diable! Voilà que tu m'espionnes?

Le gosse ne répond pas. Combien de fois a-t-il suivi Brutus de la sorte, comme une petite bête qui a besoin de cette présence et redoute de se montrer? Ce soir, il est malheureux. Depuis quelque temps, son ami Brutus a changé. Le voilà qui marche sans but. Celui qui n'avait peur de rien, qui monte défier la Perceval serait-il devenu aussi faible que Janson? C'est à l'autre Brutus que le Drôle veut ressembler, pas à celui qui passe son temps à tourner autour d'une femme frivole.

Ils marchent un moment sans rien dire, comme ils le font souvent, mais le Drôle a le visage fermé. L'homme l'a remarqué et n'en dit rien, pourtant, le sourire, les paroles gaies de l'enfant lui manquent et il a brusquement froid jusqu'au fond du cœur.

– Cette étrangère, je ne l'aime pas! dit tout à

coup le Drôle. Les autres ont raison. Tu n'aurais pas dû la ramener.

Brutus s'arrête net.

– Eh bien, le Drôle, voilà que tu me fais la morale, maintenant? Faut-il que je t'apprenne la politesse à coups de pied au cul?

Le gosse sait que Brutus peut être violent. Il l'a vu se mettre en colère contre ses bêtes; aussi se tient-il à l'écart, prêt à sauter dans le talus.

– Fallait que je te le dise! Ça me pesait comme une charogne pourrie.

Il s'éloigne, une main crispée sur le couteau de Brutus qui le regarde se faufiler entre les branches basses. L'homme reste ainsi longtemps après que les feuilles ont retrouvé leur immobilité fragile. Une pince de fer lui serre les entrailles.

Dans sa grande maison, Jean Noirac n'est plus chez lui. Les dalles de la cuisine ne résonnent plus sous aucun pas. Au-dessus de la cheminée, un écusson de granit montre des armoiries dont on a perdu le sens... Aline a emporté les bruits familiers qui donnaient envie de s'asseoir près du feu, de fumer paisiblement une cigarette en se chauffant. Aline... Un visage un peu long, des yeux presque toujours baissés... Où est-elle ce soir, tandis que la nuit descend lentement? A Saint-Merd? En ville où brillent des lampes électriques? Dans un bistrot à attendre des hommes vigoureux qui sauront caresser son corps?

Noirac n'a plus la force de bouger. Le plomb de son estomac le colle au banc. Il n'a pas faim. Le silence des murs l'écrase. Aline a tout raflé dans son sac de cuir râpé, le rêve impossible, l'envie de continuer ses fouilles démentielles sous la colline. Le trésor est parti avec elle. Qu'allait-il s'imaginer, ce vieux fou? Qu'elle l'aimerait et resterait dans ce hameau où rien ne la retenait, même pas l'espoir d'hériter de la propriété puisque Noirac a aussi deux fils?

– J'ai eu tort! dit-il à haute voix. Elle méritait plus que mille francs par mois. J'aurais dû en parler...

Mais qui l'eût cru? Depuis un an qu'elle était là, pas une plainte, pas un souhait... Il pousse du coude les couverts et les casseroles qui encombrent la table. Aline n'a jamais été aussi présente. Le mur décrépi reflète le souvenir de sa silhouette, de ses gestes assez lents, mesurés.

L'abattement cède le pas à la colère. Pourquoi baisserait-il les bras? Les autres se sont moqués de lui. Brutus surtout! Il avait un drôle d'air tout à l'heure! Comme il devait être content! L'envie de rire lui secouait la poitrine. Maudit Brutus qui veut tout commander! Et envieux... Toujours à regarder les femmes des autres, sûr de lui! Il n'est pourtant pas plus haut qu'un tabouret!

Quelle heure est-il? La pendule s'est arrêtée. Par moments un éclair bleu déchire la nuit. Noirac va retourner au fond de sa galerie. De l'or l'attend là-bas, couché dans son édredon de terre rouge. Il achètera le hameau tout entier, la propriété de la Jeanne, celle de Fernand dont un pré pousse une corne chez lui et, surtout, celle de Brutus qui faisait les yeux doux à Aline. Noirac l'avait tout de suite compris. Un jour, il a dit à Mélanie :

– Ton Brutus, ma Mélanie, faudra l'attacher par ce que je pense... Toujours à courir le jupon! Je l'ai vu en train de raconter des histoires à ma bonne.

Mélanie lui éclata de rire au nez :

– Mon pauvre Jean Noirac, vous vous en faites bien pour rien. Moi, j'ai autre chose à penser! C'est plus de mon âge!

Elle n'en avait pas parlé à Brutus, pourtant, le soir, ses mouvements étaient brusques en enfonçant la cuiller dans la bouche de la mémé. Et le bouillon beaucoup trop chaud brûlait cette gorge sans voix.

Noirac sort devant la porte. Si c'était son goût, il boirait de la gnole. La peine ronge ses os, énorme, plus lourde que la Perceval et le mont Gradis... La nuit se tait. Il n'y a pas de grillons et le hibou n'appelle plus de sa voix de revenant. Le silence mord avec autant de force qu'un vent gelé. Il enveloppe et pèse, lourd comme le roc, dur comme la cloche qui plaque son ombre gigantesque sur le Masselot. Noirac n'a pas pris son béret. Des taches de lumière bleue vivent dans ses cheveux blancs. Il marche droit devant lui. Aline, c'était plus qu'une femme ordinaire. Plus que sa femme. C'était un bout de jeunesse qui le chauffait et le gardait en vie. Un autre continent, une terre perdue enfin retrouvée. Le doute l'envahit : partie si loin, ne va-t-elle pas revenir accompagnée d'une armée de jeunes avides de le dévaliser? Et qui a bien pu lui donner l'idée de tout ça? En marchant, une certitude germe en lui, serpente à travers le magma de sa peine : c'est Brutus! Le Brutus qui lui a fait des avances. Qui l'a fait crier de plaisir derrière une haie. Des regards furtifs, des sourires à peine cachés s'expliquent enfin.

Il s'arrête. Devant lui, une frondaison de pins vibre sous le vent. Non, ce n'est pas possible : Brutus est trop petit, trop poilu, trop laid pour donner du plaisir à une Aline toute en longueur, en finesse. Brutus ne sait pas parler aux femmes. Ses mots ont la rugosité de ses mains.

Le silence épaissit la nuit. L'été est parti vers le bas pays... De la fonte liquide durcit autour de Noirac. Il arrive enfin à la cabane de berger, entre sans précaution. Le béton de l'ombre le protège des indiscrets. Le voilà à l'intérieur devant l'escalier taillé à la va-vite qui s'enfonce dans la terre et le passé. Il craque une allumette. La forte odeur de l'humus l'enivre. Son cœur accélère. Aline est peut-être là, au bout du tunnel, qui l'attend, la pioche à la main. Il pose la lanterne. La paix de la terre ignore la Perceval et l'accueille, couleur de pierre, d'os, d'espérance, couleur de cet or encore enfoui quelque part sous ces fondations.

La nuit minérale couvre le Masselot. Le silence est total, pas un bruit d'insecte, pas un craquement d'arbre. Un sentiment d'incertitude ronge Brutus. Il a beau se forcer, ses pensées reviennent toujours au même point. Le voilà pantin tiré par le dehors. Cet après-midi, il est allé sarcler ses haricots. Accroupi entre les rangs, il s'est mis à arracher les mauvaises herbes, sans envie, les pensées ailleurs. Et puis, il s'est dressé au milieu du champ et s'est écrié :

– Avec toutes ces histoires, tu ne saurais plus regarder devant toi!

Ce soir, il se promet de ne pas descendre au moulin. Lui qui a bouché la fissure bute contre le rien, s'étonne du son de sa propre voix. Le mutisme du clocher nettoie chaque chose qui devient trop visible, trop précise. Sa vieille mère le regarde avec insistance comme pour lui reprocher d'avoir inventé cet avant-goût de la mort, ce néant qui aiguise ses griffes de fauve, cette atmosphère de caveau.

Mélanie, elle, semble ne pas avoir changé. Les corvées quotidiennes l'accaparent... Elle écrase les pommes de terre des cochons dans l'eau bouillante. Sa mèche blanche sur le front, un coude sur les genoux, elle répète sans y penser des gestes mécaniques.

Brutus s'installe à table et se sert un verre de vin. Il ne quitte pas Mélanie des yeux. A quoi pense-t-elle? A Marco? Sûrement, Mélanie pense toujours à Marco! A cette heure, il sait qu'il mourra avant elle, cela le rassure. Mélanie anime cette maison de son pas sec et rapide, tout lui ressemble, la nappe à fleurs jaunes, le bouquet séché près de la Vierge de plâtre, les pots de grès sur l'étagère. Elle connaît la terre du Masselot et sait quel pré doit être fauché en premier, quel champ donnera le meilleur sarrasin... Pas Brutus qui vient d'ailleurs. Et Mélanie a tant de bonté pour les siens! Lorsque la mémé n'a pas pu se suffire, elle a dit :

– Ton frère n'en veut pas? On ne va quand même pas la mettre à l'hôpital! Va la chercher! Ça fera pas beaucoup de travail en plus.

Depuis, elle fait cuire les légumes de la vieille,

la met sur le pot, l'habille, la couche sans jamais se plaindre...

Brutus sort. Une lumière diffuse reste encore accrochée au clocher silencieux. La cheminée des Janson fume. Le Drôle passe, l'air pressé, les mains dans les poches. Brutus l'interpelle :

– Où que tu vas, par ce silence? A croire que le tonnerre a eu peur de la Perceval!

L'enfant se gratte les cheveux sous le béret. Il porte une grosse musette et sourit, un peu gêné :

– Je vais poser des filets dans la rivière, finit-il par répondre à voix basse. L'orage va éclater sur le matin... Et les grosses truites vont bouger.

Le garçon est en confiance. Brutus braconne aussi volontiers et, plus d'une fois, il l'a accompagné au bord du ruisseau.

– Tu en mettras à l'entrée de l'écluse à Villard. J'y ai vu deux grosses l'autre jour... M'étonnerait pas qu'elles se promènent cette nuit. Tu remontes tout de suite?

– Sûr! Je ne veux pas me faire prendre par le garde.

– Bon! dit Brutus. Tu vas me rendre un service. Quand tu auras posé tes araignées, tu te placeras sous le clocher et tu chanteras...

– Pour faire danser l'étrangère?

– Pour les étoiles, gamin! Parce que quand tu chantes, elles brillent plus fort. Et ça repousse le silence qui me noue l'estomac. Tu chanteras comme tu sais le faire et nous, en t'écoutant, on sera heureux!

– Ça me plaît pas beaucoup! Demande-moi ce

que tu veux, mais pas de chanter comme ça! dit l'enfant en s'éloignant.

– Alors, tu n'es plus mon copain, le Drôle?

Le Drôle est déjà loin. Brutus rentre chez lui. Mélanie est en train de manger. Il roule une cigarette.

– Tu ne veux pas de soupe, ce soir? demande-t-elle sans s'arrêter.

– Je n'ai pas faim! répond Brutus en sortant de nouveau.

– Où que tu vas encore? Voir cette putain? Faudra-t-il que je m'en mêle?

– Prends-y bien garde! menace Brutus.

Il va s'asseoir dans son pré et prête l'oreille aux bruits de la nuit.

La lune est sortie. L'herbe s'incline, accroche de la poussière dorée. Les grillons scandent leur bruit monotone dont le sens échappe. L'étrangère arrive sous une pluie de lumière.

– Mes filles dorment! dit-elle comme pour se justifier. Et la nuit est si belle!

– J'attends le Drôle! dit Brutus. Il aurait dû chanter...

Il ne poursuit pas sa phrase. Le regard de l'enfant, ce soir, n'était pas un regard innocent mais celui d'un juge qui l'a brûlé.

Elle s'assoit à côté de Brutus et ils restent ainsi un long moment, leurs respirations confondues. Dans un même mouvement, ils regardent devant eux une zone noire où se trouve la maison de la Nerrine.

La féerie ne dure pas. L'orage approche à

grandes enjambées au-dessus des collines. L'étrangère frémit. Sa jupe découvre le clair de ses jambes.

– Vous croyez qu'il ne chantera pas? demande-t-elle un peu dépitée.

Brutus sourit :

– Il est bien capable de me jouer ce tour! C'est un petit gars aussi capricieux qu'une fille!

Elle se tait un moment, puis ajoute :

– J'ai peur... Mais ce n'est pas de votre cloche ni de l'orage qui va bientôt marteler les maisons. J'ai peur de moi et de vous...

– Vous en faites bien des manières... Moi, je n'ai peur de rien. Celui qui me fera trembler n'est pas encore né!

– Vous le croyez vraiment?

– Si je le crois... Un été, la foudre m'a tué deux cochons et un vieil âne que j'avais attaché au fond de l'étable. Sans avertir, comme ça, d'un coup! Alors, quand l'orage est revenu, je me suis planté sur le mont Gradis et je lui ai crié de me frapper. Je lui ai tendu les mains et l'orage s'en est allé parce que c'est un lâche qui s'en prend à des bêtes enfermées, pas à un homme aussi libre et aussi fort que moi...

– Vous dites cela et, pourtant, je vous sens fragile comme un tout petit enfant! Alors, pourquoi continuer à jouer? Les autres parlent. Vous savez pourquoi je suis ici? Moi, je sais pourquoi je suis prête à vous suivre encore... Mais cela me fait peur. Brutus, nous sommes allés trop loin ou pas assez!

– Trop loin de quoi, nom de Dieu? Nous ne sommes allés nulle part! Si je viens là, c'est pour vous tenir compagnie parce que je sais que vous vous ennuyez.

– Ce n'est pas vrai, Brutus. Vous venez pour une autre raison. Mais vous savez comme moi que rien n'est possible dans ce hameau où tout le monde se connaît trop! Rien n'est possible dans cette région où les gens vous montreraient du doigt. Partons tous les deux! Partons très loin, là où personne ne nous connaîtra!

– Je vous vois venir, vous! Vous croyez que le Brutus, c'est un homme comme ceux que vous avez connus jusque-là! Un de ces hommes assez bêtes pour se laisser entraîner par la première venue... Mais vous vous trompez! Le Brutus, c'est un homme qui ne pense pas au mal. Jamais!

– Alors, je vais m'en aller!

– Je ne veux pas que vous partiez. Vous entendez, je ne le veux pas! Et si la Mélanie vient vous demander de partir, il ne faudra pas l'écouter.

Il s'éloigne. La nuit l'étreint, le harcèle. Les éclairs giclent contre les vieux murs. Le tonnerre roule ses avalanches de rochers.

Chez lui, Brutus pousse la porte et, par habitude, longe le banc sans allumer son briquet. L'air frais de la chambre le surprend. Il passe la main sur l'oreiller : personne! Où est Mélanie? Il allume une chandelle restée sur la table de nuit. La lueur vacillante montre le lit vide.

Le feu est éteint depuis longtemps. Les éclairs allument les murs gris, les objets, l'étagère avec ses anciens pots rangés par ordre de grandeur croissante. Dehors, le ciel flamboie. Des montagnes de nuages apparaissent soudain, immenses, remplis de volutes vivantes, un pays perdu dans les étoiles. Et si Mélanie était partie, comme Aline, en suivant jusqu'au bout le premier chemin qui se serait présenté devant elle?... Il court à l'étable. Couchées flanc contre flanc, les vaches ruminent. Le chien est resté près de la grange et gémit avec insistance. Brutus pousse la porte. La lanterne allume les poutres sales. L'animal se précipite en remuant la queue vers une masse sombre. C'est Mélanie, couchée dans le foin. Brutus demande :

– Mais qu'est-ce que tu fais là?

– Va-t'en! Va retrouver ta putain...

– Tu es malade, la Mélanie? Qu'est-ce que tu dis là?

– Je ne veux plus coucher à côté de toi! Tu pues...

– Tu veux parler de l'étrangère...

– Celle que tu vas voir tous les soirs et qui me regarde avec un sourire plein de malice. Mais ne crois pas qu'elle va venir longtemps me narguer chez moi. Elle ne m'a pas encore mise dehors, ta bohémienne!

– Mélanie, tu vas te taire?

La femme enfouit sa figure dans le foin et se met à sangloter. Le chien s'est couché à côté d'elle et lui lèche la main. Un éclair illumine soudain la grange tout entière, le tas de paille sur la droite et, au fond, le petit moulin destiné à couper les légumes.

– Je la tuerai s'il le faut! crie Mélanie d'une voix aigre qui n'est pas sa voix habituelle.

– Essaye de te mêler de ça et tu verras! menace Brutus qui tourne les talons.

A la porte, il siffle le chien qui refuse de le suivre.

– Fais comme tu veux, toi aussi! lance-t-il.

Le jour s'est levé sur le plateau. Des blocs de brume échevelés dérivent au-dessus de la vallée. Un silence de pluie règne sur les maisons.

Mélanie brosse les brindilles accrochées à son gilet. Les porcs grognent dans l'étable voisine, les vaches secouent leurs chaînes. Les cheveux en désordre, le visage défait, elle passe prendre du petit bois sec sous le hangar et rentre à la maison. Elle allume le feu, va tirer de l'eau au puits et fait une toilette rapide. Brutus sort de la chambre. Il a, lui aussi, une mauvaise tête, les yeux gonflés de quelqu'un qui n'a pas dormi.

– Je vais aller faucher le pré du bas! dit-il. Avec ce beau temps qui revient, faudra bientôt s'occuper des blés noirs.

Mélanie vide du café dans le moulin et s'assoit pour le moudre.

– Faudra commencer par le fond! dit-elle. C'est le plus humide. Je viendrai faner quand j'aurai fini ici.

L'arrivée du beau temps éloigne les hommes de

leurs angoisses quotidiennes. Seule Marion échappe à ce répit. L'enfant tremble sous ses couvertures. Malgré les bouillottes, les cataplasmes de rhubarbe, la fièvre persiste. Anaïs passe ses nuits à côté d'elle en lui tenant la main, les yeux fixés sur le crucifix. Elle offre sa vie en remplacement de celle de Marion. La fillette n'a commis aucun péché et donne tant de joie dans cette vieille maison. Pourquoi la faire souffrir quand elle n'a été que douceur et gentillesse? Un enfant malade, c'est toujours une injustice.

Le docteur Bernard remonte au milieu de la matinée drapé dans son manteau gris malgré le soleil fiévreux qui annonce un nouvel orage. Il regarde le clocher.

– Enfin, ils ont bouché la fissure! constate-t-il.

Chez Louis Caut, il salue tout le monde et passe dans la petite chambre.

– Faut m'ouvrir la fenêtre, que le soleil entre un peu dans cette pièce! dit-il en allant lui-même pousser les volets. On n'y voit rien et ce n'est pas sain.

Il ausculte Marion et, à mesure qu'il examine ce petit corps maigre, ses sourcils s'abaissent.

– C'est qu'elle est très faible!

– Je dis que ça vient de la cloche! insiste Baptiste. La cloche qui l'a mise dans ces langueurs...

– Qu'est-ce que vous me racontez là?

– Mais vous ne sentez pas ce silence qui pèse partout, docteur? Et ce je ne sais quoi qui est prêt à nous tomber dessus?

– Non! dit Bernard. Je sais seulement que cette enfant est comme une plante privée de soleil. L'humidité du Masselot ne lui vaut rien. J'ai envie de l'envoyer là où elle guérira très vite.

Louis, qui n'a rien dit jusque-là, ose :

– Vous voulez la faire partir de chez nous?

– Oui. Je vais vous l'envoyer quelque temps dans le Midi. Elle vous reviendra rose comme une fleur!

– Dans le Midi?... Mais c'est que...

– Vous y avez bien de la famille?... Un frère, je crois, qui est installé à Nice... L'air de la mer lui fera du bien... Écrivez-lui et envoyez la petite.

– Mais Nice... Vous n'y pensez pas... C'est le bout du monde. On ne pourra jamais... Et puis comment qu'elle va y aller, la petite?

– Le train... Vous avez peur qu'elle ne sache pas se débrouiller?

– Le train... Vous voyez notre Marion toute seule dans le train? s'exclame Anaïs en joignant les mains.

– Pourquoi pas? Je sais qu'elle se laisse mourir parce que tout est vieux, ici!

Louis avale sa salive. Finalement, il se résigne :

– Si ça doit la guérir...

Il est prêt à tout. D'ailleurs, c'est peut-être mieux de l'envoyer loin de cet air puant de silence.

Le docteur repart, visiblement préoccupé. Vivement que Marion aille respirer l'été là où il existe vraiment, là où les hommes savent encore rire. Les cloches y sonnent l'angélus et la messe, la joie plus souvent que la peine.

Pourtant, Louis se trouve tout d'un coup au pied d'un mur trop haut pour lui. Tout ce qui semblait simple, il y a quelques minutes, devient tellement compliqué! Comment sa petite va-t-elle se débrouiller dans le train? Il la voit déjà victime de la foule hostile. Et puis, on trouve de tout dans les trains, des voleurs, des tueurs de petites filles. Les journaux sont pleins de ces faits divers qui, jusque-là, l'ont laissé indifférent.

Alors, pourquoi risquer le pire en l'envoyant à Nice? Tu ne crois pas qu'on aurait pu trouver du soleil plus près? Tiens, pourquoi ne pas l'envoyer à Brive, chez ma cousine Alice? C'est vrai qu'Alice a tendance à boire un peu trop de vin, mais c'est une brave femme qui ne ferait pas de mal à un pinson. Et Brive, c'est à côté! On y est en deux heures! Je dirais au mécanicien de la locomotive de s'occuper de l'enfant. Je lui donnerais une pièce et tout se passerait sans histoire... Peut-être que je l'accompagnerais. Ce serait plus simple que de parler au mécanicien que je ne connais pas... Et puis quelle idée il a eue, mon frère, l'Ange, d'aller habiter à Nice? Paraît que c'est plein d'étrangers! Nous, dans la famille, on ne va pas à Nice! Mais l'Ange a toujours été comme ça : il fait tout à part des autres! S'il s'était installé à Brive comme la cousine Alice, on serait bien tranquilles. Enfin, puisqu'il faut que la petite aille au bord de la mer, peut-être que l'Ange a bien fait. Je ne vais pas reculer devant le sacrifice, si ça peut la guérir... On n'a pas travaillé toute notre vie pour reculer devant si peu! Et puis, la petite sera loin de la Perceval!

– Eh bien, le Louis... Voilà que tu parles seul, maintenant?

Louis sursaute. Brutus lui sourit.

– Mon pauvre Brutus, ils vont me faire tourner

en bourrique! Voilà que le docteur veut envoyer la petite à Nice chez mon frère l'Ange.

– C'est pour te la guérir! Il ne faut pas hésiter!

– Tu penses bien que je ne vais pas hésiter. Pourtant, tu peux pas savoir comment ça me contrarie!

– T'en fais pas, Louis. Ça se passera bien!

– Je sais, mais ça me contrarie quand même!

Louis revient au hameau et, lorsqu'il passe devant chez Brutus, Mélanie apporte la pâtée des cochons. Les deux seaux pèsent au bout de ses bras et elle avance lentement.

Le Drôle arrive en courant. Sa bouche est un peu grande, ses joues sont piquées de taches de rousseur.

– Attends, Mélanie, je vais t'aider, puisque Brutus a autre chose à faire!

La femme n'a pas le temps de protester. Le gamin lui prend les seaux des mains et, courbé sous le poids, s'en va rapidement jusqu'à l'étable.

– Tu vois bien, petit Drôle, que tu m'en as renversé la moitié! Il faut toujours que tu t'amuses!

Des langues grises du liquide épais coulent le long de son pantalon, mais le Drôle ne s'en fait pas :

– C'est rien! On en a vu d'autres!

Les cochons grognent, poussent des cris aigus et se bousculent contre la barrière. Mélanie verse la pâtée dans le bac de bois.

– Je t'aime bien, moi! dit tout à coup le gamin, et il s'éloigne très vite, comme s'il avait honte de ce qu'il vient de dire.

Le curé Baugue trouve Louis Caut sur le chemin de Gradis. Il pose le pied à terre, s'appuie un instant sur le guidon de sa bicyclette, essoufflé. Louis ôte sa casquette pour le saluer.

– Ça tombe bien, dit le curé, j'ai à te parler!

Le fumier de Noirac rôtit au soleil et exhale une puissante odeur qui serre la gorge.

– La femme, tu l'as vue danser, depuis l'autre jour?

Louis s'essuie le front.

– Non, le Drôle n'a pas chanté hier au soir. J'ai pourtant vu l'étrangère sous la lune. Son corps ressemblait à une flamme folle... Je crois qu'elle était nue sous sa robe!

– Tu l'as vue? Allons, parle vite...

Louis baisse le ton :

– J'ai vu sa poitrine, ses jambes qu'elle lançait devant elle. Les éclairs allumaient tout ça comme une apparition!

– Et il y avait l'autre?

– Il regardait. Sans bouger comme une souche noire. Ses yeux sortaient de sa tête à chaque éclair.

– Et après, il l'a suivie?

– Elle s'est assise tout près de lui sur l'herbe et ils ont parlé.

– Qu'ont-ils dit? Ils se sont murmuré des mots rouges de passion et de désir? Parle donc...

– Je n'ai pas entendu. Et puis je suis parti me coucher.

Baugue tourne les talons, enfourche son vélo. L'air frais calme la fièvre de son visage.

Au moulin, les filles qui jouaient devant la porte

s'éloignent en le voyant arriver. Le soleil pompe la brume. Des nuages envahissent le ciel libre et tuent déjà cet été sans insectes.

Le curé entre, la tête haute. Sous la table, le chien hérisse le poil et grogne. L'étrangère arrange des couvertures sur le lit de coin.

– Te voilà encore prise de désir... Faible femme! Tu ne peux pas te passer des hommes?

– Que racontez-vous? Je suis seule, ici.

– Et ceux qui t'apportent le linge, qui viennent de partout? Tu crois que c'est normal? D'ordinaire, ils laissent ces affaires de ménage aux femmes...

– Peut-être que quelques hommes m'apportent du linge, mais simplement parce qu'ils viennent de loin et que le panier est trop lourd pour leurs femmes ou pour moi. Aucun n'a levé la main sur moi.

– Et l'autre? Ton Brutus! Tu ne vas pas me dire que tu ne cherches pas à l'attirer... Tu as dansé hier encore sous les éclairs...

– Non, je n'ai pas dansé!

– Tu étais avec lui et tu te serrais tout près parce que tu voulais que l'envie de toi lui donne de l'audace!

L'étrangère baisse les yeux.

– Je t'attends ce soir à l'église. Et nous serons tous les deux pour parler à Dieu. Toi et moi, seuls...

– Mais...

– Une nuit de prière. Un sacrifice si petit à côté de la force que je vais te donner. Tes filles ne risquent rien ici. Elles peuvent dormir seules. Tu ne peux pas refuser... Les hommes qui te vendaient te cherchent encore!

L'étrangère comprend la menace.

– C'est d'accord! reprend Baugue en tournant les talons. Je serai à l'église à dix heures.

Il sort, son vélo grince dans la côte. La tête penchée, il appuie nerveusement sur les pédales. Après les sapins de Noirac, il s'arrête. Le soir déploie à l'occident des pétales ocre que le soleil incendie. Baugue pose son vélo et s'enfonce sous les sapins. En retrait du chemin, il s'agenouille.

– Qu'ai-je fait? Comment vaincre cet autre moi-même qui me pousse à être jaloux comme un homme ordinaire? A vouloir garder cette femme pour moi seul! Aidez-moi! Devant elle, je suis faible. Pourtant, je préférerais mourir plutôt que de céder à cette terrible tentation qui me ronge. Mais je sais aussi que mourir dans ces conditions serait une faiblesse. Ne m'abandonnez pas. Avec vous, je sais que je serai le plus fort!

L'étrangère noue rapidement son châle et embrasse ses filles :

– Surtout, n'ouvrez pas à ceux que vous ne connaissez pas! recommande-t-elle.

Elle sort. La nuit est épaisse malgré un peu de lumière qui flotte encore à la cime des arbres. Un curieux silence règne sur le Masselot. Pas de lune. Pas de bêtes. La vie s'en est allée ailleurs. Pour ne pas alerter les chiens, l'étrangère passe par le bas du hameau et rejoint la route de Saint-Merd en traversant le pré de Noirac. Malgré son gilet boutonné, elle a froid. Sur cette route qui se dérobe à ses yeux, des formes bougent autour d'elle, s'accrochent à sa jupe. Des lumières clignotent au loin. Pourquoi n'est-elle pas restée tranquillement au Masselot à attendre Brutus et la chanson du Drôle? Qu'est-ce qui l'a poussée à obéir à Baugue? La peur de ces hommes qui pourraient un jour la reprendre? L'envie de Dieu? Elle connaît le calme de la foi, le bonheur de l'âme propre de toute souillure. En accord parfait avec la loi universelle sans laquelle il n'y aurait pas d'hommes, pas d'étoiles dans le ciel, pas de monde. Mais ce n'est pas cela! Sa détermination a probablement une autre raison à laquelle elle ne veut pas penser.

Une bête vient de la frôler. Elle pousse un cri, fait un pas de côté. L'animal surpris saute dans le fossé. L'étrangère se met à courir. Elle aperçoit enfin les premières lueurs de Saint-Merd entre les arbres. Voilà la maison du docteur Bernard, les volets clos au milieu de son parc, voilà la place, le monument aux morts. Elle pousse la porte de l'église. Tout est noir. Une flamme brûle cependant près de l'autel et rappelle aux hommes que Dieu est là. Elle s'approche lentement. Baugue est agenouillé sur la première marche. Il lève lentement la tête et se tourne. Ses yeux ont une lumière froide qui ne vit pas.

– Je t'attendais! dit-il. J'ai cru que tu ne viendrais pas. Que l'homme du Masselot t'avait retenue dans ses bras épais.

– Brutus?

– Oui, Brutus. Chaque fois que tu prononces ce nom, j'entends ton cœur qui le réclame, je vois ton corps qui le veut. Tes yeux ne regardent que lui. Et chaque fois que je suis devant toi, c'est lui que tu vois. Lui seul!

L'étrangère s'agenouille à son tour.

– Pardonnez-moi.

– Enfin, tu avoues. Brutus est l'homme que ton cœur appelle. Tu as besoin de lui.

– Pardonnez-moi...

– Et qu'a-t-il de plus que les autres? De plus que

moi? Tiens, accepterais-tu que ce soit moi, cet homme qui te prend? Moi qui te renverse ici, devant cet autel? Devant Dieu qui t'a laissé le goût du péché?

– Vous? demande l'étrangère en reculant horrifiée.

– Sois tranquille! Ta peau ne met aucune envie au creux de mes mains. Je disais cela pour te montrer combien tu le veux, ce Brutus, au point de sentir de la répulsion à la simple idée qu'un autre... Mais, dis-moi, n'as-tu jamais eu de curé comme client lorsque tu vendais ton corps? Un curé gras et rond qui mange bien et dort beaucoup. Un curé pour qui Dieu est une rente. Et qui ne veut pas se priver de ce que la nature lui a donné.

L'étrangère se signe.

– Parlons d'autre chose. Je n'ai jamais eu de curé. Et puis ce n'est pas l'endroit pour évoquer cela.

– Justement si! Dieu peut tout entendre. Même les pires confessions. Moi, je vais t'apprendre que tu as eu un curé comme client. Il est venu plusieurs fois. Sache que je sais tout. J'ai remonté le temps. Ton temps. J'ai parcouru ton passé et j'ai trouvé un horrible curé. Oui, un curé que je connais et que je suis allé voir. Il m'a avoué... Tu vois où se cache le diable?

La femme ne dit rien. Baugue n'a pas bougé. Sa voix est cassante, sa respiration rapide.

– Pourquoi m'avez-vous fait venir?

– Pour te purifier. Pour que tu échappes à Brutus. La nuit, on est plus tranquille! Et puis Dieu nous entend mieux. Viens donc à la sacristie.

Baugue pousse la petite porte à droite de l'autel. Il appuie sur le bouton de la lumière et s'approche de l'étrangère.

– C'est que tu es belle! dit-il. Dieu t'a donné de quoi plaire. Je comprends que les hommes aient envie de toi. Le diable n'est pas toujours aussi généreux. Je vais dire une messe uniquement pour toi.

Il ouvre l'armoire. Ses doigts tremblent légèrement. L'étrangère voudrait s'en aller, mais la seule pensée de la nuit sauvage, de la route invisible la retient dans ce halo de lumière électrique qui donne à la sacristie une dimension irréelle.

Une fois prêt, Baugue appuie de nouveau sur le bouton. L'ombre avale sa silhouette anguleuse. L'étrangère n'entend que le froissement de sa chasuble sur le plancher.

– Donne-moi la main! dit-il. Ça t'évitera de te cogner.

Au pied de l'autel, Baugue s'agenouille de nouveau et dit :

– Déshabille-toi!

Surprise, elle ne bouge pas.

– Je t'ai dit de te déshabiller!

Elle se tourne vers le visage qu'elle devine.

– Mais...

– Ce n'est pas pour ce que tu crois, mauvaise femme. C'est pour purifier ton corps. Lorsque Jésus, après la consécration, aura touché ta peau par l'intermédiaire de l'hostie, plus jamais tu n'oseras l'abandonner à quiconque.

– Vous êtes le diable! ose-t-elle dire.

Baugue s'anime. Il la prend violemment par les épaules :

– Qu'est-ce que tu racontes? Le diable n'aurait pas de tels procédés! Je veux te sauver. Faudra-t-il que je te le dise à chaque fois? N'imagine rien d'autre!

Ses doigts osseux ont glissé sous la robe. La femme les sent sur sa peau, serpents froids qui cherchent les boutons, s'attardent un peu sur ses seins. La seule pensée de la roulotte retient en elle un cri d'effroi. Baugue s'énerve. Ses deux mains fouillent le tissu pour en trouver l'ouverture, palpent cette peau brûlante, dans leur quête avide. Enfin, la robe tombe à terre.

– Je veux m'en aller! dit l'étrangère. Laissez-moi.

– Allonge-toi sur les marches! Je vais dire la messe.

– C'est Dieu que vous allez souiller à mon contact. Je vous en prie, laissez-moi partir.

L'énormité de son acte lui apparaît soudain et Baugue recule. Il a perdu son assurance et bredouille quelques mots que la femme ne comprend pas.

– Je vous en prie, je ne suis pas digne de Dieu, dit-elle. Je ne veux pas l'offenser. Je veux partir.

– Comme tu voudras...

A tâtons, elle cherche sa robe et l'enfile rapidement. Baugue s'est écarté. Il s'agenouille et, la tête entre les mains, ne bouge pas lorsqu'elle s'éloigne. Elle préfère affronter la nuit plutôt que cet homme dont la glace couve un volcan.

Baugue reste longtemps seul après que la porte

s'est refermée. Prostré, la tête dans les mains, il ne sent pas la douleur de ses genoux sur les dalles froides. Qu'a-t-il fait? Pourra-t-il désormais dire la messe, toucher sans honte l'hostie consacrée avec ces mains qui ont pris autant de plaisir sur la peau de cette bohémienne? L'état de péché est le pire de tous! En reniant son engagement, c'est lui-même qu'il vient de renier. Il le sait et, parce qu'il a failli sombrer, parce que, chaque fois, il pousse un peu plus loin la tentation vers l'irréparable, il a peur de lui, peur du lendemain. Ce doute horrible broie ses forces. Il sait aussi que la douleur du fouet n'y changera rien, qu'il est condamné à lutter avec sa seule volonté contre cet amour impossible et surtout inexplicable.

– C'est vous qui l'avez mise sur mon chemin. Le hasard n'existe pas pour qui croit en vous. Était-ce pour m'éprouver? Dans ce cas, c'est que vous avez de la considération pour moi. Mais aurais-je la force d'être digne de votre confiance?

Vers huit heures, Brutus descend au moulin. Ses pieds l'emportent malgré lui vers cette bâtisse délabrée. La tentation est la plus forte, une bête roulée en boule qui lui mange le cœur et les pensées. Pourquoi se cacher? Il ne se satisfait plus de brèves rencontres. Près de l'étrangère, il est ivre comme après avoir bu un vin léger qui rendrait heureux.

En passant, il regarde par la fenêtre et voit les deux filles. Où est la femme? Le cœur battant, il ose frapper. C'est l'aînée qui ouvre.

– Ma mère n'est pas là! dit-elle. Elle nous a dit qu'elle ne reviendrait que demain matin!

Brutus comprend ce que cela veut dire. L'étrangère est partie rejoindre un des hommes qui, sous prétexte de lui apporter du linge, lui rendent visite presque tous les jours. Il ne répond pas et, la tête basse, s'en va dans la nuit, lourd d'une peine que sa raison trouve sans fondement mais à laquelle il ne peut pas échapper. Il passe à côté du ruisseau qu'il longe un moment. Il a besoin de mouvement pour échapper au picotement de l'air. Son cœur bat si fort qu'il a mal. Il descend au pré de la Roubière puis remonte en marchant aussi vite que lorsqu'il veut sauver le foin de l'orage. Son chien l'accompagne.

Il arrive chez Fernand. La maison, trop grande pour le vieillard, a été progressivement abandonnée, pièce par pièce, cloisonnée comme une coquille d'escargot. Fernand mange, vit et dort dans la cuisine, près de son feu avec son chien pour oreiller. Le soir, il chauffe ses vieux membres aux flammes et se raconte des histoires de diable et de mort. Fernand oublie ainsi sa solitude en se réfugiant dans un passé que les autres ne connaissent pas.

– Ah, c'est toi, Brutus! J'avais reconnu ton pas. Entre et viens t'asseoir à côté de moi. Je sais ce que tu viens faire. C'est vrai qu'elle est partie ce soir, ta belle! Je l'ai vue marcher hors de sa maison en regardant partout comme si elle avait peur qu'on la voie. Elle a rejoint la route de Saint-Merd par le ruisseau et le pâturage de Noirac. Je crois bien qu'elle n'allait pas rapporter du linge, vu qu'elle n'avait pas de panier.

Brutus se tait. Les flammes lui chauffent le visage et l'apaisent un peu.

– Elle avait le pas pressé des femmes qui vont ailleurs qu'au travail! continue le vieux. Un rendez-vous amoureux ou quelque chose comme ça. C'est ta chance, Brutus! Tu ne comprends pas qu'elle te mange le bon du cœur. Tout le dedans pour te le laisser vide. C'est pas une femme honnête. T'aurais pas dû la ramener!

– Tais-toi, Fernand! Tu sais pourquoi je l'ai ramenée! Et tu racontes n'importe quoi qui ne te fait pas honneur!

– Oui, je sais pourquoi... Tu ne voulais surtout pas qu'elle aille coucher chez quelqu'un d'autre. Brutus, faut pas me raconter de balivernes à moi. J'ai trop vécu. Mais t'as vu la tête de la Mélanie depuis quelque temps? Non! Toi, tu regardes l'étrangère. Pour ça, tu la regardes tout le temps! Ça change en dedans de toi l'ordre que tu y avais mis depuis si longtemps et tu deviens sourd à tout le reste. Ce que tu as, c'est une maladie qui risque bien de te manger tout entier.

– Je t'ai dit de te taire! Tu n'as vécu que pour faire enrager les autres et raconter des mots qui vexent. C'est comme ça que tu me reçois? Je suis venu te dire bonsoir et parler un peu pour te tenir compagnie, et voilà que tu me racontes des conneries!

– Je ne te raconte pas de conneries, Brutus. Je te raconte la vérité. Et tu le sais bien... Comme je dis que Janson est devenu fou depuis quelques jours... Tu vois que la Perceval est une mauvaise cloche... Tu n'y as pas cru, toi. Tu as voulu être le plus fort... Et voilà ce que ça t'a rapporté. Tu aurais mieux fait de m'écouter.

– Fernand, tu me casses les pieds.

Le vieux ricane, la bouche ouverte, les lèvres rentrées sur ses gencives sans dents. Brutus s'en va, le dos rond, écrasé d'un poids terrible. Il contourne le puits et rentre chez lui. La chandelle brûle encore.

– Te voilà enfin...

Mélanie l'attend près du feu éteint.

– Tu étais encore chez cette femme, Brutus. Alors, pourquoi que tu reviens?

Brutus voit rouge. Il saisit le bras de Mélanie, le serre très fort et le secoue avec violence :

– Toi aussi, nom de Dieu, tu déparles!... Mais qu'est-ce que vous avez tous?

Un peigne tombe à terre. Les mèches libérées s'éparpillent autour de la figure maigre de Mélanie.

– Brutus, tu es fou?

Elle a crié. Brutus lâche prise et recule jusqu'à la table.

– On va se coucher! dit-il. Demain, il y aura du travail.

Il passe dans la chambre. Quelques instants plus tard, Mélanie le rejoint et se glisse à côté de lui entre les draps.

Jules Janson n'y tient plus : la Perceval le nargue continuellement. Elle déverse à flots un vide oppressant et empoisonné. Il n'en dort plus. La force explosive qui se cache derrière la cloche muette le hante au point qu'il reste des heures à regarder le ciel et les nuages.

On n'arrange rien avec un peu de ciment. Il faut s'appeler Brutus pour le croire. Être fou d'orgueil, de mépris. Et Brutus, qui se cabre comme un scorpion, les pinces en avant pour défendre sa proie, mérite une leçon.

Janson s'éloigne du hameau, marche au hasard des chemins entre les ajoncs fleuris. La bruyère bleuit les landes. Le gargouillis des sources l'étonne. Un ruisselet se gargarise entre les joncs et fuit en rampant sous les touffes. De l'eau se brise entre les cailloux. Les graminées du fossé penchent leurs têtes lourdes de graines velues. Les vaches de Brutus broutent dans le pâturage et tournent la tête vers lui. Une chèvre se cabre contre le tronc d'un vieux pommier dont elle arrache le lichen. Janson marche vite. L'humidité de l'herbe mouille ses gros sabots et le bas de son pantalon. Un grondement diffus qui monte du fond de ses pensées l'accapare en entier. Qu'est-il, lui? Un domestique, un gendre qui a toujours reculé devant son beau-père et la grosse Jeanne. Incapable d'imposer son avis, il ne sait que mettre les mains devant la figure. Pourquoi n'a-t-il pas frappé Brutus, l'autre soir? Et cette nuit, lorsque le Drôle s'est mis à chanter, que la femme dansait dans le pré, Janson était là, tremblant d'envie et de peur. La peur l'a emporté comme toujours : sa vie est un perpétuel renoncement. Un laisser-faire. Ses trois enfants ont grandi et sont partis à la ville : les enfants de Jeanne et de son beau-père, pas les siens! Lui n'a jamais existé.

Il marche encore. Cela devrait le calmer et, pourtant, chaque battement de cœur réveille une douleur aiguë aux tempes. Brutus fauche son pré de la Roubière avec sa machine toute neuve, dont il est si fier. Janson fait un détour pour ne pas attirer l'attention du chien. A la mare de Louis Caut, il croise Mélanie qui apporte le casse-croûte. Il remarque tout de suite ses paupières rouges, ses joues plus colorées que d'habitude :

– Eh bien, la Mélanie, serais-tu malade?

La femme pousse sa mèche rebelle :

– Que non, le Jules, mais ce foin mouillé et poussiéreux me donne mal aux yeux.

– C'est bien vrai que le foin est mauvais! On n'en rentrera pas une charrette convenable, mais j'ai vu que le Brutus est parti faucher?

– Faut bien! Tant pis si ça se mouille!

– Un sacré gars et costaud, ton Brutus, ma Mélanie. Pas un souffreteux comme moi. Tiens, je le regardais tout à l'heure...

– Mais pourquoi me dis-tu ça, Jules?

– Parce qu'il a passé la moitié de la nuit avec l'étrangère, ma pauvre Mélanie. A sa place, moi, je ne tiendrais pas le coup.

Mélanie fronce les sourcils, durcit ses lèvres. Des rides se forment sous ses yeux :

– Qu'entends-tu par là, le Janson?

– Rien. Je l'ai vu et je disais ça pour parler! Et puis, les autres racontent des choses sur Brutus et l'étrangère. Moi, je ne les crois pas. Je sais que ce n'est pas vrai.

– Je comprends seulement que tu es un médisant et que tu cherches à mettre la brouille. Moi, j'ai autre chose à faire qu'à écouter tes histoires...

La démarche raide, Mélanie poursuit son chemin. Janson pense qu'elle a du cran et il regrette de ne pas en avoir dit un peu plus.

Il repart, traverse un vallon en suivant un sentier entre les taillis. Le vent s'est arrêté. L'homme s'étonne; ce paysage familier, ces landes lui semblent tout à coup étrangers. Il y sent une menace diffuse. Le silence imbibe les herbes. Des ronces se dressent devant lui, le griffent au visage. Il se débat, crie, pousse du pied ces tentacules. Le cœur battant, il se met à courir jusqu'à un chemin de traverse. Là, un arbre foudroyé lui coupe sa retraite, il perd l'équilibre, roule dans la poussière. Des feuilles mortes pénètrent dans sa bouche. Il se relève et remonte au Masselot. La vue des premiers bâtiments le rassure un peu, mais la Perceval muette qui règne au-dessus des toits fait renaître son angoisse. Alors, il se réfugie au fond de la maison, se pelotonne dans le coin le plus sombre de l'âtre. La Jeanne l'aperçoit et lui crie, les mains sur les hanches :

– Eh bien, le Janson, qu'est-ce qui te prend?

Il ne répond pas, il respire bruyamment, les yeux exorbités, le regard fixé sur ses grosses mains inertes.

– Voilà que tu es malade?

Toujours rien. Janson pense qu'il devrait étrangler Brutus. Il ne supporte plus le silence, le poids du silence qui va l'écraser.

– Tu n'as pas répondu?

La Jeanne n'a pas vu les branches se baisser sur son passage pour le gifler, les ajoncs pointer leurs dents de brochet. Elle ne peut pas comprendre que les forces profondes de la terre en veulent aux hommes du Masselot.

– C'est de la faute à Brutus! Il n'aurait pas dû boucher le trou. Fallait que la Perceval sonne. Maintenant, tout ce bruit contenu, tassé en dedans, c'est comme si elle allait exploser!

– Tu vas te remuer un peu, oui, au lieu de dire des bêtises?

– Je te répète... C'est comme du pus que tu empêcherais de sortir de la blessure.

La colère monte en lui, lui noue la gorge.

– Et puis toi, la Jeanne, toujours à reprocher...

Elle l'interrompt, menaçante :

– Qu'est-ce qui te prend, Jules? Tu ne vois pas qu'on va rire de toi?

– Rire? Je voudrais bien! Il n'est plus là, le vieux Brulaud, pour vous monter contre moi, toi et ton frère. Maintenant, je fais comme je veux. C'est moi l'homme, ici.

– Toi l'homme? Mon pauvre vieux! Un homme avec le pantalon mou et pas de cul dedans! Tu vas te décider à aller faire quelque chose, oui?

– Non. Je me décide pas! Qu'est-ce que c'est cette vie? Même pas un moment de tranquillité. Ne rien laisser perdre pour l'apporter au marché... Le beurre, les légumes... Il faut faire de l'argent de tout. Même des petites noisettes des haies... De l'argent que tu tasses dans ton porte-monnaie et que personne voit jamais.

Jeanne s'approche :

– Justement, tu seras peut-être content de le trouver, cet argent!

La réputation de pingrerie de Jeanne n'est pas nouvelle. La grosse femme ramasse les champignons chez les voisins, mais ne veut trouver personne dans ses bois. Un jour, elle a volé ceux de Fernand dans son panier. Le vieux l'a menacée de sa canne tremblante mais il n'a pas insisté : elle l'aurait peut-être fessé! Depuis, Fernand ne lui adresse plus la parole.

– Tu ferais mieux de venir nous aider au lieu de faire la mauvaise tête! rouspète la femme en déplaçant le seau de métal sur l'évier de pierre.

Ce soir, la nuit tombe plus tôt que d'habitude. Jeanne et Bébert ne sont pas rentrés. Jules Janson est toujours recroquevillé près du feu mort. Il imagine une montagne de pierres entassées au cœur du clocher.

– Tout ça, c'est contre nature! dit-il à haute voix. Comme si tu voulais retenir l'eau du ruisseau! A force, tu noierais le Masselot. Tu noierais le plateau, toute la terre. Et tu devrais agrandir ton barrage chaque jour... Brutus se croit le plus malin, plus fort que le vent, que le ruisseau...

– Qu'est-ce que tu racontes encore? demande la Jeanne en entrant.

Bébert arrive. Sa tête ronde a gardé un air puéril, quelque chose qui fait de lui un éternel adolescent. Il s'installe devant l'évier et se lave méthodiquement les mains. Jeanne apporte la soupe fumante sur la table.

– Mange donc, Jules. C'est pas le moment de parler aux étoiles. Demain, il faudra aller faucher de bonne heure!

– Non, je n'irai pas faucher. C'est ton foin, ta propriété, ta maison! Moi, je ne suis qu'un domestique!

– Tu arrêtes de dire n'importe quoi! Qu'est-ce qu'ils en pensent, les voisins, de tes histoires?

Il sort. La nuit l'enveloppe, fraîche comme un drap parfumé. Il s'assoit sur une pierre plate. Voilà le travail de Brutus! Sa domination sur le Masselot! Brutus ressemble à Jeanne : tout lui appartient, la Perceval, l'étrangère... Janson sourit : une idée vient de germer dans les méandres de son esprit. Ses lèvres se dérident.

– Nom de Dieu!... dit-il à haute voix.

A cette heure, le Masselot se tait. Brutus a dû aller se coucher pour se lever tôt demain. Jules Janson court chercher son échelle, la traîne comme il peut jusqu'au clocher, la soulève barreau par barreau et la fait glisser contre le mur. Il pousse de toutes ses forces, s'y reprend à plusieurs fois, le cœur battant, les dents serrées. Puis il se hisse jusqu'à la Perceval. Sous le ciel étoilé, il distingue, de chaque côté de la cloche, la poutre et les pierres plates sur lesquelles l'ensemble s'appuie.

Il souffle un moment, accroupi près de la fissure colmatée, puis se met au travail. Sa main rencontre un caillou libre. Il le dégage et frappe la tache claire du ciment. Le granit pourri vole en éclats. Des débris heurtent la cloche qui sonne. Dans les maisons, les chiens hérissent le poil, grognent. Brutus s'est sûrement assis sur son lit et doit tendre l'oreille.

Le ciment se fend. Des éclats se détachent, le bloc finit par céder. Janson le prend à deux mains et le jette dans le taillis. Un curieux sourire déforme sa figure. Il descend, pousse l'échelle qui s'abat avec fracas. A la maison, la lampe à pétrole brûle encore. La Jeanne n'est pas couchée; elle pose sur lui un regard lourd :

– C'est toi qui as fait ça?

– Quoi? Moi, je n'ai rien fait!

– Ne me raconte pas d'histoires. J'ai entendu la cloche comme tout le monde.

Il passe dans la pièce voisine, ferme la porte. Jeanne l'entend ouvrir l'armoire. Elle se précipite :

– Que fais-tu?

– Je m'en vais faire un tour à Saint-Merd!

– Dis-moi, tu n'es pas un peu fou, non? A cette heure, tout le monde dort à Saint-Merd. Et il faut faucher demain matin!

– Tant pis!

Janson ouvre la boîte de fer, prend quelques pièces de monnaie. Il passe à côté de sa femme tellement surprise qu'elle ne bouge pas.

– Tu es complètement fou, mon pauvre Janson! A croire que tu as perdu la tête!

L'homme marche droit devant lui. La nuit a effacé les taillis. La Perceval sonne un carillon brutal. On dirait qu'elle est heureuse d'avoir été libérée! Janson l'écoute et sourit. Quand elle s'arrête, il reprend sa marche jusqu'au croisement de la grand-route. Là, le son de bronze a cédé la place à d'autres bruits, frôlements, craquements de brindilles, pas étouffés. Quelque chose de mou s'écrase à ses pieds. Un souffle frais et saccadé se pose sur son cou. Les yeux écarquillés, les genoux tremblants, il serre les poings. D'un buisson invisible monte un sifflement de serpent. Le plateau étale ses plaines, ses petites cuvettes, ses ronciers, ses ajoncs, son immensité hostile. Le vent s'y déplace, porte des cris de terreur. Janson s'arrête : le squelette d'un arbre qui se découpe sous le ciel clair a bougé devant lui. Qui peut bien secouer ces branches sèches aussi raides que du fer? Au-delà de la route, le pré descend en pente douce jusqu'à une rivière qu'il écoute. Les touffes d'herbe ont une crête lumineuse.

– Si Brutus était là...

Brutus l'orgueilleux, Brutus qui fait le courageux aurait-il assez de témérité pour traverser cette route, pour narguer cette vie hostile? Non, Brutus n'est courageux que lorsqu'il n'y a pas de risque! Janson fait demi-tour et rentre au Masselot. Près du chemin, les sapins de Noirac se taisent. Il passe par le bas, longe le moulin. L'envie d'entrer, de s'emparer de la femme et de l'étrangler anime un moment ses doigts. Chez lui, la Jeanne l'attend. Elle roule de gros yeux menaçants :

– C'est qu'il va falloir t'enfermer à La Cellette *, mon pauvre vieux. Tu vas me passer au lit ou je t'y porte!

Absent, le sourd-muet regarde les flammes. A quoi peut-il penser en ce moment, lui qui n'entend rien?

---

* La Cellette, petite ville du département de la Creuse. Connue jusqu'à une époque récente pour son asile de fous devenu hôpital psychiatrique.

Brutus a nettement entendu un bruit de cloche! Il se dresse sur son lit, incrédule. Il enfile prestement son pantalon et sort. Un nouveau tintement le fait sursauter. La nuit en est tout agitée. Un feu follet fait de l'équilibre sur le vieux bois de Noirac puis s'éteint, laissant au fond des yeux de Brutus une lueur froide qui persiste. L'homme se dirige vers le clocher, les poings serrés. Quelqu'un a ouvert la fissure, mais qui?

– Eh bien, Brutus, voilà que tu as enfin compris!

C'est encore Fernand. Le vieux ne dort plus. Il profite du peu de temps qui lui reste à vivre pour se promener dans cette campagne qu'il n'a jamais quittée. Il parcourt la lande, se perd un peu et reste parfois deux jours sans paraître. Son chien finit toujours par le ramener.

– Je suis plus vieux que ce chêne! se plaît-il à répéter en riant. On croit que ça va toujours durer et puis voilà : le menton est de plus en plus lourd. Le menton, c'est l'ennemi de l'homme. Il t'entraîne vers la terre et tu commences à la regarder du matin au soir. Tu fais un pas, c'est un pas vers elle. Tu crois que tu vas lui échapper, alors tu marches plus vite, mais elle t'attend, la garce. Et ta tête descend en dessous de tes épaules...

Brutus n'écoute ce discours que d'une oreille distraite. Tout ça, c'est du bavardage de vieux, du remords de ce qui ne doit pas se regretter. Pour lui, ce temps est encore loin.

– Toi, tu te crois éternel, Brutus, parce que tu as les épaules solides et que tu portes un sac de blé sans broncher. Tu crois que ça va durer tout le temps et que tu pourras te lever le matin en respirant la fraîcheur de l'été... Tu te trompes. C'est comme pour la cloche... Tu croyais en être le patron. Tu vois que tu te trompais...

– Que s'est-il passé?

– Va savoir, Brutus! Moi, je crois à l'envers des choses. Au caché des événements. Plus je vieillis, plus je sens le dessous du visible. Ton ciment a dû se fissurer et les pierres tombent de nouveau. Peut-être qu'elles passent par-dessus... Ou bien quelqu'un est monté là-haut pour l'enlever... mais ce n'est pas pour rien.

– Hein? Qu'est-ce que tu dis là?

– Je dis que c'est mieux! Ce silence pesait comme un essieu de charrette. J'en étais malade. Je pensais toujours à ce bruit que j'entendais encore au fond de moi comme s'il y était resté. Je le savais comprimé dans la cloche, un abcès qui veut percer... Alors, c'est mieux comme ça! On s'y était habitué. Et on en a besoin!

– Que me racontes-tu, Fernand? Toi qui as été

le premier à crier contre la Perceval? Tu sais ce que tu veux?

– Peut-être que j'ai été le premier avec d'autres, mais aujourd'hui c'est le contraire.

Brutus n'insiste pas. Il a froid. L'envie d'aller se terrer dans le foin chaud de sa grange et d'y dormir longtemps le séduit : il s'y laisserait mourir dans un trou tiède... Il marche jusqu'au chemin de Gradis. Quand Marco était petit, une nuit semblable, un violent orage avait brutalement éclaté sur le Masselot. Brutus s'était levé. Comme il regardait les éclairs par la fenêtre, une main était venue se glisser dans la sienne. C'était Marco. Lui aussi n'aimait pas rester au lit pendant la tempête. Brutus n'avait rien dit et, le petit corps chaud contre lui, il était resté ainsi très longtemps.

Il arrive chez lui, passe de nouveau dans la chambre et se déshabille. Mélanie se tourne.

– C'est quelqu'un qui a dû ouvrir la fissure! dit Brutus pour la rassurer. Maintenant, ils se débrouilleront avec leur cloche.

Il s'allonge, mais ne réussit pas à trouver le sommeil. Ce soir, l'étrangère est partie chercher dans les bras d'un autre ce qu'il n'a pas osé lui donner. Tout ce qu'on dit d'elle est donc vrai! C'est une putain, une traînée qui ne sait pas résister aux hommes. Brutus l'a surestimée et c'est ce qui lui fait mal.

Il pousse la couverture au fond du lit. L'immobilité lui est insupportable. Mélanie soupire et ce bruit de gorge prend le volume d'un coup de canon. Il se lève de nouveau et le voilà dehors. L'air frais apaise la fièvre de ses joues. Le sang tape moins fort à ses tempes. Comme Fernand, il éprouve le besoin de marcher pour oublier sa peine. Le cours des saisons, si bien réglé jusque-là, s'est emballé un jour de foire à Saint-Merd-les-Oussines lorsqu'une bohémienne l'a regardé au fond des yeux. Le voilà complètement perdu dans son hameau, sur sa terre, ne sachant plus s'il doit couper l'herbe nouvelle ou rentrer le foin. Le ciel ne lui parle plus. Il ne reconnaît pas les bons nuages des mauvais. L'orage le surprend.

Il arrive près du ruisseau. Le jour se lève, un jour d'été qui n'est pas vraiment mort avec la nuit, mais qui est resté suspendu au ciel en attendant le soleil. Les coqs chantent. Brutus marche un moment sur la berge en regardant le courant où, parfois, une truite s'enfuit à son approche.

Tout à coup, le chien dresse les oreilles. Brutus a le réflexe de se dissimuler derrière une touffe de jeunes chênes. C'est le Drôle qui relève ses filets et prend une infinité de précautions pour ne pas se montrer. Brutus sort devant lui.

– Tu vois, le Drôle, que le garde finira par t'avoir!... Tu ne m'avais pas vu, je parie!

L'enfant porte un sac agité des soubresauts de poissons agonisants.

– Tu m'as fait peur, Brutus... Toi, tu peux me surprendre puisque tu m'a appris à me cacher, mais le garde qui vient d'ailleurs ne connaît pas le pays. Et même s'il me voyait, il faudrait qu'il m'attrape et j'ai de bonnes jambes... Mais tu en fais une tête,

Brutus? Tu n'as pas dormi? C'est la cloche qui te dérange?

– Tu es bougrement curieux, le Drôle! La cloche ne me dérange pas du tout!

L'enfant avance vers Brutus, un léger sourire aux lèvres :

– Tu te rappelles quand j'étais plus petit que tu m'emmenais chercher les champignons et poser les collets à lapins? Dis, tu te rappelles quand tu me disais que je ressemblais à ton Marco? Regarde, j'ai toujours le petit couteau que tu m'avais acheté à la foire de Millevaches...

– Je ne t'ai jamais dit que tu ressemblais à Marco! dit sèchement Brutus. Parce que ce n'est pas vrai! Et si tu reparles de ça, je te fous un coup de pied au cul!

– Comme tu voudras, Brutus... Toi non plus, tu ne ressembles pas au père de Marco!

Brutus reçoit la gifle contenue dans ces quelques mots sans broncher. Une douleur aiguë se répercute au fond de lui. Il blêmit :

– Le Drôle, tu deviens un insolent! Voilà ce que tu deviens à courir comme un sauvage dans les collines! Un jour, je vais t'attraper et te flanquer une raclée!

– Pour ça, Brutus, il faudrait que tu coures plus vite!

Finalement Janson a arrangé tout le monde. On se sent beaucoup mieux. La cloche, c'est comme un poison, comme le tabac, c'est mauvais au début et puis on s'y habitue à ne plus pouvoir s'en passer.

Hier, dans le silence, un froissement de feuilles, le départ d'un rat sur l'herbe sèche rappelait le désir de la Perceval. La volonté de l'entendre sonner était écrite sur tous les visages qui se tournaient vers le clocher muet. Louis Caut se sentait seul, errant comme un chien qui cherche son maître. Le bronze finissait par parler au cœur.

Le ciel se dégage. Le soleil sort entre les nuages qui émigrent vers le plateau. Les chiens ne dressent plus l'oreille au moindre craquement. Passé la surprise, ils recherchent la poussière pour s'y vautrer. Les poules grattent le fumier. Tout le monde a compris qu'il ne faut pas contrarier la nature. Lorsque le mur sera entièrement écroulé, la cloche s'arrêtera, mourra de sa belle mort... Et Brutus se demande pourquoi il a prêté autant d'attention à ce qui n'en valait pas la peine.

La Nerrine aide le Drôle à emmener les chèvres dans les communaux. Le gamin les abandonne sur la colline pelée. Pas de danger qu'elles se perdent! Le soir, il les appelle et les bêtes accourent : sa voix est magique.

La boiteuse passe ensuite chez Brutus. Comme rien ne bouge dans la maison, elle va au hangar. L'homme est en train d'atteler sa machine à moissonner qu'il a achetée l'année dernière. De la belle mécanique : une bielle de bois entraîne le va-et-vient de la lame brillante... Mélanie marche devant les bêtes, et Brutus s'installe sur le siège en tôle percée de trous ovales. Du bout d'un bâton, il couche le sarrasin sur une claie qu'il abaisse lorsque la javelle est assez grosse. Il met moins d'une heure pour moissonner son champ du Peuch. A la faucille, cela n'en finissait pas.

La Nerrine pose sa main brûlante sur le museau humide d'une vache.

– Dis-moi, Brutus, tu n'entends rien, toi, qui ne serait pas normal?

Brutus tend l'oreille.

– Que veux-tu que j'entende? J'ai entendu la Perceval cette nuit. Mais elle s'est calmée.

– Tu n'entends pas les cochons de Noirac qui crient? Ses poules fermées? Et ses vaches qui meuglent et tirent sur les chaînes? Le Noirac, ça fait bien deux jours qu'on ne l'a pas vu!

– Oui. Depuis que l'Aline est partie.

– Et alors? Ça ne te dit rien à toi?

– Non, la Nerrine! Je m'occupe de ce qui me regarde, pas des affaires des autres! Le Noirac voit midi à sa porte. Il est peut-être parti la chercher!

– Depuis si longtemps? Tu crois qu'il aurait laissé ses bêtes sans personne, sans demander au voisin d'y regarder? Ça ne t'étonne pas, toi? Et son chien, hein? Noirac, quand il part voir sa sœur à Millevaches, il le ferme dans l'étable, même que la pauvre bête pleure toute la journée et que mon Drôle lui apporte du pain par-dessous la porte.

– Tu as peut-être raison, la Nerrine. Et qu'est-ce que tu en penses?

– J'en pense qu'il est arrivé un malheur... D'ailleurs, Noirac a toujours été bizarre. Moi, je l'ai vu, la nuit... Il partait en se cachant... Le Drôle l'a vu aussi avec l'Aline. Ils avaient lié les vaches et s'en allaient dans le vallon, silencieux, en retenant l'attelage comme s'ils avaient peur qu'on les surprenne...

– Bon. On va aller le chercher.

Le Drôle arrive. Ses joues piquées de taches de rousseur luisent comme des pommes. Sa bouche est grande, ses dents de devant se chevauchent légèrement et accentuent son air espiègle.

– Tu vas prendre le vélo de la Mélanie! dit Brutus. Attention de ne pas te casser la figure, hein! Tu vas aller chez l'Aline. Tu sais où c'est? A côté de Saint-Merd. Tu demanderas chez Gondet. C'est un copain! On a fait la résistance ensemble... Un gars tout maigre avec un chapeau noir qui lui tombe sur les oreilles. Tu lui diras : « Je viens de la part de Brutus, le gars qu'on appelait la Massue... » Ouais, la Massue! Il te dira : « Entre un peu pour causer. » Et tu causeras. Tu lui demanderas où est l'Aline. Tu lui diras qu'on a perdu ce vaurien de Noirac, celui qui avait acheté sa fille. Il te dira : « Tant mieux! » Et il t'indiquera où trouver l'Aline. Tu comprends?

– Tu me prends pour un idiot? fait le Drôle en se précipitant dans la grange.

Il en ressort prestement, le vélo neuf à la main.

– Et, surtout, ne t'avise pas à le casser, espèce de vaurien!

La Nerrine lui recommande doucement d'être prudent. Brutus demande :

– Mais où il est allé chercher une voix pareille, ton gars, la Nerrine?

– Va savoir, Brutus! Le Drôle a ça pour lui, d'autres ce sont des mains capables de tailler la pierre ou le bois... Tout le monde a sa part. Regarde, moi qui n'ai pas de famille, j'ai le bon fluide dans les mains et j'en fais profiter...

Le Drôle enfourche le vélo trop grand pour lui. Brutus et la Nerrine le regardent s'éloigner sur le chemin blanc.

– Je ne sais pas ce qu'il a en ce moment! dit la Nerrine. Lui qui riait toujours est devenu sérieux comme un pape! Il ne parle pas, se renferme et, quelquefois, il me répond comme il ne l'a jamais fait!

– Je ne voulais pas te le dire, la Nerrine, mais, l'autre jour, il m'a manqué de politesse... Bah! c'est peut-être l'âge qui veut ça!

– L'âge? Il n'a que onze ans, Brutus. Et je connais mon gars! Il a quelque chose qui le tracasse, voilà tout! Et secret comme il est, va savoir ce qu'il a dans la tête! Mais au fait, cette impolitesse... Que t'a-t-il dit?

– Rien, la Nerrine. Rien qui vaille de le répéter à sa mère. Le Drôle, tu le sais, il me fait du plaisir à venir voleter autour de moi. Il m'aide à porter des choses si lourdes et qui ne se sont pas allégées avec le temps...

Ce soir, la Nerrine attend Brutus qui n'est pas rentré du champ. Elle marche plus difficilement que d'habitude. L'anxiété marque son visage maigre.

– Dis-moi, Brutus, demande-t-elle en l'apercevant, tu me l'as pas envoyé au diable, mon Drôle?... Il n'est toujours pas rentré.

– Mais non, la Nerrine. Il n'a peut-être pas trouvé Aline du premier coup. Et puis, mon copain l'a sûrement gardé à souper pour le faire chanter. Il va bientôt arriver, va!

En effet, l'enfant arrive avant la nuit, éreinté d'avoir pédalé à pleines jambes, les joues rouges. Il s'arrête chez Brutus, souffle un moment.

– Pour Noirac, tu as quelque chose?

– Oui. Je sais où il est. Viens...

Ils partent tous les deux. Le Drôle marche devant, les mains dans les poches. La nuit n'est pas très sombre; l'enfant sifflote pour chasser le silence lourd qui s'installe. Brutus aussi sent le poids de leur récente dispute. Alors, il parle, dit n'importe quoi, comme s'il se sentait lui-même un peu coupable :

– Qu'est-ce que tu veux faire quand tu seras grand?

– Je ne sais pas encore...

– Avec ta voix, tu pourrais te débrouiller.

– Paraît que ça passe quand on mue!

Ils sortent du hameau, traversent le bois de la Borne, sautent le ruisseau du Masselot.

– Mais où que tu m'emmènes comme ça?

– De l'autre côté... Au pré du château.

– Et qu'est-ce qu'il y fait, le Noirac?

– Il est sous la terre. Il cherche de l'or. C'est pour ça qu'elle est partie, l'Aline. Noirac est fou, il creuse toutes les nuits dans les ruines et oblige la fille à venir avec la charrette pour semer la terre dans les champs.

Ils arrivent à l'abri de berger. La nuit s'épaissit. L'ombre se tasse entre les feuilles, imprègne l'herbe. Le vent s'est calmé.

La cabane est fermée. Le Drôle pousse la fenêtre, se faufile à l'intérieur. Il cherche le loquet à tâtons et le débloque. Brutus allume sa lanterne... Comme l'enfant l'a indiqué, l'entrée de la galerie se trouve sous des planches mal jointes qu'on peut déplacer. Tout à coup, le Drôle sursaute :

– Tu n'as rien entendu? On dirait un chien qui se plaint.

Brutus pousse les planches et descend le premier les marches taillées dans la terre sans toucher les étais grossiers qui retiennent la voûte meuble. Le boyau a peut-être dix mètres de long. La lampe éclaire des fondations, des restes de murs.

– Reculez! Reculez, je vous dis! crie tout à coup une voix éraillée, anormalement aiguë.

C'est bien Noirac. Brutus lève sa lanterne et aperçoit l'homme et le chien couchés sur la terre sombre. La bête est attachée à un étai. Le Drôle glisse ses doigts dans la main de Brutus. Le contact de cette peau chaude remplit le cœur de l'homme d'une joie profonde et il sait que Noirac ne sera pas le plus fort.

– Eh bien, le Jean, qu'est-ce que tu fais ici? Tes vaches ont la faim au ventre. Elles se tapent les flancs contre le bord des crèches. Et tes poules... Tout ton bétail te réclame et fait plus de bruit que la Perceval.

– La Perceval? Parlons-en! Tu as voulu être encore le plus malin! Et l'Aline est partie. Elle est peut-être perdue!

– Non, elle est chez elle, chez son père qui est mon copain. Le Drôle l'a vue ce soir!

– Et c'est elle qui t'a indiqué où j'étais... Mais parlons d'abord de toi, Brutus, l'homme qui gouverne le diable, les cloches et même tout le pays... Le Brutus si fier parce qu'il est le plus fort, le Brutus qui veut toujours avoir les meilleures récoltes et les plus belles machines... Toutes ces histoires c'est pas toi, par hasard, qui les as inventées pour embêter le monde?

– Explique-toi, Noirac. Ne dis pas n'importe quoi! Tu sais que je ne reculerai pas comme je n'ai jamais reculé, même quand tu m'as engueulé rapport à l'étrangère que j'avais mise dans le moulin.

– Justement, elle est venue avec sa vermine... On n'avait pas besoin de ça! D'ailleurs, la Mélanie ne la voulait pas, cette femme. Mais toi, Brutus, tu n'en fais qu'à ta tête!

– Qu'est-ce qui te prend, Noirac, de parler comme ça?

– Tu cours après toutes les femmes! Même Aline! Elle me l'a dit. Et je l'ai répété à Mélanie!

– Tu as fait ça?

– Je l'ai fait!

Ces voix criardes sont amplifiées dans le tunnel de terre. Le Drôle se cache derrière Brutus.

– Et tu crois que c'est vrai? Tu es complètement fou, mon pauvre Noirac! Comment oses-tu attacher ton chien dans ce trou?

– Il n'a plus besoin de vivre! Je veux être seul et crever.

– Voyons, le Jean Noirac, tu ne vas pas faire le con? Le Drôle est là. Tu veux qu'il chante?

Noirac se dresse. La lumière éclaire faiblement son visage. Le canon du fusil brille à côté de lui.

– C'est ça, chante, le Drôle, rien que pour moi! Et quelque chose de triste, de bien triste. Je veux pleurer. Allez, chante ou je te fous un coup de fusil à toi en premier...

Le Drôle a remarqué l'arme et tremble. Il serre la main de Brutus.

– Alors, tu chantes?

S'efforçant de ne penser à rien, l'enfant fixe son regard sur les pierres taillées d'une muraille qui dépasse de la gangue de terre. Il fredonne quelques notes timides. Et c'est triste comme le voulait Noirac. Le canon semble moins assuré. Brutus lâche la main du Drôle et fait un pas en avant. L'enfant a compris la manœuvre, sa voix tremble légèrement. Tout à coup, Noirac réagit et pointe le fusil, le doigt crispé sur la détente. Le Drôle se tait.

– Toujours aussi roublard, le Brutus! Comme pour te débarrasser des mauvaises bêtes. Tu te rappelles la truie que tu m'as vendue avant la guerre... Hein, elle devait me faire douze petits cochons deux fois par an... Tu m'as bien eu! Ta truie était stérile comme un bœuf!

– Noirac, ta tête ne te suit plus! Pose ce fusil et viens avec moi!

– Comme si j'allais te faire confiance!

– Bon, reste. Moi, j'irai porter à manger à tes bêtes.

– T'occupe pas de mes bêtes. Tu les apprivoiserais comme l'Aline, comme l'étrangère et le Drôle... Et je les vois déjà tourner la tête de ton côté. Tu veux me rouler.

Noirac s'anime. Un flocon de bave perle au coin de ses lèvres. Sa barbe épaissit ses joues, le lait de ses cheveux est souillé de terre.

– Alors, il faut que tu y ailles toi-même! dit Brutus. Moi, ça me fait pitié de les entendre tirer sur les chaînes et meugler comme des malheureuses. Je t'avertis, j'y vais avec le Drôle si tu ne sors pas tout de suite!

– Non, tu n'iras pas!

Noirac épaule le fusil. Brutus se jette sur l'enfant.

La lanterne roule et s'éteint. Un jet de feu poignarde l'ombre. Le bruit secoue les étais, l'un d'eux se détache. La terre coule dans la galerie. Brutus crie au Drôle :

– Sors vite!

Noirac n'arrive pas à recharger son arme. Brutus avance dans sa direction, les bras tendus. Sa main droite touche l'acier du canon.

– Que te prend-il? On vient t'aider et voilà que tu nous tires dessus!

– Laisse-moi! s'écrie l'homme qui comprend brusquement l'énormité de son geste.

– Allez, viens! insiste Brutus. Tu ne vas pas crever ici avec ton chien!

Ils marchent à quatre pattes vers l'escalier.

– Tu n'as rien? demande Brutus au Drôle.

L'enfant a eu très peur et tremble encore. Il ouvre la bouche pour parler, mais aucun son ne sort de sa gorge bloquée. Pourvu que sa voix ne soit pas cassée!

– Va dormir! lui dit Brutus. Maintenant, je saurai m'en arranger.

Noirac tient toujours son fusil, mais ne pense plus à s'en servir. Mou, vide de sa révolte, il s'est assis sur l'herbe et pleurniche.

– Assieds-toi, Brutus. On va rester un peu, tous les deux. Tu as tant de chance, toi...

Un énorme soupir soulève ses épaules.

– De la chance? C'est toi qui le dis, Noirac! s'insurge Brutus. Et c'est toi qui te plains! Qu'est-ce que je devrais dire, moi! Tu y penses, à mon Marco? Eh bien, moi, le Noirac, j'y pense tout le temps, le matin, le soir, la nuit. J'y pense et je le revois encore avec ce sang qui coulait de sa poitrine, et je vois ses yeux qui me regardaient, qui m'imploraient de le sauver, et je vois ses mains tendues vers moi... Ah, tu dis que j'ai de la chance! Je ne sais pas ce qui me retient de te casser la figure!

– M'en veux pas, Brutus! J'ai mal, tu comprends. Elle aurait mieux fait de ne pas venir, cette Aline. Je souffre parce que j'ai été trop content. Ça se paie! Regarde le Bébert, il ne souffre pas, lui. Il ricane à tort et à travers, mais il ne souffre pas, parce qu'il n'a jamais eu autant de contentement que moi avec l'Aline...

– Pense à tes bêtes...

– Mes bêtes, mais pour quoi faire? J'ai toujours été le plus con! Tu veux que je te dise... L'Aline, elle m'a volé avant de partir...

– Laisse l'Aline tranquille! Elle était trop jeune pour toi. Elle s'ennuyait. Allez, viens!

Il est peut-être deux heures du matin. Le ciel s'éclaircit à l'est. Brutus accompagne Noirac chez lui et rentre se coucher. Mélanie s'inquiétait :

– Enfin, te voilà! Tu l'as trouvé?

– Oui. Il voulait nous tuer, le Drôle et moi.

– Quelle histoire! soupire la femme. A cause d'une cloche! Voilà que tout le monde tourne la tête et moi la première.

Brutus s'allonge dans le lit. La fraîcheur des draps le surprend agréablement. Il a mal à un genou; peut-être s'est-il cogné en plongeant sur le Drôle lorsque Noirac a tiré.

– La cloche... la cloche... Pourquoi tant d'affaires

pour si peu? Vous n'avez que ce mot à la bouche, tous. Alors, bien sûr, vous finissez par y croire et par faire des conneries! Ces chichis m'énervent! Qui est monté l'ouvrir, la fente, hein? Tu le sais, toi?

– Je ne sais pas, mais c'est bien. J'avais encore plus peur avant. J'y voyais tant de choses méchantes. Et toi, Brutus, tu crois être le patron... Il va pourtant falloir que tu choisisses...

– Qu'est-ce que tu veux que je choisisse?

– Elle ou moi! dit Mélanie dans un soupir. Ça ne peut plus durer. J'en ai mal partout. J'y pense tout le temps. Et de savoir qu'elle est dans ce moulin, ça me met des idées folles dans la tête!

– Qu'est-ce que tu racontes, Mélanie! C'est une pauvre femme...

– Non, Brutus! J'ai bien compris tes colères. Je te dis que tu ne te ressembles plus.

– Mais tu ne vas pas me faire croire que...

Il voudrait parler plus net, employer des mots précis mais ça lui brûle la gorge. Entre Mélanie et lui, on n'évoque plus ces choses-là depuis longtemps. D'ailleurs, lui a-t-il seulement parlé d'amour une fois dans sa vie? Au Masselot, certains mots brûlent la gorge comme un alcool trop fort.

– Dis, Brutus, insiste Mélanie, faut que tu te décides tant qu'il n'est pas trop tard!

– Mélanie, répond vivement Brutus, toi aussi, tu me casses les pieds, par moments!

D'ordinaire, Mélanie n'est pas bavarde. Jamais Brutus ne l'a entendue parler avec autant d'insistance.

– C'est toi qui décides, Brutus...

Brutus tourne en rond. Comme il ne supporte pas de rester sans rien faire, il descend au pré de la Roubière, la faux sur l'épaule. Mais il ne fauche pas longtemps. Au bout de deux andins, ses bras sont vides de force; il va s'asseoir à l'ombre. La pensée de la femme ne le quitte plus et alourdit ses membres. Ce matin, il l'a aperçue au lavoir, mais il n'a pas osé s'approcher; il s'est contenté de la regarder de loin, caché derrière la haie. Fernand l'a vu et s'est mis à rire.

Il n'en peut plus. Tout le rebute. La nuit, il redoute le sommeil qui lui apporte des cauchemars... Brutus a été jusque-là un homme simple. On lui a souvent reproché sa franchise pas toujours la bienvenue, et voilà qu'il louvoie, qu'il tente de se tromper lui-même, qu'il se fuit.

Le fil invisible le tire vers le moulin. Tant pis pour cet orgueil qui sursaute en lui. L'incertitude est insoutenable, il va rougir de honte, s'excuser comme un enfant pris en défaut, demander pardon. Il accepte la moquerie de Fernand.

Le besoin de la femme est plus fort que son amour-propre.

Comme chaque fois qu'il est tracassé, Brutus a besoin de mouvement. Il accroche la faux à un pommier mangé de gui et part dans le bois, traverse une mer de bruyère où il s'enfonce jusqu'à la ceinture. Les abeilles étincellent. Un tétras s'envole à quelques mètres de lui dans un vacarme d'ailes et pousse son cri strident. Brutus le regarde disparaître derrière le taillis. C'est un mâle qui s'est volontairement montré pour éloigner l'intrus. D'ordinaire, Brutus prendrait le temps de chercher dans la direction opposée et, avec un peu de chance, il trouverait, cachée sous la bruyère, la femelle tapie sur ses œufs ou ses jeunes poussins. Mais il n'a pas le temps. D'ailleurs, le Drôle doit connaître ce nid et le surveille discrètement jusqu'à ce que les petits soient plumés. Là, il leur placera un piège comme Brutus le lui a appris et il les aura tous, les uns après les autres, jusqu'au dernier.

Brutus traverse le pré de la Gane en longeant la haie. Louis Caut fane et, comme chaque fois qu'il est seul, parle aux arbres. Il fait les questions et les réponses, à croire qu'il y a dix personnes dans ce pré! Brutus se cache et l'écoute un moment. Louis est un bon voisin, toujours prêt à rendre service et sans méchanceté... Quelque part, sur le mont Gradis, le Drôle appelle ses chèvres. Brutus a la tête aussi vide qu'une carapace de courge creusée par le gel. Voilà le ruisseau et le lavoir. Une cascade d'eau couvre les pierres dorées.

L'étrangère est là. Le cœur de Brutus éclate. La

vie déserte ses muscles, ses bras sont mous, ses jambes ne le tiennent plus. Pourtant, la terre sous ses pieds est aussi douce qu'un édredon. L'étrangère se tourne et le voit :

– Bonjour! dit-elle. Vous voilà enfin. Je vous attendais!

– Vous m'attendiez à Saint-Merd chez le clerc de notaire!

Elle éclate de rire.

– Vous voilà jaloux, maintenant? Vous voulez parler de l'autre nuit. J'étais à l'église.

– A l'église, la nuit? Ça, c'est une idée! Et vous pensez que je vais le croire?

– Oui, c'est la vérité! Et vous me faites une tête longue comme un obus! Allons, souriez-moi, puisque vous voilà rassuré.

Elle s'approche très près, lui prend les mains en souriant. Brutus a envie de la serrer contre lui à l'étouffer. Il voudrait la tuer et mourir ensuite.

– On pourrait nous voir! dit-elle. Venez ce soir. Vous savez bien qu'il n'y a personne que vous...

Le chien vient japper autour d'eux. Brutus recule, tout à coup conscient. Il s'éloigne sans rien dire, la tête basse. Voilà que l'homme le plus fort du Masselot a posé l'outil pour venir vers cette femme de rien, voilà qu'il se laisse dicter son chemin par cette chose énorme, cette boule incandescente qui n'est pas de lui mais vit en lui. En traversant la lande de bruyère, le pollen des petites fleurs violettes lui dessèche la gorge. Une vipère qui se chauffe au soleil tourne vers lui sa petite tête carrée. Rageusement, il la tue à coups de talon. Le serpent se tortille avec un bruit de brindilles brisées. Brutus a mal partout, un haut-le-cœur lui retourne l'estomac, il vomit. Quand il lève la tête, le Drôle est devant lui, à quelques pas, qui le regarde avec un pli de dédain au coin des lèvres. Il a oublié son béret et ses cheveux libres se dressent contre le vent.

– Tu ne vois pas que je suis malade! s'exclame Brutus d'une voix rauque.

L'enfant a un rire clair.

– Toi, malade? Ce serait la première fois! Et une curieuse maladie. Je t'ai vu avec la femme...

Le Drôle se tient à distance et ne baisse pas les yeux quand Brutus avance vers lui.

– Toi, le Drôle, je ne sais pas ce qui t'arrive, mais, depuis quelque temps, tu m'agaces beaucoup! Je croyais qu'on avait fait la paix, l'autre soir, en cherchant cet imbécile de Noirac. Mais voilà que tu reviens me chercher...

– Justement, Brutus, je ne veux pas que tu croies qu'on a fait la paix! Parce que ce n'est pas vrai!

– Tes impolitesses, tu me les paieras toutes à la fois! Tes fesses seront en sang!

– Tu ne me tiens pas encore!

La colère monte en Brutus, une vague d'encre noire submerge son regard. Ses mains vibrent d'une force qu'il ne sait pas contenir. Il s'élance vers le Drôle qui évite sa charge de taureau avec un rire de défi et va se planter un peu plus loin.

– Je te déteste, Brutus! crie-t-il d'une voix aigre.

Puis, s'élançant dans le raidillon, il s'arrête sur

un rocher, se tourne vers l'homme qui ne le poursuit pas et se contente de lui montrer le poing :

– Petit vaurien! Je finirai bien par t'avoir!

Le Drôle sort de sa poche son petit couteau au manche de corne et le lance en direction de Brutus.

– Il me brûle la peau... Tiens!

Le couteau tournoie dans l'air, sa lame accroche un rayon de soleil et il tombe dans la bruyère au bas d'une touffe d'ajoncs. L'enfant s'éloigne, les épaules basses. Brutus regarde l'endroit où le couteau a disparu dans les branches sèches. Il est fatigué, ses membres lourds refusent de bouger. Pourquoi le Drôle lui a-t-il parlé ainsi? Est-il, lui aussi, sensible à ce rien de persistant qui empoisonne l'air, ce picotement léger du vent? A la mort de Marco, Brutus parcourait la lande, seul pendant des journées entières, négligeant son travail, la tête basse, le regard braqué sur cette vision de fin du monde : le sang de son fils durci sur la poussière du chemin. Le soir, lorsqu'il rentrait, Mélanie le regardait avec insistance et soupirait. Elle avait encore assez de place dans son cœur broyé pour le plaindre, et lui, comme à son habitude, répondait par des mots durs à ses sollicitations gentilles, sûrement parce qu'il se savait le plus faible... Il montait souvent chez la Nerrine, s'asseyait sur le banc près du feu et appelait le Drôle qui avait alors trois ou quatre ans. Il le prenait sur ses genoux et lui parlait longuement de chasse et de pêche. L'été suivant, il l'emmena avec lui chercher les nids de coqs de bruyère et les cèpes. Ce fut en août qu'il rapporta de la foire le petit couteau pour que le gosse puisse tailler le grand bâton fourchu qui sert à placer les araignées en travers de la rivière. La Nerrine laissait faire...

Mélanie est arrivée au pré et fane à sa manière : l'outil n'a pas de poids dans ses mains agiles. Elle regarde Brutus avec insistance :

– Tu as les yeux rouges et la figure comme un mort! Tu travailles trop, Brutus! Et tu ne dors pas assez, en ce moment.

– Non. C'est quelque chose qui m'a fait mal... J'ai du feu dans l'estomac.

– Va t'asseoir à l'ombre. Tu veux que j'aille te chercher de la tisane de verveine à la maison? Il ne faut pas longtemps. Dis, tu veux?

– Tu as raison. Ça me fera du bien.

Mélanie s'éloigne. Brutus s'assied à l'ombre. Il voudrait passer sous la terre, ne plus penser. Dormir une éternité pour se réveiller neuf. Il voudrait que tout ceci s'arrête et recommencer comme avant. Brutus, c'est un bon paysan, fait pour des joies simples de tous les jours, celle de voir pousser son blé, de contempler ses bêtes bien nourries, ce n'est pas cet homme compliqué avec des pensées et des désirs qui le dépassent. Mélanie arrive avec une bouteille de tisane sucrée :

– Bois! dit-elle. Ça va te dégager.

C'est la nuit. Janson se réveille, haletant, le front en sueur. Il se dresse sur ses coudes, les yeux écarquillés dans la nuit humide de sa petite chambre. Le corps parcouru de frissons, il a peur. La Perceval n'a pas sonné depuis trois jours. Si elle s'était définitivement arrêtée, Janson en ferait une maladie. Ses mollets tremblent contre les draps glacés. Il claque des dents. Les idées se bousculent dans son esprit. Qu'attend-il? C'est peut-être Brutus qui est remonté boucher la fissure. Sournois, le nabot a profité de la nuit pour régler ses comptes...

Janson se lève. Ses pieds nus hésitent sur le plancher gelé. La Jeanne se tourne :

– Voilà que ça te reprend?

– J'ai entendu un bruit! Je vais aller voir. Faudrait pas que quelque bête soit rentrée avec les moutons.

Il sort. Le chien qui dormait sous la table vient se frotter à lui en remuant la queue. Dehors, le silence est total. Le ciel n'est pas couvert, les arbres accrochent quelques étoiles à leurs branches sèches. Le vent souffle du nord, régulier, un vent de beau temps... Janson court dans le sentier. Entre la Perceval et lui, il y a tant d'années de complicité qu'il ne la considère pas comme une simple cloche. C'est là sa différence! Combien de fois l'a-t-elle rassuré au temps de son beau-père? Un regard à cette masse sombre au-dessus des toits et il n'était plus tout à fait seul.

Un chien aboie au loin, mais le Masselot dort. Il n'y a pas d'insecte, pas de hibou ; c'est l'heure tardive où la nuit se trouve en équilibre sur les pierres, les collines, les petites branches des arbres. Bientôt, elle va basculer et l'horizon s'illuminera des premiers feux de l'aube. Dans le hangar situé à peine à cinquante mètres en contrebas, Janson trouve l'échelle et la traîne jusqu'à la ruine, la dresse. Il arrive à la poutre qui s'écaille sous ses doigts. Une lumière poudreuse tapisse les pierres autour de la trouée sombre. Il y passe la main. Plus rien ne tombe du mur pourri, voilà l'explication! On avait pourtant dit que ça pouvait durer des siècles! Il caresse le bronze épais et poussiéreux. La cloche lui répond par un son aérien d'une très grande douceur, un soupir de plaisir.

Il descend rapidement de son perchoir, se précipite chez lui, cherche deux grands seaux qui servent à apporter la pâtée aux cochons, rafle des chiffons mis à sécher par la Jeanne et passe prendre les cordes à foin. Il s'en va à la carrière des Places. Là, à flanc de coteau, sous les ronces et les feuilles pourries, le sable affleure, humide et lourd. De la pierre morte depuis des siècles.

Il remplit les deux seaux et retourne sur ses pas, courbé sous le fardeau. Le coq de Brutus pousse son cri rauque. C'est un volatile noir qui se bat à longueur de journée et chante toujours le premier. Ça vexerait Brutus de savoir qu'un autre coq a pris le devant... Janson arrive à l'échelle qui se distingue contre le mur laiteux. Il se hisse péniblement, le cœur battant. Une fois sur la poutre, il noue les chiffons en boule à la corde qui pend dans le vide et en obstrue la fissure entre les pierres plates. Il grimpe un peu plus haut, vide les seaux dans le mur, puis descend ranger l'échelle à sa place habituelle. Enfin, il retourne au pied du clocher et tire sur la corde qui libère le chiffon. Un filet de gravier se met à couler, la cloche se réveille alors avec un son cristallin, presque gai à cette heure. C'est un bruit continu, un martèlement à peine perceptible. Le jour se lève à la cime des maisons, se découpe sous le ciel clair où les étoiles s'éteignent. Janson enroule la corde autour du chiffon.

– Mange, ma Perceval! Tu en as assez pour ce matin. Je t'en apporterai d'autre, la nuit prochaine. Crois-moi, je ne vais pas te laisser tomber!

Le gravier fabrique des intonations inattendues comme un lointain carillon qui annoncerait on ne sait quel événement. Et là, planté devant sa porte, tandis que son chien lève sur lui de grands yeux mouillés, Jules Janson se sent heureux.

Les gendarmes de Saint-Merd-les-Oussines ont entendu parler d'événements étranges et sont arrivés à bord de leur vieille voiture réservée aux interventions lointaines. Brutus les reçoit sur le pas de sa porte. Le brigadier, un homme au visage rouge et bouffi, lui demande :

– On nous a parlé d'une cloche... Paraît qu'elle sonne de temps en temps?

– Oui, c'est la Perceval! dit Brutus. Elle sonne et les gens ont peur. Vous savez, des histoires de l'ancien temps...

L'autre se gratte les cheveux :

– Mais toute seule? Il paraît qu'elle n'a plus de battant?

– Ce sont des pierres qui tombent dessus. Et ils en ont fait tout un plat.

– Et ça vous convient? Moi, je sais pas... Il me semble que ça finirait par me porter sur les nerfs... Je la descendrais, cette vieillerie qui cache le soleil.

– Les gens y sont habitués! dit Brutus. Et puis,

cette année, on n'est pas gâtés par le soleil. On a d'autres choses à penser.

– Eh bien, nous aussi, conclut le brigadier. On va vous laisser et continuer notre tournée. Excusez le dérangement.

– Vous allez bien entrer boire un verre!... C'est pas souvent qu'on vous voit par ici!

– Ce ne serait pas de refus, mais on va à Gradis... Un gars nous attend là-bas... Le service avant tout!

La voiture démarre, manœuvre longuement. Le képi en arrière, le gendarme tourne le volant en serrant les dents. L'auto s'éloigne sur la route bordée de hêtres. Les hommes du Masselot sont de nouveau seuls et la vie continue.

Le ciel est gris, une grisaille ordinaire, habituelle sur le plateau! Les nuages butent contre le mont Gradis, se tassent sur les maisons et la pluie tombe, froide et pénétrante. Ici, l'été a souvent la couleur de l'automne, le printemps n'est qu'un relent d'hiver prolongé.

Le curé Baugue sait cela. Il est né sur l'autre versant du plateau, dans la misère la plus grande. Il a eu une enfance de paysan, berger de chèvres, qui n'allait à l'école que l'hiver. Ses sabots bourrés de paille étaient trop lourds pour ses jambes grêles d'enfant fragile. Tout cela reste présent à son esprit et lui reproche de trouver du plaisir dans son confort de curé... Pourquoi remonte-t-il au Masselot? Pour la femme? A-t-il besoin de se cacher derrière les haies comme un voleur?

Il laisse son vélo à la route, traverse le pré de

Noirac, se dissimule un moment en face du moulin. Les filles de l'étrangère descendent au ruisseau, la femme doit être seule. Le curé traverse le pont de planches disjointes et pousse la porte. L'étrangère est en train de se laver, les seins nus. Baugue a un mouvement de recul, hésite puis entre. Il marche autour de la table, les yeux posés sur cette poitrine bien faite.

– Ce matin, dit-il d'une voix rauque, un homme est passé sous les fenêtres du presbytère. Je l'ai reconnu à la balafre qui lui traverse la joue droite. La roulotte s'est arrêtée sur la route de Millevaches... Ils ne sont pas pressés, ces hommes, pendant que les femmes apportent des paniers dans les villages. J'espère que personne n'a parlé...

Le visage de l'étrangère se contracte. Ses yeux se plissent en une grimace de peur.

– Faut pas qu'ils viennent ici! dit-elle. Je ne veux pas les suivre.

– S'ils te trouvent en pleine nuit, toute seule... Je doute qu'ils aient envie de te pardonner. A moins qu'ils aient un bon réflexe de marchands... Tu es encore assez belle pour rapporter de l'argent.

Horrifiée, l'étrangère pâlit. Baugue ne s'est pas arrêté de marcher.

– Je voudrais t'aider...

L'étrangère joint les mains. La lumière blafarde du jour qui filtre des vitres sales éclaire son visage.

– Il ne faut plus voir ce Brutus et je te promets qu'ils ne te trouveront pas.

La femme ne répond pas, tassée sur le banc de

la cheminée, devant des tisons noirs qui ne fument plus.

– J'ai peur! dit-elle.

– Écoute... Avec moi, tu ne risques rien. Tu pourrais t'occuper de l'église. Il y a une petite maison à côté du presbytère. Tu pourrais y loger avec tes filles. Je connais bien la propriétaire.

Baugue se mord la lèvre inférieure. Une goutte de sang perle là où son incisive s'est enfoncée. Ce qu'il vient de dire lui semble tout à coup énorme. Pourquoi une telle proposition?

– Il faut t'éloigner... Ce Brutus, c'est le diable pour toi!

– Non, ce n'est pas le diable!

Elle a crié. Baugue, qui a compris, sort sans rien ajouter. L'étrangère se précipite à la porte :

– S'ils me trouvent, ceux de la roulotte...

Baugue est déjà de l'autre côté du lavoir. Il s'en va très loin comme un malfaiteur. Pourquoi a-t-il menti? Pour sauver cette femme de l'amour qu'il sent en elle ou bien parce que la seule pensée qu'elle pourrait céder à Brutus lui semble intolérable? Une voix stridente crie au fond de lui : « Que fais-tu, Baugue? Tu ne vas tout de même pas vivre auprès de cette bohémienne, respirer le même air, dire la messe sur un autel que cette putain aura nettoyé? N'es-tu pas en train de cracher à la figure de ton Dieu? »

Insensible aux battements de son cœur, il pédale énergiquement en traversant Saint-Merd-les-Oussines en direction de l'église.

La chandelle posée sur la table entoure la soupière vide et les assiettes sales d'un halo de lumière. Quelle heure est-il? La pendule de Brutus marque onze heures, mais elle avance toujours un peu. Le tonnerre roule ses tonneaux vides sur les toits. Les fenêtres vibrent, s'illuminent par moments d'un éclair bleu.

Le feu est éteint. Un peu de fumée passe entre les tisons noirs et répand une odeur âpre de cendres. Brutus tète son mégot dans le silence. Mélanie fait la vaisselle. Tout à coup, le chien dresse les oreilles, aboie; quelqu'un frappe à la porte. Brutus jette son mégot et va ouvrir : c'est la fille aînée de l'étrangère.

– Ma mère a peur! dit-elle.

– Qu'est-ce qui arrive? demande Brutus.

– Elle a vu des hommes derrière la fenêtre. Elle a peur, les bohémiens la cherchent.

Mélanie repousse sa mèche blanche. A chaque éclair, les joues de la fillette s'éclairent d'une couleur de braise.

– C'est pas notre affaire. Tu vas nous laisser tranquilles avec ta mère, petite peste!

L'enfant baisse les yeux :

– Elle m'a dit de monter!

– Eh bien, dis-lui qu'on n'y peut rien! Si elle a peur, elle n'a qu'à s'en aller ailleurs...

La fillette regarde tour à tour Mélanie et Brutus de ses yeux sombres comme la nuit, étrangement semblables à ceux de l'étrangère, puis baisse la tête, résignée. Des larmes roulent sur ses joues. La foudre y accroche des étincelles.

– Et puis, c'est pas la peine de pleurer. Tu ne nous attendris pas.

La fillette n'insiste pas et sort. Brutus prend sa veste :

– J'arrive! dit-il.

Il passe devant Mélanie qui le fixe, les lèvres pincées, les mains aux hanches, le visage anormalement blême.

– Ça veut dire que tu as choisi, Brutus?

Il ne répond pas. Au fond du ciel, les nuages s'allument. Des grondements sourds se font écho partout à la fois.

– Que voulait le curé? demande Brutus à la fillette qui marche devant lui.

– On n'était pas là! répond l'enfant. Je ne sais pas. Ma mère ne m'a rien dit!

Elle a appris à se taire et à ne pas poser de questions aux adultes. Le vent s'est levé et pousse l'orage sur le hameau. Brutus entre dans le moulin. L'étrangère se tient près de la fenêtre qui donne sur le vallon. Une chandelle papillonne sur la table et anime son visage.

– J'ai peur! dit-elle.

Puis, se tournant vers les filles :

– Allez vous coucher, maintenant!

L'aînée prend une autre chandelle posée sur le buffet, l'allume à celle de la table, tandis que sa sœur passe dans la pièce voisine. Quand la porte est fermée, la femme s'approche de Brutus qui recule d'un pas. Le sang tape à ses tempes.

– J'ai vu des ombres se faufiler sur le chemin du mont Gradis.

– Vous ne risquez rien! Je suis là!

– Venez vous asseoir!

Elle lui prend le bras et l'entraîne au fond de la pièce où se trouve le lit. Brutus s'installe près du feu éteint et roule une cigarette. Ses doigts maladroits déchirent la feuille. La femme remarque son trouble.

– Le curé m'a proposé du travail et un logement à Saint-Merd! dit-elle.

– De quoi il se mêle, celui-là?

Elle s'approche de lui, grave. Brutus se tasse contre le mur, une douleur aiguë lui serre le cœur.

– Ici, personne ne peut nous voir, dit-elle. Prenez-moi dans vos bras! Tant pis, si c'est mal! Tant pis, si la maison s'écroule, si le ciel nous écrase. J'en ai envie.

Brutus ne bouge pas. Il ne lève pas les yeux de sa cigarette qu'il n'arrive pas à rouler. L'étrangère s'allonge sur le lit.

– Pourquoi avez-vous peur? Il n'y a pas de mal à ça!

Sans se presser, Brutus allume sa cigarette puis range son briquet.

– Si, il y a beaucoup de mal! Je le sens, rugueux contre ma peau. Si piquant que j'ai envie de crier. Du mal qui brûle et qui ne guérit pas!

– C'est pour votre femme? Ça fait bien longtemps que vous ne l'aimez plus, mais vous voulez vous le cacher. Tout ça, je l'ai compris dès votre premier regard dans le bistrot. J'ai vu votre solitude, un lac de peine d'où vous n'arrivez pas à surnager.

– Taisez-vous! Vous n'avez vu que le sang qui coule encore de ma tête. Le sang de mon fils!

– Nous y voilà, Brutus! Je m'y attendais! Vous vous en voulez de savoir que vous pouvez avoir le cœur aussi léger qu'un pinson. Vous vous en voulez aussi d'avoir envie d'oublier ce grand malheur qui vous paralyse!

– Oublier quoi? Je ne comprends rien à ce que vous racontez. Il n'y a rien à oublier! Marco n'est pas mort! Je le sais. Marco, je le sens encore en moi, tout chaud, tout vivant.

– Cessez de dire des bêtises...

– C'est vous qui dites des bêtises à me monter la tête avec vos mots de femme de la ville. Ici, on ne connaît pas ces choses! On connaît le printemps quand il vient et l'automne quand la lumière jaune du soleil est plus lourde que l'air et tombe à nos pieds, épaisse comme de l'huile. On connaît le travail et la paix...

L'étrangère lui caresse la joue de sa main fine. Les doigts glissent lentement sur le menton piqué de barbe dure, arrivent sur la poitrine, se faufilent dans la fente de la chemise. Brutus sent le feu de ce contact, un tison incandescent sur sa peau mouillée de sueur.

– Bon, dit-il, je vais dehors. Je resterai près du moulin. Il fait trop chaud ici.

Il traverse la pièce. A la porte, un éclair brutal le surprend. Le tonnerre éclate presque en même temps, l'air sent le soufre. Brutus marche jusqu'à son pré et s'assoit près de la haie. Pourquoi est-il parti? Voilà qu'il le regrette déjà!... De larges gouttes s'écrasent sur l'herbe avec un bruit étouffé. La terre fume. Des pans de brume dérivent sur le vallon immobile. Le jour n'est pas loin.

Baugue pose son vélo. Il a été appelé pour une extrême-onction et a prononcé devant l'agonisant les prières rituelles en pensant à autre chose. Son regard bleu qui glace les enfants du catéchisme a perdu sa fixité hautaine. Il rentre chez lui, fourbu.

– Ah, vous voilà, diable d'homme! Vous savez que je vous ai attendu. Ça va être froid!

– Je n'ai pas faim, Marie!

– Pas faim? Mais qui m'a fait un homme pareil! Vous offensez la mémoire de votre mère!

Marie pose les mains sur ses hanches.

– Je vous l'ai dit, Marie! N'insistez pas. C'est à croire que manger est pour vous la chose la plus importante au monde. Dieu vous punira pour votre gourmandise!

– Qui m'a fait un homme pareil? répète-t-elle. C'est un péché de refuser une si bonne sauce... Avec un lapin de garenne que le facteur a tué, l'autre dimanche. C'est vous qu'il va punir, Dieu!

– Je vous ai déjà demandé de ne pas me parler sur ce ton...

– Regardez-vous, un peu, maigre comme vous êtes! C'est offenser Dieu lui-même, je vous dis! Et puis, faites pas cette tête, je n'ai pas peur de vous!

Baugue passe dans sa chambre. La fenêtre minuscule éclaire le prie-Dieu d'une lueur laiteuse. Il s'agenouille, les mains jointes, la tête baissée.

– Pourquoi ai-je menti? Dites-moi... Pourquoi suis-je prêt à tout pour cette femme de rien? Aidez-moi, mon Dieu, je vous en prie.

Mais la chaleur qui, d'ordinaire, envahit le curé au moment de la prière se refuse à lui. Il s'allonge sur le lit, l'esprit à la dérive, sans penser, les yeux mi-clos. A mesure qu'il cherche à s'éloigner de son obsession, voilà qu'elle revient en force, s'impose sous ses paupières brûlantes. Alors, comme il ne peut pas s'en défaire, il essaie de la justifier :

– Mais pourquoi, mon Dieu, pourquoi ne pourrais-je pas l'aimer? Cela ne m'éloignera pas de Vous, bien au contraire!

Le silence de la maison crépite en mille petits bruits à peine perceptibles, heurts de grains sur le lit de fer, course d'un rat affolé dans le grenier, courant d'air qui pousse une porte d'armoire...

Il a dû s'endormir sur cette question restée sans réponse car, lorsqu'il ouvre les yeux, l'orage a fui sur le plateau, le jour blanchit les carreaux, les oiseaux chantent dans le jardin. C'est le matin.

On frappe à la porte. Baugue se précipite. C'est Louis Caut, déjà suant.

– Je te remercie d'être venu! dit le curé. Vite, les nouvelles?

Louis est mouillé. Sans manières, Baugue lui tend un torchon de vaisselle pour qu'il s'essuie le visage.

– Brutus a passé la nuit chez l'étrangère. C'est elle qui l'a fait chercher par sa fille aînée.

– Que dis-tu? Tais-toi! Viens donc avec moi dans le jardin. Il faut que je sache...

Une pluie fine cache les maisons. Tout est gris, figé.

– Alors, que faisaient-ils?

– Elle était allongée sur le lit et lui était près du feu. C'est elle qui lui tendait les bras.

– Elle? Dépêche-toi de tout raconter!

– Elle l'invitait à monter sur le lit. J'ai pas entendu ce qu'elle disait, mais je suis sûr qu'elle l'invitait. Et lui, il fumait sa cigarette sur le coin du feu, accroupi comme un crapaud. Il n'osait pas lever les yeux sur les jambes nues de la femme. Et puis, elle s'est mise sur le coude. Elle a passé sa main dans la chemise de Brutus. Mais lui, je le connais, c'est un homme droit et fier. C'est pas un coureur de femmes. Peut-être que celle-là lui a mis tout sens dessus dessous en dedans de lui, mais c'est un homme honnête et, rapport à la Mélanie qui a toujours été si bonne avec lui, qui a pleuré le Marco avec lui, il n'a pas voulu.

– Il n'a pas voulu, tu dis? Mais parle donc plus vite au lieu de me raconter la vie de Brutus...

Baugue marche nerveusement. Ses larges chaussures s'enfoncent dans la terre mouillée.

– Je vous dis qu'il s'est levé et qu'il est parti. Moi, j'ai réussi à me cacher derrière le lilas, et il ne m'a pas vu. Et son chien qui était resté à la porte n'a pas aboyé, vu qu'il me connaît puisque c'est un petit de ma chienne et qu'il vient me faire la fête tous les matins...

– Je me moque de son chien! Tu dis que l'homme est monté chez lui. Mais la femme...

– Non. Il n'est pas monté chez lui. Il est allé s'asseoir dans son pré, là où il se met souvent pour écouter le gosse chanter.

– Et la femme?

– La femme, elle est sortie presque aussitôt. Pour rejoindre Brutus. Ça, je l'ai vue! Les éclairs allumaient ses yeux pleins de peur et d'envie. Elle le cherchait dans l'ombre en regardant autour d'elle.

– Et elle l'a trouvé?

– Oui. Alors, elle a couru comme une folle. Ses cheveux devenaient bleus à chaque éclair. Elle lui tendait les bras. Elle s'est jetée contre lui et ils sont restés longtemps comme ça. Ils ne faisaient qu'un. La pluie qui tombait me voilait les yeux, alors...

– Raconte... Tu ne pouvais pas regarder de plus près... Que s'est-il passé? Il l'a prise dans ses bras et puis...

Baugue a la respiration rapide. Ses yeux ont une lueur étrange et ne s'arrêtent sur rien. Sa main droite s'accroche à la chemise de Louis et serre très fort. Quelques gouttes de sueur perlent sur son front ridé.

– Je n'ai rien vu, moi. J'étais trempé... J'ai seulement vu Brutus se dresser d'un coup et repousser la femme. Il a dit quelque chose que je n'ai pas entendu... L'étrangère était toujours à genoux dans l'herbe. Elle devait l'implorer de rester. Mais Brutus n'est pas un homme comme ça!

– Et puis quoi encore?

– Je ne veux pas revenir... C'est fini! Brutus est un homme droit. Il ne m'a jamais fait aucun mal. Alors je ne veux plus l'espionner.

– Tu préfères que...

Louis Caut ne baisse pas les yeux :

– Ma petite Marion est chez mon frère, à Nice. Elle va mieux et reviendra bientôt... Merci pour les messes...

Il s'en va dans le matin blafard. Baugue a mal partout. Des frissons parcourent son dos. En le voyant, Marie, qui revient de chercher de l'eau, pose son seau devant elle :

– Mais vous en faites une tête! Diable d'homme, vous êtes allé attraper froid hier au soir avec cette extrême-onction... Comme si les gens ne pouvaient pas attendre qu'il fasse beau pour mourir!

– Mais non, Marie. Tout va aller, je vous l'assure!

– Brutus, je vous en prie... Restez!

L'homme est debout, les éclairs illuminent son visage dur où la pluie ruisselle. La femme se traîne à ses pieds, s'agrippe à sa veste. Il ne la regarde pas.

– Vous allez partir du moulin! Le curé vous a trouvé une maison. Je crois que c'est mieux d'y aller! dit-il très vite, comme si ces mots lui faisaient peur.

– Mais que se passe-t-il? Que vous ai-je fait? Pourquoi m'abandonnez-vous si brusquement?

Le jour se lève. Les cheveux de l'étrangère sont plaqués sur ses tempes, ses yeux ont la couleur grise de l'aube.

– Parce que j'ai choisi. En dessous du brouillard, il y a Mélanie qui m'appelle. Même si c'est pas toujours comme il faudrait entre nous, même si, vous et moi, on pourrait être bien ensemble, je sais que ça lui fait du dépit. Et elle a eu assez de malheur!

Il laisse l'étrangère agenouillée dans l'herbe

mouillée. Le voilà redevenu le Brutus d'avant. Ce qui l'entoure semble irréel, les arbres, le pré de Noirac, la pluie qui calme le feu de sa figure. Que va-t-il dire à Mélanie? La vérité? Elle ne le croirait pas! Il va lui dire qu'il est resté dans la grange parce qu'il avait peur que la foudre mette le feu au foin chaud. Ce n'est pas la première fois que Brutus passe la nuit ainsi ni qu'il ment à Mélanie.

Il fait un large détour. Les chemins sont transformés en torrents de boue; le vent a couché les blés de place en place. En arrivant au tournant de Louis Caut, il remarque une masse sombre sous le tilleul. Il s'arrête net, un vent glacé le parcourt en entier : c'est la mémé qui est là, dehors, sous la pluie! L'eau allonge ses cheveux qui coulent autour du caillou de sa tête. Elle se noie, la bouche ouverte. Les coussins qui la retiennent sont imbibés. Des gouttes perlent au bout de ses doigts tremblants. Nom de Dieu, qu'est-ce qui s'est passé?

– Mélanie...

Il court dans tous les sens. La maison est vide, le lit à peine défait, la vaisselle à la même place que la veille. Le feu est éteint sous la cendre mouillée.

– Mélanie!... Mélanie!...

Il fait le tour de la maison. Personne dans la grange ni au poulailler! Il revient sous le tilleul.

– Je vais te rentrer et t'allumer du feu! dit-il à sa mère.

Il l'emporte près de l'âtre mort, la cale sur des coussins qui dégorgent leur eau froide, court chercher du bois dans le hangar qu'il entasse sur les chenets. Son briquet mouillé ne fonctionne plus. Vite, des allumettes! Brutus renverse une soupière qui se casse, déplace les pots de faïence de l'étagère... La vieille tremble de tous ses membres. Sa mâchoire monte et descend en une mastication sordide.

– T'en fais pas, la mémé! Je vais t'allumer le feu et te changer...

Il trouve enfin des allumettes, mais les frottoirs sont usés : encore une manie de Mélanie qui économise les boîtes! Au fait, Brutus a-t-il regardé dans l'armoire, derrière les bouteilles d'huile et le sac de camomille? La porte de noyer grince. Voilà enfin, une boîte neuve. La flamme naît dans les brindilles sèches et embrase les bûches de hêtre.

– Tu sens, la mémé, comme ça chauffe? Tu ne vas pas t'enrhumer, hein?

L'homme passe dans la pièce voisine, ouvre en grand la commode où sont rangés les habits, la belle robe, le petit chapeau à fleurs et le chemisier brodé que sa mère prenait autrefois et qui se trouvent là sur les piles de draps, en attendant la dernière toilette, le dernier voyage jusqu'au cimetière. Le tissu se coupe aux plis. Brutus pose le linge sur la table et entreprend de déshabiller la vieille.

– T'en fais pas! répète-t-il.

Les gros doigts maladroits tentent de déboutonner le tablier mouillé. Brutus s'énerve, déchire le tissu d'un geste coléreux, découvrant ce corps décharné, vaincu par le temps. Les bras n'ont plus de chair. Les bâtons des jambes, soudés dans cette position assise, ne vivent plus. Par endroits, la peau trop grande a des reflets violacés.

– Mais qu'est-ce qui s'est passé?

Pour consoler cette figure craquelée où roulent encore des gouttes de pluie, il a envie de dire des mots stupides. Il voudrait sourire à ces trous sombres où vivaient autrefois des yeux pleins de malice, embrasser ces joues creuses tailladées par la vieillesse, serrer contre lui ce paquet d'os, ce reste d'une vie qui est un peu la sienne. De sa lourde main, il frotte le dos rabougri puis enveloppe cette poitrine flétrie dans une couverture sèche. Sa mère lui sourit d'une bouche noire qui anime une multitude de rides.

– Voilà, la mémé... Je vais attiser le feu.

Il l'habille lentement, la cale entre des coussins secs qu'il prend sur son lit, ajoute du bois au feu. Sa veste fume. Le chien le regarde, étonné de ce remue-ménage inhabituel.

– Tu sais où elle est, toi? Dis, cherche...

Le chien jappe, tourne autour de son maître, remue la queue. Il part dans le chemin de Saint-Merd.

– Tu ne vas pas me dire qu'elle est partie, non? Toi aussi, tu dérailles!

Brutus fouille de nouveau la grange, le hangar à bois où se trouve aussi la chaudière des cochons. Il s'appuie au mur rond du puits.

– Ces femmes, ça s'imagine toujours n'importe quoi...

Il pense à l'étrangère. Un haut-le-cœur lui soulève l'estomac comme l'autre jour dans la bruyère.

Il a choisi, cette nuit, et ne reviendra pas en arrière. Pourtant... La pluie redouble. Il marche jusqu'au bois. L'eau remplit ses chaussures de toile. Le béret bleu déteint, des coulées d'encre serpentent sur ses joues. Où est Mélanie? Voilà que l'image d'un adolescent lui apparaît tout à coup. Nom de Dieu, Marco! Il l'avait presque oublié. Marco qui ne sourit pas, qui le regarde de cet endroit inaccessible où seule Mélanie est admise.

– Mais qu'est-ce que j'y peux, nom de Dieu! Tout redevient comme avant!

La Perceval sonne à deux reprises. Un bruit énorme qui flotte longtemps à la hauteur de l'homme.

– Saleté de cloche!

Brutus a crié, un merle part dans la haie en poussant son rire moqueur. Il marche jusqu'à la cabane de Noirac, traverse le pré du château et revient au Masselot par chez Fernand. Il monte ensuite jusqu'à son champ de haricots près de la maison de la Nerrine... Pourquoi Mélanie serait-elle là? Mélanie, c'est un morceau de lui, indissociable, mais c'est aussi une femme, et Brutus ne l'avait-il pas oublié?

Le vent vient de l'ouest. Du lointain océan, des flots de nuages arrivent sur les collines. Les oiseaux se taisent. Brutus retourne chez lui. Le feu s'éteint, l'eau chantonne dans le chaudron. Mélanie n'est toujours pas rentrée. Son absence est collée aux boîtes de l'étagère; le tic-tac de la pendule en est changé. Vêtue en dimanche, la mémé sourit comme au temps où elle accompagnait ses filles au bal. C'était en 1917. A la sortie de la messe, les femmes se retrouvaient pour parler de la Grande Guerre, des prisonniers, de leurs hommes qui ne revenaient pas. Ce matin, son regard vide n'exprime plus rien et tremble au rythme de ses doigts tordus. Toute la vie s'est retirée au fond de ce cœur qui bat là-dedans, solide au milieu de sa cage d'os.

Brutus attise le feu du bout des pincettes, ajoute du bois puis sort de nouveau. Il se dirige vers Gradis. La Nerrine conduit ses chèvres au pré. Elle a pris une sorte de cape qui enveloppe son corps déformé :

– Hé... La Nerrine... Tu n'as pas vu la Mélanie?

Il a essayé de ne pas mettre trop d'angoisse dans sa voix, d'être anodin comme s'il revenait du champ et qu'il cherchait sa femme partie, elle aussi, à ses occupations. Pourtant, les mots lui ont raclé la gorge, des petits chardons rugueux.

– La Mélanie? Mais non...

Elle reprend sa marche en claudiquant. Brutus pourrait avancer, suivre la pente où ses pieds l'entraînent. Il pourrait crier, tout casser, mais sans Mélanie, il n'est plus tout à fait lui-même; cette absence le vide de sa force. Son chien tourne autour de lui en remuant la queue et le regarde de ses yeux mouillés.

– Hep!... Moi, je l'ai vue, la Mélanie!

C'est le Drôle. Il a longé la haie, un peu gêné. Son regard est clair, comme nettoyé par la pluie. Depuis leur dispute, c'est la première fois qu'il adresse la parole à Brutus. Il sait que l'homme est rancunier lorsque les événements se retournent contre lui, et, se trompant d'adversaire, peut s'en prendre au premier venu. Alors, le Drôle reste sur ses gardes.

– Tu l'as vue? Raconte vite!

L'enfant a un léger sourire. Son béret mouillé fume.

– Elle est partie ce matin au jour... Je revenais de lever mes araignées, même qu'il y avait deux belles truites. Elle m'a vu!

– Et où allait-elle? Parle vite ou je t'étrangle!

– Je ne sais pas. Elle marchait vite. Peut-être qu'elle allait aux commissions à Saint-Merd...

– Aux commissions? Que me racontes-tu? La Mélanie fait ses commissions le dimanche après la messe...

Le garçon baisse la tête, fait rouler un caillou libre de la pointe de sa chaussure.

– Tu me caches quelque chose, le Drôle! dit Brutus, menaçant. C'est encore une de tes insolences! Moi qui ai toujours été ton copain...

– Elle courait, la Mélanie... Elle se cachait la figure dans les mains... Elle pleurait, je te dis, Brutus! C'est sûrement parce que tu étais avec l'étrangère.

– Comment tu sais ça, toi?

– Je t'ai vu. Et Louis Caut t'a vu. Tout le monde sait que cette femme t'a ensorcelé, qu'elle te détruit! Et moi, je la déteste!

– Tu détestes tout le monde en ce moment, sale gamin! Je ne sais pas ce qui me retient de te tirer les oreilles... Mais tu crois qu'elle est partie chez sa sœur, la Mélanie?

– Je le pense, Brutus! Tu comprends pas qu'elle était malheureuse? Tu ne comprends rien, toi, que ce qui te regarde!

– Le Drôle, je croyais que toi et moi... On pouvait parler, on pouvait marcher l'un à côté de l'autre pour le plaisir... Je croyais que...

– Allez, viens casser la croûte! dit le garçon conciliant.

Brutus se laisse entraîner jusqu'à la maison. Il aime se faire plaindre, surtout lorsqu'il se sait fautif. Pour se donner une contenance, il sort de sa poche un paquet de tabac gorgé d'eau. Le Drôle se précipite :

– Regarde! dit-il. J'en ai du tabac sec! Je l'ai acheté l'autre jour à Saint-Merd. Vas-y, fume...

Brutus s'assoit. La seule pensée de l'étrangère lui vide un seau de braises dans l'estomac. Le Drôle, qui connaît les habitudes de la maison, sort le salé du placard, le vin et attrape une tourte au râtelier.

– Ce soir, je coucherai la grand-mère... C'est pas ton travail, ça!

Brutus lève les yeux sur le garçon qui n'a pas posé son béret mouillé. Toute cette bienveillance choque en lui le mur de son amour-propre. Peut-être aussi a-t-il un peu honte. Il s'emporte :

– Qu'est-ce que tu cherches, hein? Pourquoi que tu me passes la main dans le dos, à présent? Et ce couteau que je t'avais acheté cinq francs... C'était bien la peine!

L'enfant s'y attendait. Lorsqu'il s'en veut, Brutus a besoin de décharger sa colère sur quelqu'un d'autre. Le Drôle recule prudemment d'un pas et regarde la fenêtre qui est ouverte.

– File, je te dis, ou je te fous un coup de pied au cul! explose Brutus.

Le Drôle sort, la tête basse. La pluie s'est transformée en un crachin pénétrant et froid. Il marche jusqu'au bois de hêtres en contrebas de sa maison. Ses pas sont lourds; un sanglot lui noue la gorge.

Mélanie reçoit le coup sans broncher. Lorsque Brutus est sorti avec la fille de l'étrangère, elle va pousser la porte et continue de ranger la vaisselle. C'est à peine si ses doigts tremblent. Comme chaque soir, elle rassemble les cendres sur les tisons, passe dans sa chambre, s'allonge sur son lit sans se déshabiller. L'orage allume des bombes dans les nuages, un incendie ravage l'horizon.

Mélanie comprend vite qu'elle ne dormira pas. Elle revient dans la cuisine, cherche les allumettes. Des gouttes lourdes frappent la toiture en un roulement de tambour assourdissant. Des éclairs allument les doigts crochus de la mémé restée à sa place. Mélanie a mal. La douleur court le long de ses veines, meurtrit sa chair à chaque battement de cœur. Que fait Brutus à cette heure? Où est l'homme avec qui elle a tout partagé, les joies et la terrible douleur? Dort-il paisiblement près de cette femme de rien qui l'a ensorcelé? L'image de Marco ne le trouble-t-elle pas?

Après la mort de son fils, Mélanie s'est contractée comme une figue sous le soleil d'août. Ce qui lui restait de vie, elle l'a donné à Brutus, et voilà qu'il méprise ce sacrifice. Qu'il rabaisse la fidèle épouse, la traîne dans la boue! Avec une autre femme, l'affront aurait, peut-être, été moins grave, mais une étrangère! Une danseuse de foire! Est-ce bien son Brutus qui en est arrivé là? Celui qui a bouché la fissure du clocher? Lui qui ne recule pas devant un taureau furieux, va-t-il ramper aux pieds d'une moins que rien? Elle ne le supportera pas : Marco meurt pour la deuxième fois!

Elle tourne en rond, sourde au tonnerre qui fait vibrer les vitres. Non, ce n'est pas possible, Brutus ne l'a pas abandonnée : il est descendu parce qu'on le lui a demandé. C'est un homme honnête, toujours prêt à rendre service. Il va remonter après la pluie d'un instant à l'autre... Son pas tranquille raclera les pierres du perron, et Mélanie sera si heureuse que, peut-être, elle dira des choses interdites qui lui brûleront la langue, après tant d'années de vie commune. Elle se plante derrière la fenêtre. Le chemin surgit de l'ombre par intermittence; des trombes d'eau s'abattent en rafales, fouettent les murs et cela dure longtemps.

Quand l'orage s'éloigne du Masselot, le jour se lève sur la campagne mouillée. Une pluie régulière et fine s'installe. Le chemin est toujours désert. Brutus ne reviendra pas! Il a donc cédé au sortilège de cette femme. Mélanie se mord les lèvres au sang. Une boule incandescente se promène dans son corps. Elle se tourne vers la mémé qui l'implore des yeux de l'emporter au lit.

– Il n'y a que toi qui ne me laisses pas tomber! Ce n'est pas faute d'avoir dit du mal de moi, quand tu pouvais parler!

Ses cheveux défaits volent en plumes blanches. Tout son corps est une charogne. Brutus lui arrache la peau, serre son cœur de ses mains puissantes, l'étouffe. Elle roule ses yeux ronds autour d'elle, ne reconnaissant pas cette maison où elle est née, où elle a grandi, où elle s'est mariée. Un cri rauque sort de sa gorge en feu :

– Ah, c'est comme ça! Eh bien, on va voir...

Elle ouvre la porte, traîne la vieille dehors, la pose sur le banc de bois où, les soirs d'été, Brutus aime fumer sa cigarette en regardant tomber la nuit. La pluie martèle la tête presque chauve de la mémé qui tousse. Ses mains s'animent, elle se débat.

– Appelle ton Brutus! S'il te voit d'en bas, peut-être que ça lui donnera l'idée de remonter!

Mélanie revient dans la maison. Comment rester? Brutus a effacé les traces des anciens. Sa présence est inscrite partout, indélébile. Ici, son chapeau de paille pendu à un clou attend sa main tranquille; là, sa veste de laine pour l'automne et les premières journées de gel. Son bâton est posé près de la porte. Même les tisons ont cette forme particulière qu'il donne aux bûches car Brutus aime le travail bien fait.

Elle s'éloigne sur le chemin boueux. Rien ne paraît plus sur son visage raide qui cache si bien les tempêtes, tout se passe derrière avec la pudeur et la retenue des gens d'honneur. Après la croix, elle aperçoit le Drôle qui remonte de la rivière. C'est vrai : il ressemble un peu à Brutus. Les mauvaises langues auraient-elles raison? Jusque-là, Mélanie n'a pas écouté les paroles médisantes des jaloux, jamais elle n'a perdu confiance, même quand Brutus a ramené cette putain au Masselot...

La pluie s'est enfin arrêtée. Le soleil sort par moments, illumine la brume, se déplace sur les prairies qui attendent la faux. Des sources gargouillent un peu partout. Les oiseaux piaillent.

Mélanie marche la tête baissée. Elle ne reconnaît pas ce chemin qu'elle parcourt le dimanche matin pour aller à la messe. Son désespoir transforme les arbres, la haie, les tournants... Le dimanche, rien ne presse. Elle attend les femmes de Gradis pour raconter les nouvelles, et ce chemin a un aspect amical, complice. Ce matin, il retient les chaussures devant chacune de ses pierres. Les ronces avancent sournoisement, s'agrippent à ses mollets nus. Mélanie court, une fuite folle qui la conduit vers son seul refuge, sa sœur, Margot.

L'aînée des filles Janet a bien dix ans de plus que Mélanie. C'est une deuxième mère qui l'a tenue sur ses genoux et l'a fessée, à l'occasion. Une femme à poigne! Le père Janet est mort en emportant le regret de ne pas l'avoir installée au Masselot. Avec sa moustache de sapeur, sa ceinture de flanelle enroulée autour des reins, le vieux ne manquait pas d'idées. Il voulait marier sa fille à un cousin de Chamberet, mais Margot n'a jamais accepté qu'on parle à sa place. Elle voulait un gars de Saint-Merd, un nommé Paul Boilot. Du pauvre monde qui vivait d'une petite ferme humide à flanc de colline. Elle est partie du Masselot pour épouser son Boilot. Un triste mariage : Janet ne voulait pas y aller et faisait une tête d'enterrement. Dès le lendemain, voilà la bru devenue la bonne à tout faire : les enfants, le mauvais travail de la basse-cour qui revient aux étrangers, le ménage, la cuisine. Mais Margot n'avait pas un caractère à se laisser commander, et, en peu de temps, elle remit tout le monde à sa place, c'est-à-dire à sa botte.

Dix ans plus tard, les vieux morts, Paul Boilot se tua en s'empalant sur un pieu de charrette. Il n'avait pas quarante ans, et Margot dut élever seule les enfants, qui sont maintenant partis à la ville. Désormais, les deux sœurs affichent une solidarité de sang. Sous n'importe quel prétexte, Margot monte au Masselot. C'est un rendez-vous avec son passé. Brutus n'aime pas beaucoup cette grosse femme autoritaire qui critique sa façon de travailler. Mélanie lui fait une fête insupportable, redevient petite fille et babille des paroles sans importance. Aussi, la conversation entre Brutus et Margot se limite-t-elle aux travaux du moment. Des mots pour rien, pour chasser le silence.

Mélanie hâte le pas. Le soleil frappe de plein fouet les flaques luisantes. Les prés fument ; le ciel brusquement nettoyé se cache de nouveau... La femme croise le vieux Flandrin qui s'en va au pré, sa faux sur l'épaule. L'homme habite Gradis et a un bout de propriété qui touche le Masselot.

– Eh bien, la Mélanie, voilà que tu vas aux commissions?

– Faut bien, père Flandrin!

Mélanie ne s'arrête pas. Flandrin la suit des yeux. Aux commissions à cette heure? A croire que tout va mal au Masselot!

– Et le Brutus? Ça fait longtemps que je l'ai pas vu!

– Ça va, je vous remercie, père Flandrin!

Elle s'éloigne, lourde de cette peine granuleuse qui n'en finit pas de frotter sa peau à vif.

Chez Margot, c'est à deux cents mètres de la route principale. Le toit pointu des Boilot se voit au-dessus des hêtres. L'étable perd ses ardoises; ses portes basses exhalent une haleine de purin que le soleil répand généreusement. Un essaim de mouches vit sur les pierres brûlantes.

Chaque été, Margot embauche un Italien pour les gros travaux. Quand il a trop bu, il chante des mélodies napolitaines et oublie le foin à rentrer. Margot le rappelle à l'ordre et lui montre le bâton.

Mélanie arrive. Voilà enfin le grand chêne qui domine le pré de Margot. Autrefois, les dimanches après-midi, Brutus et Paul se couchaient sous son ombre fraîche. C'était le temps heureux de Marco.

Les deux chiens accueillent Mélanie en aboyant. Margot sort devant la porte de l'étable, les manches retroussées, le front luisant de sueur. Une ceinture fine la cisaille sous la poitrine. Elle est très brune, le visage piqué de grains de beauté. En apercevant Mélanie, elle se précipite :

– Mais que fais-tu là, à cette heure?

Mélanie a les cheveux défaits, les paupières gonflées de quelqu'un qui a beaucoup pleuré, le regard étrangement fixe.

– Que se passe-t-il, enfin? Tu vas me le dire...

– Brutus! dit Mélanie entre deux sanglots.

– Eh bien, parle vite! Il est malade? Il lui est arrivé quelque chose?

– Pire! Il ne sait plus où il va! L'étrangère... Cette femme de foires...

– Tu vois que j'avais raison! L'autre jour, tu m'as pourtant dit de me mêler de mes affaires...

– L'autre jour, je ne voulais pas d'histoires. Et puis, la bohémienne...

– Je ne comprends rien à ce que tu me racontes, Mélanie. Et puis, cesse de pleurer. Ça ne te ressemble pas, tout ça! Viens à la maison. Tonio, finis de charger le fumier et va le porter dans le champ du bas.

Margot prend Mélanie par le bras et l'entraîne vers la maison. Le soleil joue sur le perron de granit.

– Alors?

– La Perceval s'est mise à sonner. Et Brutus ne sait plus où il va.

– Qu'est-ce que tu me racontes là? Brutus retrouvera son chemin! Ne t'en fais pas!

Mélanie s'est assise près de la table. Elle se mouche. Les larmes coulent de nouveau sur ses joues pâles. Ici, elle peut se laisser aller.

– Brutus, ce n'est pas un homme comme les autres... C'est Brutus, tu comprends! Brutus a une voix forte et ne connaît pas les manières. Il ne baisse pas les yeux quand il parle. Et le soir, quand il est fatigué, qu'il mange sa soupe en face de moi, je le regarde... Cette soupe qu'il aime tant, j'y ai mis le meilleur beurre pour lui et trois fèves qu'il cherche au fond de la soupière. Trois fèves seulement parce que c'est le bon nombre, celui que veut Brutus. Il dit que quatre fèves épaississent le bouillon... Et la nuit, quand il dort près de moi, quelquefois je l'écoute respirer et je sais que rien ne peut m'arriver. Tu comprends, Margot, que Brutus n'est pas un homme comme les autres!

– Peut-être, mais tu vois bien que ton Brutus a oublié les trois fèves et qu'il n'a pas manqué l'occasion!

– Mais, Margot, je sais que Brutus n'est pas coupable. C'est elle qui l'a entraîné. Elle, la danseuse!... Et Brutus, trop bon, n'y a pas vu la malice. Il a suivi pour ne pas la contrarier. Maintenant, je sais qu'il n'est pas coupable!

– Alors, pourquoi que tu es venue? Tu veux que j'aille te le chercher?

– Surtout pas! Il doit se décider seul. Brutus n'est pas un enfant! Il sait ce qui lui reste à faire.

Margot boit une louche d'eau fraîche au seau posé sur l'évier. Mélanie continue de parler. Elle, d'ordinaire si réservée, n'en finit pas :

– Brutus, comment te dire?... C'est lui qui me porte. Tu veux que j'avance sans lui? L'idée me coupe les jambes! D'y penser, ça me laisse perdue. Sans lui, je meurs! J'étouffe...

– Je sais! dit Margot. Vous étiez bien ensemble!

– Laisse-moi ici un peu, Margot. Que je voie un

peu plus clair! Il faut qu'il se rende compte, lui aussi...

– Eh bien, dit Margot qui comprend sa sœur à demi-mot, viens donc m'aider à faire la soupe en attendant ce fainéant de Tonio!

Mélanie prend le panier de légumes et cherche un couteau dans le tiroir.

– La Perceval rend les gens fous! ajoute-t-elle. Elle se met à frapper l'air avec sa vieille louche quand tu ne t'y attends pas... Tu ne peux pas comprendre...

C'était pour justifier Brutus.

– Mais si, je sais! dit Margot en baissant la voix.

L'horizon bleu s'est dégagé vers le soir. Le soleil passe entre des nuages plats, ses rayons obliques et rouges incendient les pelotes de moustiques au-dessus de la mare de Noirac. Les grenouilles se déchaînent. La nuit monte déjà des bas-fonds tandis que le Masselot profite encore du crépuscule. Le mont Gradis étincelle. Les toitures miroitent de cette lumière oblique d'un été qui n'a pas encore chauffé.

Brutus tente de parer au plus pressé. Il pèle des pommes de terre, fend un blanc de poireau et le jette dans l'eau bouillante. A côté, la mémé suit des yeux ses mouvements maladroits. La maison est muette, écrasée par une menace imprécise. L'absence de Mélanie alourdit les objets. Cette casserole sale a la taille d'une charrette, ces bûches oubliées devant le feu sont des poutres. Au bout d'un moment, Brutus retire la marmite des flammes.

– Je vais te faire manger, la mémé!

Toute la journée, il a tourné en rond. Plus de

dix fois, il est entré dans la grange, a vérifié que les pneus de sa moto étaient assez gonflés. Ce soir, il est descendu jusqu'au raccourci de Saint-Merd... Et là, il a buté contre un mur infranchissable. Alors, il a fait demi-tour.

Il approche la cuiller fumante de la bouche noire. La mémé fait la grimace :

– C'est pas bon? Tu es rudement difficile, toi!

La cuiller s'approche de nouveau. La vieille tourne la tête, Brutus s'emporte :

– Si tu ne veux pas... Je n'ai pas le cœur à faire des manières!

Il jette le contenu de l'assiette dans le feu qui grésille et s'assoit à table. Il boit du vin pour tromper sa faim et sa colère, mange avec dégoût un bout de pain et de fromage. La soupe de Mélanie avait une saveur de soir qui comblait l'estomac avant le lit, c'était un bonheur irremplaçable. Le chabrol rapide le guérissait de sa fatigue. Ce pain et ce fromage ont la lourdeur de cailloux gelés.

– Peut-être qu'elle est partie chez sa sœur tout simplement parce qu'elle avait envie de la voir! Et elle y est restée toute la journée parce que, avec cette pluie, il n'y avait pas grand-chose à faire ici!

Cette bonne raison le rassure. Il n'a pas à se faire de bile et pourquoi irait-il la chercher puisque tout est normal?

Avant la guerre, Marco mangeait sur ce banc à côté de son grand-père Janet, en face de Brutus. Marco! Pourquoi y pense-t-il? Peut-être parce qu'il l'emmenait à la foire avec lui, et que ce fils unique l'occupait tellement qu'il n'avait jamais eu l'idée de regarder les bohémiennes qui mendiaient dans les bistrots. Les gens lui disaient :

– Celui-là, tu ne l'as pas volé. Quand on t'a vu...

Brutus protestait et répondait d'un air incrédule :

– Vous n'y êtes pas du tout! C'est tout le portrait de son grand-père Janet.

Il savait bien que ce n'était pas vrai. Et parce que Marco lui ressemblait, il avait pour lui des ambitions démesurées.

Anaïs entre sans frapper. Elle se dirige vers la mémé :

– Je vais vous la coucher! dit-elle. C'est pas un travail pour vous, ça! Et demain, il fera jour pour y voir plus clair.

Elle ne fait aucun commentaire. Elle a vu tant de malheurs dans sa vie qu'elle sait que parler ne servirait à rien sinon à compliquer ce qui peut encore s'arranger.

– Et puis, je vais aller faire votre lit qui ressemble à une niche de chien!

La grosse femme va et vient dans cette maison comme si elle était chez elle. Quand tout est fini, elle sort. A la porte, elle dit sans se tourner :

– Vous ne croyez pas qu'il y a déjà assez d'histoires comme ça?... J'ai fait votre lit.

Brutus comprend l'allusion, mais il ne bouge pas : la présence d'Anaïs à la place de Mélanie a brisé une série d'images rassurantes qu'il gardait en lui pour les mauvais jours, cette quiétude de la maison tiède avec ses murs et ses objets familiers. Le voilà au fond d'un trou immense, une prison où ne passe jamais le soleil. Dans l'âtre, les tisons meurent lentement. Une chouette pousse un cri strident. Le silence martèle les tempes de Brutus qui se lève de son banc, se plante dans la porte, en face de l'obscurité :

– Si elle n'est pas revenue au jour, j'irai la chercher et elle va m'entendre! On n'a pas idée de partir sans rien dire!

C'est toujours pour se rassurer. Il va à la grange et se couche dans le foin, son chien serré contre lui.

Il se lève à l'aube avec l'impression de ne pas avoir dormi. Les membres lourds, il revient à la maison. La porte est ouverte, le feu brûle sous un chaudron qui chante, la cafetière fume sur la table. La mémé est levée, ses lèvres sèches semblent rire de bonheur. Une langue de lumière lèche ses coussins.

– Vous voilà! dit Anaïs. J'ai fini et je vais redescendre. Le travail ne manque pas! Et vous, Brutus, je n'ai pas de conseils à vous donner, mais à votre place, je me dirais que cette histoire a assez duré...

Brutus s'assoit devant le bol de café qu'Anaïs a posé sur la table. Il reste un long moment sans bouger : le moindre mouvement lui demande un effort considérable.

Soudain, le Drôle entre, essoufflé, le regard horrifié :

– Brutus, viens voir! Il y a quelque chose dans ton puits. Et qui se débat dans l'eau... Un chien ou une autre bête qui est tombée. Ça fait un de ces raffuts! Je passais, alors, j'ai entendu...

Brutus a mal partout. Il suit cependant le garçon qui se penche au-dessus du muret. Quelque chose brasse l'eau dans l'ombre. Ça bouillonne comme une soupe sur le feu.

– Un chien? s'étonne Brutus. Comment que tu veux qu'il soit tombé dans le puits?

Le Drôle regarde soudain Brutus, les yeux pleins d'effroi. Il n'ose plus se pencher au-dessus du trou.

– Que me racontes-tu, le Drôle? fait Brutus en fronçant les sourcils. Allez, va me chercher les cordes à foin... Faut y descendre!

L'enfant revient quelques instants plus tard avec les cordes de chanvre sur l'épaule. Son visage est grave.

– On va l'attacher au montant! dit Brutus. Toi qui es leste, tu vas descendre. Et fais attention de ne pas tomber!

– Non, Brutus. Je ne veux pas descendre.

– Pourquoi? Tu as peur du diable? Tu es donc une véritable poule mouillée?

– Je n'ai pas peur du diable, mais je ne veux pas...

– Tire-toi de là, fillette! Je vais te montrer, moi!

Brutus escalade le mur circulaire et, tenant solidement la corde, se laisse descendre lentement. En bas, l'eau ne bouge plus. Tout à coup, un cri terrible sort du puits, déformé et amplifié par le mur circulaire. Le Drôle a compris.

Arrivé au fond, Brutus se laisse tomber dans l'eau froide et s'empare de ce qui ressemble à un sac de grains, l'agrippe d'un bras. Il réussit enfin à le charger sur son dos et remonte en tirant sur la corde d'une main et s'aidant des pieds qu'il enfonce entre les pierres. Quand il arrive à la lumière, il a perdu son béret. Ses cheveux sont plaqués sur la tête. L'eau ruisselle sur son visage.

– Aide-moi, nom de Dieu!

Le Drôle ne bouge pas, pétrifié par la vue de ce corps inerte que Brutus pousse de l'épaule sur le rebord du mur. La Nerrine qui cherchait son fils arrive à cet instant. Le Drôle lui prend la main comme un tout petit enfant qui a peur.

– La Mélanie! s'écrie la boiteuse. C'est pas possible!...

– Elle est morte! dit Brutus. Et c'est moi qui l'ai tuée.

La Nerrine se penche sur Mélanie, touche ses mains et ses poignets :

– Non. Elle vit! Va vite chercher le médecin.

Le Drôle court à la grange où Brutus range le vélo. La Nerrine ajoute :

– Faut la rentrer! Brutus, donne-moi un coup de main! Tu ne vas pas nous passer, toi aussi?

Il bredouille des mots sans suite entre ses lèvres blanches. Il reste là, immobile près du puits, les habits ruisselants. La Nerrine est obligée de traîner seule Mélanie dans la maison. En s'arc-boutant, elle réussit à la hisser sur le lit. La mémé l'aperçoit et comprend. Sa bouche s'arrondit, sa respiration se fait saccadée, ses rides s'agitent.

Le docteur Bernard arrive avant le gamin : la chance a voulu qu'il soit chez lui. Il arrête sa voiture au milieu de la route et se précipite chez Brutus en oubliant de refermer la portière.

– Mais quelle histoire! dit-il en regardant Louis Caut qui est là, les bras écartés, le visage en sueur, complètement en peine de sa personne.

Le jour est gris, malgré un ciel léger, presque transparent. Louis hausse les épaules. Il s'essuie le front avec son mouchoir.

– J'étais dans mon champ quand j'ai entendu crier Brutus, dit-il. Un cri qui sortait de la terre! J'ai couru aussi vite que mes jambes pouvaient me porter. J'ai cru qu'il y avait le feu quelque part...

Bernard se penche sur Mélanie.

– Elle vit! dit la Nerrine. On lui a fait rendre l'eau. Restent ces bleus sur les jambes et ces grosseurs partout. Ce n'est plus de notre ressort.

Bernard repousse le tablier qu'Anaïs avait pudiquement tiré sur les jambes claires. La respiration de Mélanie est saccadée, ses lèvres ont une couleur d'encre.

– Que s'est-il passé? demande le docteur. C'est un accident?

Anaïs regarde tour à tour Brutus et la Nerrine. Un peu de rouge colore ses joues. Elle a un pli de malice au coin des yeux. Ses cheveux blancs, naturellement bouclés, font une auréole autour de sa figure.

– On ne sait pas, docteur! dit avec autorité la Nerrine. C'est mon gars qui a entendu du bruit dans le puits... Voilà! Je vous dis : on ne sait pas, mais c'est sûrement un accident! Elle travaille beaucoup, la Mélanie. C'est sûrement un coup de fatigue!

– Il faut que je l'emmène à l'hôpital. Vous l'avez sauvée, mais je veux qu'elle soit examinée mieux que ça! Une rate écrasée et elle vous part entre les doigts au bout d'une heure...

Mélanie ouvre les yeux, ses lèvres bougent :

– L'hôpital?

– Oui, l'hôpital! Quelqu'un pour m'aider à la rentrer dans la voiture sans trop lui faire mal...

Brutus s'est assis à table, les coudes posés sur la toile cirée à carreaux jaunes et rouges.

– C'est le choc! dit le docteur. Ça passera tout seul. Aidez-moi plutôt à porter la blessée.

Anaïs et la Nerrine prennent Mélanie chacune d'un côté.

– Vous me faites mal! dit la blessée.

– Faites donc attention! s'emporte le médecin. Ce n'est pas un ballot de paille!

Une fois installée sur la banquette arrière, Mélanie demande :

– Qui va payer l'hôpital?

– C'est pas le moment de poser ce genre de question! bougonne Bernard. Faut vous soigner, malheureuse! Peut-être que vous êtes en train de vous saigner par-dedans! Et vous, donnez-moi des coussins ou quelque chose pour la caler dans cette position...

On trouve des couvertures. Mélanie se laisse faire. Son chignon s'éparpille en plumes mouillées. Bernard s'installe au volant.

– Pour les nouvelles? demande Anaïs.

– Faudra aller à l'hôpital. Je pense qu'on va la descendre à Tulle. Maintenant, faites place, je n'ai pas le temps!

– Brutus..., murmure Mélanie. Où est Brutus?

– Il est là! dit le docteur. Et cessez de parler et de vous fatiguer pour rien!

Puis se tournant vers Louis Caut :

– Faites changer Brutus! Tête de mule comme il est, il est capable de laisser sécher ses habits sur son dos.

Il a fallu en dire des paroles pour faire changer Brutus! A la fin, lassées, Anaïs et sa bru Marguerite s'en sont prises aux hommes qu'elles ont traités d'empotés et de mal dégourdis. Puis, elles ont attrapé chacune un bras de Brutus et l'ont forcé à se lever.

– Eh bien, c'est nous qui allons le changer et gare s'il veut faire le malin!

Brutus a dû comprendre qu'il était ridicule puisqu'il a dit aux femmes de le laisser seul dans la chambre. Quand il en est ressorti, il avait des vêtements secs.

Le soir arrive lentement. Le soleil allonge les ombres; toute la lumière se tasse à l'occident. Un petit vent soulève la poussière blanche du chemin. Demain, il fera peut-être beau, à moins que ces promesses d'été ne glissent le long des pentes vers le bas pays. Louis Caut est assailli par une nuée de moustiques et n'arrête pas de se donner des gifles. Il se tourne vers sa mère :

– Quelle histoire, quand même! Le Brutus n'a

pas toute sa tête! Et tu crois que j'aurais pensé à ça? Que non! Le Brutus, il est bien trop orgueilleux pour venir me trouver et me dire : « Louis, il faut que tu m'aides! » Moi, je l'aurais fait avec plaisir!

– Et la Mélanie non plus n'a pas toute sa tête! répond Anaïs. Faut pas aller chercher le mal quand on peut y échapper. Il vient bien assez tout seul! Se jeter dans le puits! Une fameuse idée qui n'arrange rien! Va falloir monter voir la mémé...

– Bah, je suis tranquille! Le Drôle s'en occupera. C'est peut-être bien un peu de sa famille, à ce petit du diable.

Anaïs regarde Louis avec des yeux remplis de reproches :

– Que racontes-tu? La médisance n'a jamais servi personne! La Nerrine a toujours été bonne avec nous. Tout comme Brutus! Et c'est elle que ça regarde, pas nous! Brutus fait ce qu'il veut avec le Drôle! On n'a rien à y voir...

– Rien à y voir, ma mère, Anaïs? Tu déparles, toi aussi! On a beaucoup à voir là-dedans. Même que ça peut nous servir d'une manière qu'on n'osait pas attendre! Tu sais de quoi je veux parler...

– Tais-toi, Louis! Tu vas attirer le malheur à espérer profiter des misères des autres! Mais le Brutus, comment va-t-il payer l'hôpital?

– Je crois qu'il s'est mis aux assurances sociales. Moi, ce qui me tracasse, c'est que la Mélanie, une fois guérie, ne va pas vouloir revenir avec lui! Alors...

– Alors, ce n'est pas tes oignons! Occupe-toi de ton foin au lieu de bâtir des châteaux en Espagne!

La nuit est maintenant complète. La lune sort derrière le mont Gradis. Toute la lumière s'est tassée sous les étoiles. Dans les enclos, les vaches se rassemblent près des barrières. Chez lui, Brutus n'a pas bougé. Noirac arrive et lui parle de tout et de rien :

– Tu crois qu'on le tient, le soleil? Enfin, de quoi nous laisser rentrer les récoltes? Tu penses, Brutus, qu'il va nous donner un coup de main? Hein, Brutus?

Brutus ne répond pas. Il regarde les pots de faïence sur l'étagère. Noirac sort, penaud, un peu vexé. Vers huit heures, Anaïs vient allumer le feu et éplucher les légumes de la soupe. Le Drôle arrive presque aussitôt.

– Va donc t'occuper des bêtes! dit Anaïs. Je me charge de la soupe!

Quand il revient, la femme a fait manger la mémé. Comme elle ne supporte pas les yeux étrangement vivants de la vieille et le silence de Brutus, elle parle sans arrêt :

– Hé bé, la mémé!... C'est-y qu'elle est bonne, ma soupe, quand tu ouvres si grande la bouche? Tout va s'arranger, tu verras! Ta Mélanie va bientôt revenir!

Puis se tournant vers Brutus :

– Vous allez manger un peu! Vous croyez que c'est le moment de faire la tête?

Mais Brutus ne voit pas l'assiette que le Drôle pose devant lui.

– Vous m'entendez, Brutus! insiste Anaïs.

Non. Brutus n'entend pas. Quelle image regardet-il collée sur le mur? Aucune. Les pots de faïence s'impriment dans son cerveau de pierre, mais il ne les voit pas. Brutus n'est pas là. Il est nulle part. Il n'est même pas mort. Il n'est rien, moins qu'un homme, moins qu'une plante. Le sang s'est arrêté à ses tempes. Son cœur ne bat plus.

Le Drôle aide Anaïs à emporter la mémé au lit.

– Tu es un sacré dégourdi, constate-t-elle. Et pourquoi que tu fais ça? Un vieux, c'est sale! Ça pue la pisse et le chiffon souillé. Dis, pourquoi que tu fais ça, le Drôle?

– Que veux-tu que je te dise, l'Anaïs? Je fais ça parce qu'il faut bien le faire!

Lorsque la vieille est couchée, le Drôle remonte chez lui. Il s'assoit près du feu et constate que sa mère boite plus que d'habitude. Pourtant, il lui dit :

– Il faut que tu descendes voir Brutus! C'est une pierre et je sais que, s'il se réveille, il va tout casser.

– Bon! dit la femme en prenant sa canne. J'y descends.

En arrivant chez Brutus, elle s'assoit un instant.

– Écoute-moi, Brutus, dit-elle. Tu vas manger ta soupe. Tu te fais du mal pour rien. Va falloir t'emmener à l'hôpital, toi aussi! Tu crois que ça ne suffit pas?

Brutus lève enfin les yeux sur la Nerrine :

– Laisse-moi tranquille, la Nerrine. Tu entends, je veux que tu me laisses ici tout seul. J'ai besoin de personne!

– Tu n'as pas honte? Et nous qui faisons tout

pour t'aider! Le Drôle qui t'aime comme un père, et toi, tu restes là à le peiner!

– Laisse-moi tranquille, je t'ai dit!

La Nerrine connaît Brutus. Elle pensait qu'il allait donner libre cours à sa colère, mais non, il ne bouge pas.

– Faut le laisser! dit-elle au Drôle. On a autre chose à faire qu'à s'occuper d'une tête de mule.

Dehors, elle ajoute à l'oreille du gamin :

– Tu viendras le voir de temps en temps. Faudrait pas qu'il aille se jeter dans le puits, lui aussi!

Dans la maison, l'ombre de la nuit ne laisse apparaître que les boîtes de faïence claire sur l'étagère. Tout le reste a disparu, le feu éteint, la mémé qu'Anaïs a couchée, la cuisinière, la table. Brutus déplace ses coudes, le banc craque. Il roule une cigarette et la fume lentement. Enfin, il monte au grenier, fouille dans une caisse, prend une petite boîte verte qu'il met dans sa poche et sort, son chien sur les talons. Les bruits de la nuit le laissent indifférent. Il traverse le hameau. Aucune chandelle n'allume la fenêtre du moulin : cet après-midi, l'étrangère et ses deux filles sont parties pour Saint-Merd et elles ne reviendront pas.

Brutus poursuit sa marche au hasard des chemins. Le mont Gradis dresse devant lui sa tête sombre de bœuf en colère. L'homme coupe à travers la lande, s'enfonce dans la bruyère. Il avance sans penser, sans but. Et cela dure longtemps, plusieurs heures. Il évite les maisons isolées. Le Masselot est loin derrière lui, avec sa honte qu'il a laissée là-bas. Il arrive enfin sur le plateau. Le vent lui crache à la figure une haleine froide. C'est un vent qui se sait chez lui, qui refoule les intrus, se cache dans les replis, prêt à bondir, un félin de vent qui n'aime pas les hommes. Le silence oppressant de la nuit a la dureté d'un mur de béton.

Des jeunes sapins dressent leurs barrières noires. Brutus les longe sur près d'un kilomètre puis glisse sous les branches palmées bardées de piquants. Des sangliers se lèvent devant lui et s'éloignent avec fracas. D'ordinaire, Brutus penserait à son fusil... Ce soir, il n'a rien vu. Les sapins cèdent la place à une autre lande, immense, celle-là, une mer de bruyère et d'ajoncs. Presque plate avec des vagues figées et le mont Gradis planté sur le bord, montagne perdue là, solitaire. Les nuages ont caché le ciel. Des bruits se répercutent au ras du sol, venus de nulle part. C'est le bout du monde, et Brutus marche encore. La bruyère sans insectes s'ouvre sur ses pas. Le chien a peur et reste près de son maître. Il n'a même pas poursuivi les sangliers. Quelle heure est-il? Minuit? Peut-être plus! Ici, l'heure n'existe pas. Le jour succède à la nuit, les saisons aux saisons, les années aux années. Brutus ne sent pas la fatigue; le voilà suspendu entre le ciel et l'enfer, le gel des étoiles et le feu de la terre. La lande se hérisse. Des flammèches bleues s'accrochent aux crêtes des arbres isolés. Un peu de lumière ondule au ras du sol, une main qui caresse la peau épineuse d'une grosse bête endormie. Des plaintes venues de nulle part apeurent le chien qui grogne. Brutus se bat avec des ajoncs qui lui montrent les dents. Des jeunes arbres souples surgissent devant lui. Il frappe à coups de poing les verges tendues sur ses pas. Des rochers tapis dans la mousse tentent de le faire tomber. Un ruisseau dissimulé sous une toison d'herbes le happe dans sa bouche sombre. Il s'effondre, patauge dans la boue. Le chien n'hésite pas et le suit. D'ordinaire, il ne veut pas entrer dans l'eau, mais là, il traverse le nez sur les talons de Brutus, soumis pour toujours, servile jusqu'au bout.

Sur l'autre berge, Brutus s'arrête enfin, essoufflé. Il veut rouler une cigarette, mais son tabac est mouillé. Le froid de l'eau pique ses mollets. Il regarde autour de lui l'immensité qu'il devine.

– Marco, tu es là?

Cette voix d'homme heurte une frondaison invisible.

– Marco, nom de Dieu! Pourquoi que tu me fais la tête? Toi, tu as toujours dix-sept ans, alors tu ne peux pas comprendre!

Il repart dans une autre direction, au hasard. Ses yeux blancs tentent de percer la nuit. L'air est frais.

– Marco! On va faire comme avant! On ira chercher les champignons. On ira à la pêche, Marco, même que je sais encore quelques grosses truites et je n'en ai pas parlé au Drôle qui les aurait attrapées!

Brutus se laisse entraîner par la descente. Une tourbière l'attend au fond. Le voilà enlisé jusqu'à la ceinture. Il réussit à s'agripper à un arbre, se hisse sur l'autre versant où de grandes herbes lui picorent la figure.

– Tu te rappelles quand on allait à la pêche? Et le soir où tu avais vu le père Gustave poser ses filets! C'était sombre d'orage qui pétait partout. On est quand même descendus! Et on a passé la nuit dans le ruisseau à chercher les filets. Les éclairs taillaient l'ombre et nous, on cherchait... C'était à cause de cette grosse truite qu'on entendait se débattre et qu'on n'a pas pu trouver! Quand on est remontés, trempés, ta mère nous a raconté quelque chose!

Le silence est peuplé de bruits rampants. Brutus s'assoit. Ses jambes lui font mal. Son corps n'a plus de poids. Il flotte dans un liquide visqueux. Le chien vient se coucher près de lui en tremblant. Tout d'un coup, l'homme se dresse :

– Nom de Dieu, mais qu'est-ce qui me prend? Voilà que je tourne la boule!

Il a tellement mal qu'il voudrait mourir là, loin du Masselot, loin de ceux qui l'ont condamné.

– J'ai rien à me reprocher, mais ils ne le savent pas!

Pourtant si, il a beaucoup à se reprocher! Il se sait coupable, atrocement coupable. Il voudrait revenir en arrière, recommencer pour ne pas commettre les mêmes erreurs.

– J'aurais dû être plus diplomate! dit-il à son chien.

Il serre les dents. Brutus se sent prisonnier de tout un tas de choses qu'il ne sait pas exprimer. Alors, il repart. La colère le fait trembler tout entier.

Le Drôle se réveille en sursaut. Le jour se lève. Voilà qu'il a dormi toute la nuit! Il saute de son lit, s'habille en vitesse et court chez Brutus. La porte est restée ouverte, mais Brutus n'est pas là. Il fait le tour des bâtiments : rien. En tremblant, il laisse descendre le seau dans le puits. Le bruit cristallin de l'eau contre le métal le rassure. Il remonte rapidement chez lui, appelle sa mère.

– C'est pas la peine d'embêter tout le monde! dit-elle. Faut d'abord essayer de le trouver avec ton chien.

Le Drôle s'en va chez Louis Caut. Anaïs trait sa vache blanche. Elle pose sa casserole et s'essuie les mains à un torchon gris.

– On va commencer par lever la mémé! dit la femme d'une voix posée. Après, on verra!

Il montre la veste de Brutus à son chien qui le conduit au bois de Noirac et se met à courser les écureuils. L'enfant descend au pré en face du moulin où le foin coupé depuis huit jours finit de se pourrir. Enfin, il arrive chez Noirac, essoufflé.

– Que veux-tu que j'y fasse? dit Jean Noirac. Le Brutus est peut-être parti chez son frère. Tu ne vas pas remuer tout le pays pour ça! Et si je viens avec toi, hein, qui s'occupera de mes affaires et de mon dîner?

Louis Caut répond au Drôle qu'il faut attendre. Il ne veut pas s'enfoncer pour rien dans les fourrés où sa corpulence le gêne pour marcher.

– S'il n'est pas revenu ce soir, j'irai chercher les gendarmes et on fera une battue...

Le Drôle a compris, il cherchera Brutus seul. Il

le cherchera partout, sans relâche. Il se sent coupable d'avoir dormi si longtemps. Hier, il aurait dû rester avec Brutus qui l'aurait peut-être frappé, mais tant pis! Il serait là! C'est avec lui que le gamin a appris à poser les collets, à tendre les cordes sournoises en travers de la rivière. Son absence dépeuple le Masselot tout entier! Le Drôle sait que leur récente dispute n'était pour lui que l'expression d'un amour contrarié.

Vers midi, épuisé, le visage et les mains griffés, il revient chez lui. Il a tourné autour du Masselot en criant dans tous les vallons, mais personne ne lui a répondu. Le voilà désespéré, les larmes aux yeux.

– Attends encore un peu! dit la Nerrine. Peut-être qu'il est vraiment parti chez son frère.

– Non, je te dis qu'il n'est pas parti chez son frère. Brutus n'y allait jamais avant. Et moi qui l'ai tant contrarié ces derniers temps!... Je peux te le dire à toi, je l'ai disputé parce qu'il passait tout son temps à tourner autour de la femme. Peut-être que j'étais jaloux!

– Je sais que Brutus est ton copain, le Drôle, mais il faut aussi que tu m'aides. Tu n'as donc pas vu les nuages qui se rassemblent et se marient pour fabriquer l'orage?

– Si, j'ai vu... Mais Brutus ne l'a pas vu, lui! Brutus est seul avec ses idées noires et il a besoin de moi. Je sais qu'il a besoin de moi. Je l'entends qui m'appelle et il crie si fort que le mont Gradis en tremble...

– Et tu crois qu'il ferait tout ça pour toi, le Brutus?

– Je ne le lui ai jamais demandé. Je ne lui demanderai jamais rien. Tu comprends, mère, Brutus, c'est pas Noirac, ou Louis Caut. Quand on s'assoit tous les deux dans l'herbe et qu'on roule une cigarette, on n'a pas besoin de parler pour savoir qu'on est d'accord. Lui et moi, on est forts! On pourrait faucher tout le Masselot. Quand je lui donne un coup de main, je ne sens pas la fatigue. J'ai envie de chanter. Il a fallu que cette femme...

– Voilà que tu déparles, maintenant! Le mieux, c'est d'appeler les gendarmes.

– Non. Brutus n'aime pas que les gendarmes se mêlent de ses affaires. Tu le vois traqué comme un bandit? Tu vois Brutus avec les chiens à ses trousses? Je le connais! Il pourrait se mettre en colère. Tu vois Brutus revenir au Masselot encadré par des gendarmes avec les menottes pour le faire tenir tranquille? Non, mère, j'irai le chercher tout seul, parce que, moi, je sais que je le trouverai.

Ce matin, Anaïs est allée au pré avec les hommes. Des nuages encerclent le soleil. La chaleur frappe les pentes d'où montent des colonnes de brume qui se dispersent en brouillard blanc. Au Masselot, l'azur d'un bleu méditerranéen se refuse avec pudeur. S'il se découvre au lever du jour, ce n'est jamais pour longtemps.

Le curé Baugue a mal dormi. Il sort dans son jardin après une nuit peuplée de visions inavouables, de cauchemars délicieux dans lesquels il cédait à son désir. La séduction du mal est entrée en lui pendant son sommeil et, les yeux ouverts sur le néant, il a cru entendre comme un tocsin, une lointaine cloche, un bruit étonnant parce que irréel et pourtant si présent.

Ses pas le conduisent naturellement à l'église. Il s'agenouille devant l'autel, le regard fixe cherchant dans le bois doré de cette œuvre du XVIe siècle un signe encourageant, une reconnaissance. Mais rien. Dieu se refuse toujours à lui. Baugue n'a-t-il plus assez de force pour suivre son chemin? Un passage d'un texte étudié autrefois lui revient en mémoire : « Je t'ai donné une âme pure et un corps de boue. A toi de les faire vivre ensemble en élevant la boue à la hauteur de la lumière. » Pourquoi la chair serait-elle coupable? Depuis quelque temps, il doute. Il tente de se justifier. Aurait-il parlé ainsi lorsque, adolescent pauvre, la foi restait sa seule certitude de revanche sur la malchance?

– Puisque Dieu est amour, dit-il, il ne peut pas avoir inventé le mal. Par conséquent, il n'est ni amour ni haine. Il est au-dessus de l'homme qui ne lui ressemble pas. Le mal et le bien sont deux principes indépendants.

Cette terrible constatation de l'état d'orphelin perpétuel, cette négation de l'espérance le poussent plus en avant dans son mal. Un frisson d'effroi le parcourt. Comment oser formuler cela en face de cet autel où il va célébrer la messe dans quelques minutes, un acte de communion, d'amour parfait avec son Dieu? Baugue a vu la guerre. Il a vu, jeune curé de Saint-Merd-les-Oussines, mourir ces pauvres garçons embrigadés dans la Résistance comme par jeu, ne sachant pas pourquoi on les conduisait à l'embuscade. Et Marco, l'enfant robuste vidé de son sang par une balle perdue! Par sa fragilité, le corps de boue a plus de mérite que l'âme.

Il revient vers la sacristie et se prépare pour la messe du matin. La lumière entre par la porte entrebâillée. Un chariot cahote sur le chemin de la fontaine. Personne n'assiste au premier office; Baugue veut être seul pour prier, seul en face de Dieu et du jour qui commence. Marie ne vient que plus tard, vers huit heures.

La messe est un moment de félicité suprême pendant lequel le curé oublie ses obsessions. Le voilà tout propre, au milieu d'une immense lumière. Il n'existe plus : son corps n'est qu'une machine; seul, son esprit vole en liberté, net, pur.

Il n'entend pas la porte tourner sur ses gonds de fer rouillés : le service de Dieu le coupe du monde vivant. Lorsqu'il se tourne, la femme est en face de lui, debout, au premier rang. Ses cheveux, qu'elle n'a pas pris le temps de peigner, forment des anglaises désordonnées qui cachent ses épaules. Elle est vêtue d'un tablier gris cendreux serré à la taille qui n'enlève rien à l'éclat de son corps. Les chaussures semblent démesurées tant ses chevilles sont fines. L'apparition du Diable? Pourquoi à cette heure, tandis que Baugue, encore sous le charme de ce qu'il vient de dire, de ce pardon réclamé pour l'humanité entière et obtenu, le mal existerait-il? Si c'était une forme de bien inaccessible qu'il ne sait pas reconnaître? Pourquoi cette femme serait-elle impure?

Il ne montre rien de son trouble en descendant les marches.

– C'est bien! dit-il. Voilà un premier pas vers la lumière.

Il se tourne vers l'autel. Une certitude le frappe : rien n'est gratuit ici-bas, pas plus la vie rampante d'un lézard que la mort imbécile d'un enfant terrassé devant sa maison... Tout ramène à Dieu, même l'irruption soudaine d'une femme dans une vie d'homme solitaire. Une large plaque de soleil illumine le crucifix.

– Reviens ce soir. La maison sera prête. Maintenant laisse-moi prier.

L'étrangère sort. Baugue entend grincer la porte et le lourd loquet de fer qui s'abaisse.

– Je sais, dit-il au crucifix, que vous n'avez pas interdit d'aimer avec sa chair. Mais moi, j'ai juré de n'aimer que vous et de devenir un exemple, un signe pour les autres. Voilà pourquoi je ne céderai pas et pourquoi je serai toujours le plus fort.

Il s'agenouille et baisse les yeux :

– Et je tiendrai ma promesse! Vous m'avez désigné pour la sauver. Il se peut que tout ce qui s'est passé jusque-là soit pour la ramener vers Vous. Je sais maintenant que je serai digne de cette tâche que Vous m'avez confiée!

Le Drôle passe l'après-midi à chercher Brutus. Il suit la rivière sur plusieurs kilomètres. Il erre dans le bois, traverse des prés, des champs. Par moments, il appelle Brutus de sa voix claire, mais rien.

– Tu te fais bien de la peine pour rien! lui dit Anaïs en le trouvant dans le chemin des Bornes! Moi je sais que Brutus est assez fort pour se débrouiller. Il est peut-être allé à l'hôpital pour avoir des nouvelles de la Mélanie!

Une voiture est arrêtée devant la porte de Brutus. C'est son frère de Madranges qui est monté avec un voisin. Ils sont en train de caler la mémé sur le siège arrière.

– Votre frère est perdu! dit l'enfant en s'approchant. Je le cherche partout depuis ce matin.

L'homme ressemble à Brutus. Il a la même tête carrée, les mêmes petits yeux sombres.

– Il n'est pas perdu pour tout le monde, gars! T'en fais pas pour lui! Il a dû retourner avec sa putain. Qui s'est si bien occupé de la vieille et des bêtes?

– C'est nous! dit le Drôle. Anaïs et moi. Ne vous tracassez pas pour ça. On connaît les habitudes de Brutus!

L'homme regarde l'enfant avec le sourire et sort une pièce de sa poche :

– T'es un bon petit, toi! Tiens pour ta peine!

– Mais, monsieur, c'était...

– Garde cette pièce! Ça vaut bien ça, sinon beaucoup plus. Je vais emmener la mémé à l'hôpital. C'est trop de travail!

Il monte dans la voiture dont le moteur tourne déjà. Avant de claquer la porte, il ajoute :

– Et puis, si tu vois Brutus, après ce qui s'est passé, tu peux lui dire que je ne veux plus jamais le revoir!

La voiture s'en va au bout du hameau. Le Drôle a envie de pleurer. La pièce de cent francs pèse dans sa main, de quoi acheter plusieurs paquets de tabac, des allumettes, des bonbons!... Il prend le chemin de sa maison. A côté de la mare de Noirac, il s'arrête : sa peine est si forte qu'elle lui coupe les jambes. Un haut-le-cœur lui soulève la poitrine. Alors, d'un geste de colère, il jette la pièce dans l'eau verte de la mare où elle disparaît.

Chez lui, sa mère l'attendait.

– Tu crois vraiment, demande-t-il, que Brutus est parti avec la femme?

La Nerrine est en train de traire sa chèvre, assise sur un tabouret, sa canne posée près d'elle.

– Non! dit-elle sans s'arrêter. Je ne le crois pas.

Le Drôle veut en avoir le cœur net. Il descend de nouveau chez Brutus, prend le vélo dans la grange. En quelques minutes, le voilà à Saint-Merd. Baugue est dans son jardin. Le béret à la main, l'enfant l'aborde :

– Brutus, tu dis? Ici avec la femme? Certainement pas. Elle fait pénitence et se trouve très choquée après ce qui vient d'arriver. Depuis combien de temps est-il parti?

– Depuis hier au soir!

– Seulement? T'en fais pas, il reviendra! Et si Dieu l'a rappelé à lui, c'est peut-être pour le sauver.

Le Drôle n'est pas satisfait de cette réponse mais il n'insiste pas. En passant devant la maison qui touche le presbytère, il aperçoit la fille aînée de l'étrangère qui lui sourit. Il a le cœur bien trop gros pour lui répondre. Il en veut à la femme d'avoir coupé le fil régulier des beaux jours au Masselot. Que va-t-il devenir, lui? Sans Brutus, il n'a plus envie de vivre.

De retour au Masselot, l'enfant range le vélo. Le silence de la Perceval remplit sa tête. Lui qui n'y a jamais fait attention a envie de crier, de courir au hasard des chemins, de fuir. Le soleil est voilé par une brume légère qui couve l'orage.

A la tombée de la nuit, il rentre rapidement son troupeau et court chercher les vaches de Brutus qu'il attache aux lourdes chaînes de l'étable. Il va de nouveau fouiller tous les taillis, toutes les mares du pays... Tant pis si les autres ne veulent pas le suivre! Il va repartir avec son chien et si, demain, Brutus n'est pas retrouvé, alors, il ira chercher les gendarmes. Tout au fond de son cœur, il sait que

Brutus a besoin de lui. Les autres ne pensent pas à ça, parce qu'ils ne l'aiment pas.

La Nerrine a posé la soupière chaude sur la table. L'enfant se sert rapidement, aspire le bouillon du bout des lèvres.

– Tu ne vas pas repartir?

– Si. Je vais marcher toute la nuit. Et je vais l'appeler dans l'ombre. Alors, il m'entendra et il me répondra.

– Écoute, mon petit... Moi, j'ai le bon fluide dans les mains. Et je sais que les autres disent qu'il est parti à Tulle voir la Mélanie pour se rassurer et rester tranquillement chez eux. Cet après-midi, à te savoir en peine, j'ai essayé quelque chose... C'était la vieille Pouloux qui m'avait appris. Elle trouvait les sources et les gens perdus. J'ai pris cette bague. C'est celle de ma pauvre mère... Qui reste toujours dans ce tiroir parce que tu ne veux pas que je la mette au doigt. C'est du pur or. Je l'ai attachée à un fil. Et elle s'est balancée vers là-bas.

La Nerrine tend la main.

– Mais c'est le plateau!

– Oui. Je n'y ai pas cru et j'ai recommencé plusieurs fois. Il est parti sur le plateau. Alors, pour savoir s'il se déplaçait, j'ai marché à mon tour. Et j'ai vu qu'il ne se déplaçait pas!

L'enfant devient blême. Ses lèvres bougent, mais aucun son ne sort de sa bouche. Ses yeux se mouillent. Il se met à pleurer, la tête entre les mains.

– Je ne voulais pas te le dire, parce que je sais

que, Brutus, tu le portes en dedans de toi, peut-être plus que ta propre mère!

Le Drôle sursaute.

– T'en fais pas! Je ne suis pas jalouse. Je sais que tu as besoin de lui!

Il s'essuie le visage et pousse l'assiette de soupe, décidé.

– Il ne faut pas y aller maintenant, petit. Tu te perdrais!

Il décroche sa cape noire suspendue à un clou près de la porte.

– Si, j'y vais! Brutus a besoin de moi!

– Ne fais pas ça! Tu vas marcher pour rien dans cette mer de bruyère. Si je pouvais, je te suivrais... Attends, je vais aller demander au vieux Baptiste Caut d'aller avec toi.

– Non. J'irai seul. Tu as dis dans cette direction? Je vais prendre la lanterne.

– En me déplaçant, j'ai vu qu'il était loin. Il a passé à droite des maisons de Gradis. Et puis, il a continué jusqu'au ruisseau de Mironat. Ensuite, je ne sais pas...

– Je vais emporter la bouteille de gnole pour le réchauffer.

– Fais bien attention à toi, petit! Regarde l'orage qui court...

La Nerrine s'appuie à la porte. Elle regrette d'avoir tant parlé. Le Drôle siffle son chien et sort dans l'ombre où la foudre se prépare. Il marche rapidement dans le chemin de Gradis, passe à côté des maisons et continue jusqu'au ruisseau de Mironat. Jusque-là, il connaît. Après, il n'y a plus de chemin, plus de sentier. C'est le plateau infini, les landes sauvages couvertes de bruyère et d'ajoncs. L'air est moite. L'enfant tremble légèrement, mais il s'enfonce résolument sous les branches invisibles. La présence de son chien le rassure un peu. Pour ne pas avoir peur, il pense à une musique qu'il a entendue, l'autre semaine à la foire. C'était un aveugle qui chantait. Des paroles terribles sur des notes que sa voix musicienne a retenues. Un meunier avait été tué par l'amant de sa femme et son corps abandonné dans la rivière. L'amant qui était riche avait payé les juges pour ne pas être condamné.

Le Drôle se tient sur ses gardes et regrette de ne pas avoir pensé à prendre le fusil de Brutus. Il croit entendre des bruits curieux et serre son bâton. Des lanières végétales s'accrochent à ses pieds. Est-il encore dans la bonne direction? Son chien reste près de lui. Cela ne le rassure pas et, à mesure qu'il avance, ses pas sont moins rapides.

Un feu follet surgit devant lui. Il pousse un cri d'effroi. La flamme libre danse, sautille, tourne, le nargue. Brutus lui a bien dit qu'il ne faut pas en avoir peur, que c'est la pourriture du bois qui fait naître le feu follet, mais le Drôle, là dans cette nuit épaisse, loin de toute maison n'en est pas aussi sûr. Il n'ose plus avancer. Un éclair bleu cisaille l'horizon. L'orage ne va pas tarder! Cela le décide; il reprend sa marche en retenant sa respiration. Il a l'impression d'être épié, surveillé par une infinité de bêtes sauvages prêtes à l'engloutir.

– Ici, c'est comme ailleurs! pense-t-il pour se donner du courage. Je n'ai pas peur quand je vais poser des collets à lapins. Faut trouver Brutus!

Il s'arrête de nouveau pour s'orienter. A la faveur d'un éclair, la masse sombre du mont Gradis se dresse derrière lui.

– Si j'osais, je chanterais...

Il descend une petite pente, arrive dans un bas-fond humide, sorte de tourbière où l'eau nauséabonde suinte entre les herbes.

– Va falloir traverser sans y entrer tout entier!

Il allume sa lanterne. La flamme tremble sur la mèche et s'y accroche. Il longe le marais à la recherche d'un passage, lorsque son regard se pose sur une trace de pas. Son cœur bondit : quelqu'un est passé là! Il s'est même enfoncé dans la boue! Et si c'était Brutus? Il y a d'autres pas près de cet arbre et sur l'autre versant. Le Drôle contourne rapidement la tourbière, montre les traces au chien.

– Cherche!

Mais le chien reste dans les jambes du garçon comme s'il redoutait cette nuit impénétrable. Ils arrivent à une autre lande de bruyère et d'ajoncs légèrement en pente. Le Drôle s'y aventure, la lanterne haute.

– Brutus!...

Une bête part près de lui dans un fracas de branches brisées. Le Drôle sursaute; la lanterne lui échappe et tombe avec un bruit de métal. Pourvu que le pétrole ne soit pas renversé! Il la trouve à tâtons, l'allume de nouveau. La flamme grésille.

Le tonnerre roule sur le mont Gradis. L'enfant sait qu'il n'échappera pas à l'orage. Cela aussi ne le rassure pas. Dans cette immensité, la foudre peut frapper n'importe où. Il se souvient du père Tonin qui s'était abrité sous sa charrette. Quand on l'avait retrouvé, il était noir : du charbon. Trois jours plus tard, Noirac ramassa ses sabots deux cents mètres plus loin. Depuis, le Drôle redoute l'orage qui tue.

Tout à coup, le chien hérisse le poil et grogne. Le Drôle se mord les lèvres. Une masse sombre gît devant lui. Une souche? Une bête?

– Brutus!

Une chouette s'envole près de lui, ses ailes ont un bruit de velours froissé.

– Brutus, c'est moi!

Le Drôle s'approche, pose la lanterne près de l'homme qui le regarde, hébété. La barbe noircit ses joues. Ses yeux profonds et vides fixent la petite flamme de la lanterne.

– Brutus! Ah, comme je suis content de t'avoir trouvé! Tu m'entends, dis? J'ai apporté de la gnole.

Le Drôle sort la bouteille de sa musette et la débouche.

– Bois, Brutus, ça va te donner des forces!

Il approche le goulot des lèvres sèches couvertes d'une poudre blanche.

– Qu'est-ce que c'est que ça? s'étonne le Drôle. Dis-moi, qu'est-ce que tu as mangé?

L'enfant aperçoit dans le halo, à côté de Brutus, une boîte verte qu'il reconnaît. C'est le produit qu'on met dans les greniers pour tuer les rats. Il s'affole :

– Brutus, tu n'en as pas mangé, dis?

– Ah, c'est toi, le Drôle...

– Réponds-moi, tu n'as pas mangé du poison des rats?

Brutus a la respiration bruyante. Il lève ses yeux sur l'enfant, des yeux profonds et ternes.

– Si. Mais il n'y en avait pas assez pour me tuer! Tout ce que ça a fait, c'est de me donner un terrible mal de ventre et une soif à boire un étang tout entier. Je suis resté là toute la journée à me tordre sans pouvoir bouger.

– Mais tout est fini! Tu vas venir avec moi. On va rentrer au Masselot et on se mettra tous les deux à table. On mangera du bon pain et une omelette bien légère. J'ai une de ces faims!

Brutus boit une autre gorgée de gnole. Ses joues se colorent légèrement.

– Laisse-moi, le Drôle. Je veux crever, c'est tout ce qui me reste à faire. Maintenant que cette cochonnerie est passée, que je vais pouvoir marcher, je vais bien trouver une mare pour me noyer...

– Tu n'es pas fou, Brutus? Nous, on a besoin de toi. Ton frère est venu chercher la mémé. Et moi, je me suis occupé de tes bêtes.

Il ment :

– On a des nouvelles de la Mélanie. Elle va vite revenir.

L'orage approche. Le Drôle voit à chaque éclair la ligne puissante des nuages qui avancent vers lui en ordre de bataille.

– Allez, debout, Brutus! Ce n'est pas loin. Et si tu n'as pas la force, je t'aiderai. Je suis costaud.

Brutus ne bouge pas.

– Tiens, prends encore un peu de gnole.

– Fous-moi la paix, le Drôle. Pourquoi que tu es venu me chercher? Tu me casses les pieds, tu entends, à toujours me suivre! Tu me déplais, le Drôle! Je ne veux plus jamais te voir, tu entends?

Brutus a crié. Le Drôle recule. Une boule de peine lui comprime la poitrine. D'ordinaire, il aurait la force de ne rien en montrer, mais, ce soir, parce qu'il est fatigué d'avoir couru toute la journée, les larmes se mettent à couler d'elles-mêmes. Pourtant, il a un sursaut d'orgueil :

– Dans ce cas, Brutus, crève si tu veux! Moi, je m'en vais avant la pluie.

Il prend sa lanterne et s'éloigne en sanglotant.

– Le Drôle, où tu vas?

L'enfant s'arrête. Son cœur bat très fort. Il se tourne, hésite.

– Je te dis de revenir, espèce de couillon! Si on ne peut plus rien te dire...

Le Drôle rit et pleure à la fois. Il court vers Brutus qui est assis sur la mousse. Il passe sa cape sur sa figure.

– Viens près de moi, le Drôle.

– Faut se dépêcher, Brutus! Allez, debout, on rentre au Masselot. Appuie-toi sur moi! Je vais t'aider.

L'enfant passe le bras de Brutus sur son épaule et ils avancent ainsi, courbés vers l'armée de nuages qui engloutit le mont Gradis. Le vent se lève et mugit sur la bruyère. Chaque rafale penche les ajoncs avec un bruit électrique de poils hérissés à contresens. Brutus pèse sur le Drôle qui serre les dents. Les premières gouttes frappent les feuilles.

– J'ai gueulé. J'avais une bombe dans l'estomac et fallait que je la fasse péter. Alors, je suis venu là et j'ai gueulé. Pour qu'on ne dise pas que le Brutus était devenu fou. Même mon chien a eu peur...

Le ciel se déchire soudain. La foudre tombe sur un vieux hêtre à quelques pas d'eux. Le tonnerre explose. Le Drôle reçoit le coup de poing de l'air qui le renverse. Brutus est resté debout.

– Eh bien, le Drôle, voilà que tu as peur du tonnerre, maintenant.

– Non, Brutus, je n'ai pas peur.

Il se remet d'aplomb et la marche forcée recommence. Ils arrivent à la tourbière qu'ils contournent. Une puissante odeur d'herbe humide et de bois pourri monte de l'eau brassée. La pluie a éteint la lanterne, mais le Drôle n'en a plus besoin : il a trouvé Brutus et peut attendre le jour. L'orage violent mais bref s'éloigne sur la lande, le tonnerre est déjà moins fort. Le Drôle a mal partout, mais il est content comme il ne l'a jamais été.

– On s'arrête un peu, Brutus? Faut souffler!

Ils s'assoient. Le Drôle reconnaît le chemin de Gradis au hêtre mutilé de sa branche maîtresse et sait qu'un peu plus loin se trouve la route de Millevaches. Le Masselot est juste derrière le mur des sapins. S'il faisait clair, il verrait le clocher et la Perceval.

– Donne-moi donc un autre coup de gnole!

Le Drôle tend la bouteille à Brutus.

– Prends-en donc un peu, toi aussi! Ça va te réchauffer. Avec cette pluie qui nous a mouillés jusqu'aux os...

C'est vrai qu'il a froid. Ses membres lourds de fatigue sont parcourus de tremblements douloureux sous ses habits collés à la peau. Il boit une gorgée. Le feu de cette eau de fruit répand en lui une douce chaleur.

– On repart?

Brutus a retrouvé un peu de force.

– Je ne sais pas ce qui m'a pris. J'ai crié si fort que j'en ai mal à la gorge.

– T'en fais pas, Brutus! Tout va s'arranger!

– Et puis, tu es venu, toi, le Drôle! Comme si je t'attendais...

Ils empruntent un sentier de chèvres que cachent de grandes herbes lourdes de pluie.

– Pourquoi? Hein? Pourquoi c'est toi qui es venu? Toi et pas les autres?

– C'est parce que les autres n'avaient pas le temps. Moi, je n'avais rien d'autre à faire. Alors...

– Alors, tu as pris ta cape et ta lanterne et tu es venu! Sacré Drôle, va! Et moi qui t'ai engueulé!

– N'en parlons plus!

– Et la Mélanie... Que m'as-tu dit, tout à l'heure?

– Elle va mieux. Le docteur l'a fait dire par le Gust qui l'a répété à Margot.

– Tu vois comme le malheur arrive vite, le Drôle! Moi, j'étais dans la grange, parce qu'il tonnait ce soir-là. J'étais tout inquiet de la foudre, quand le risque était ailleurs... Elle a dû glisser, la Mélanie, en remontant le seau.

– Oui, elle a dû glisser. Tu sais, l'autre fois, quand j'ai jeté le petit couteau, c'était parce que...

– Tais-toi, le Drôle, ou je t'assomme!

L'enfant obéit un court instant. Puis, il fouille dans sa poche :

– D'ailleurs, je l'ai retrouvé! Regarde! Ça m'a pris trois jours, mais j'ai fini par le retrouver...

Une lanterne vacille au coin du chemin de Millevaches. Des sabots raclent les pierres luisantes. C'est la Nerrine. Elle est venue jusque-là en s'appuyant de sa canne. Quand le tonnerre a fait trembler sa fenêtre, quand la pluie s'est acharnée sur son toit et que le vent a renversé le pommier du pré en contrebas, l'angoisse lui a serré les poumons à en étouffer, alors elle est partie seule dans la nuit. Elle n'a même pas pensé à aller chercher Baptiste. A quoi cela aurait-il servi?

– Ah, c'est vous! dit-elle d'une voix faible. Je suis contente.

Ils arrivent chez Brutus. La Nerrine allume la lampe à pétrole. Une odeur de rance plane dans la cuisine.

– Faut te changer, Brutus! Tu vas attraper du mal. Et toi aussi, le Drôle! Monte vite à la maison. Je vais faire du feu.

L'enfant part en courant. Quand il revient, le feu brûle joyeusement. Brutus se chauffe.

– Je vais vous faire une omelette, dit la Nerrine. Tu vas manger aussi, le Drôle! Il te faut des forces, si tu veux tenir le coup!

Elle va tirer une bouteille de vin au tonneau de la cave. Brutus avale quelques bouchées, mais il n'a pas faim. Le Drôle non plus. Il s'est assis devant son assiette et la nuit s'est faite dans sa tête. Il n'a même pas senti quand son front a heurté la table. La Nerrine lui passe la main dans les cheveux.

– Il a couru toute la journée! dit-elle. C'est encore un enfant. Pense donc, il n'a même pas douze ans!

Brutus regarde longuement ce visage endormi, les lèvres entrouvertes. La peau des joues, piquée de taches de rousseur, est très blanche.

– Ton Drôle, la Nerrine, pour moi, c'est... Comment te dire, c'est...

– Tu n'as pas besoin de me le dire, Brutus. Je le sais.

Le lendemain matin, Noirac est le premier à venir prendre des nouvelles. Le Drôle qui est là avec sa mère lui dit qu'il ne faut pas entrer. Brutus va bien, mais il dort. Noirac repart dans sa maison trop grande pour lui. Arrive Anaïs, suivie de Baptiste.

– Avec toi, ma pauvre Nerrine, je suis bien tranquille! dit Anaïs. Mais, quand même, en arriver là! Pour une femme de rien... La pauvre Mélanie!

– Faut pas parler de ces choses! dit la Nerrine qui a compris le reproche. On ne sait pas où est le bon et le mauvais. C'est la fatalité, rien de plus.

– La fatalité? Quand même, la Nerrine... Quand on est un homme fort, qu'on regarde un peu plus loin que le bout de ses chaussures, on sait ce qu'on doit faire!

– Pas toujours, Anaïs... Il arrive qu'on ne sache plus! Que la brume reste devant tes yeux pour ne pas te laisser voir ce que tu voudrais.

– Et cette femme qui est maintenant à Saint-Merd... Elle apporte le malheur et la mort. Je l'avais senti, moi, à ce serpent qui se tenait en elle. Et à ses yeux qui changeaient de couleur avec le temps. Comme si Brutus avait eu besoin de s'embarrasser de ça!

– Faut que je remonte! dit la Nerrine en s'éloignant. Ces jours-ci, ma jambe me fait plus mal que d'habitude. C'est encore de la pluie et des orages.

Brutus se réveille à l'aube. Il s'assoit sur son lit, se frotte les yeux et regarde autour de lui. Il ne se souvient de rien et se demande un moment ce qu'il fait là, seul.

La porte s'ouvre lentement. C'est le Drôle qui lui sourit.

– Salut! Tu as bien dormi?

– Approche-toi un peu, le Drôle. J'ai à te parler... Tu sais que, l'autre fois, je t'ai dit que tu ne ressemblais pas à Marco. C'était parce que tu m'avais agacé... Un de ces dimanches, je vais t'apprendre à conduire ma moto. Il faut bien que tu deviennes un homme...

Le Drôle a un mouvement de surprise, la joie éclate en lui. Conduire la moto de Brutus, maîtriser ce moteur d'un simple mouvement du poignet, jamais il n'avait tant espéré! Les larmes lui montent aux yeux, mais il n'en montre rien, Brutus lui en voudrait!

– J'ai descendu tes bêtes dans le regain des Places. Je compte aller les chercher dans une heure.

– Je m'en occuperai, fait Brutus. Mais je me fais du souci pour mon chien qui n'est pas revenu.

La porte est entrouverte. Une plaque de soleil luit sur les dalles de l'entrée.

– Et cette cloche?

– Elle sonne les matins, parce que quelqu'un apporte du gravier dans le mur. J'ai vu un homme qui montait des seaux. Je crois bien que c'était un fou. Les coqs chantaient au Masselot et à Gradis. Et lui, il continuait son travail sur l'échelle de Janson... Je me demande pourquoi. Tu le sais, toi?

– Tu l'as reconnu?

– J'étais trop loin. C'était un grand et maigre. Je pense que c'était Jules Janson.

– Saleté de Perceval! murmure Brutus.

– Brutus...

Le Drôle est à la porte. Il hésite :

– Tu voudras que je chante, même s'il n'y a pas d'étoiles en plein jour?

L'homme a un vague sourire.

– Mais, couillon, les étoiles sont derrière le bleu du ciel et elles attendent ta chanson, toutes serrées les unes contre les autres. Tu ne peux pas savoir à quel point c'est frileux, une étoile! Ce soir, tu viendras manger la soupe avec moi. Et on parlera de beaucoup de choses.

Il inspire bruyamment.

– Et ce que tu m'as dit, hier, c'est vrai?

– Quoi?

– A propos de la Mélanie?

Le Drôle se mord les lèvres :

– Oui, c'est vrai. Elle va bientôt revenir.

– A ton avis, il faut que j'aille la voir?

– Pourquoi pas?

– Je ne sais pas. J'en parlerai au docteur. Faudrait pas que ça la fatigue de trop!

Malgré le vent du nord, le soleil hésite. Des restes d'orage passent, vides de pluie. L'air est frais. On s'affaire dans les prés pour sauver ce qui peut l'être. C'est la routine du Masselot : l'été n'est qu'une succession d'averses et d'éclaircies, sans jamais de véritable beau temps... Mais, ce matin, le Drôle chante et cela suffit pour illuminer les vieux murs. Brutus l'entend, la mélodie lui chauffe le cœur comme une flambée de branches fines.

Quand la chanson s'arrête, le temps s'assombrit, Brutus se demande ce qu'il fait. Il fane une herbe qui ne sera pas sèche ce soir : sans Mélanie, qui connaît la terre et les choses d'ici, il travaille n'importe comment! Vers midi, le Drôle vient lui donner un coup de main.

– Et ta mère? Tu ne vas pas la laisser toute seule!

– On a fini. Alors, comme j'avais un moment...

Le soir, ils mangent ensemble. Le Drôle parle des nids de tétras qu'il surveille :

– Tu sais, il faut bien dix petits pour faire un adulte. Alors, je crois que je vais en prendre seulement la moitié. Les autres, je vais les laisser pour l'année prochaine.

– Et le renard? Tu as pensé qu'il les mangera si tu ne les ramasses pas?

– Il ne les aura pas tous! Tu comprends, pour moi, à la fin du printemps, c'est un si grand plaisir d'aller dans la lande chercher l'oiseau... Le suivre et trouver sa femelle tapie sous la bruyère. Je me dis que, quand il n'y en aura plus, ce plaisir sera perdu. Alors, je préfère en laisser quelques-uns, cette année. Et puis... Il faut que le renard mange, lui aussi!

– Le renard? C'est de la vermine, oui! Je me demande pourquoi ces bêtes existent si ce n'est pour faire malice!

– Sûrement parce qu'il les faut! Nous, on dit que ce sont des sales bêtes, mais le bon Dieu qui les a faites avait ses raisons.

– Voilà que tu parles drôlement, aujourd'hui!

– Réponds-moi, Brutus, je t'ai vu sortir ta moto et j'ai entendu le moteur dans la descente de Saint-Merd. Tu as donc vu le docteur?

Brutus mastique son morceau de pain.

– Oui, je l'ai vu.

– Tu as donc des nouvelles?

– Oui. J'ai des nouvelles. Bonnes. Elle a une jambe cassée. Il faudra deux mois avant qu'elle revienne. Ça fait du temps, beaucoup de temps.

– Tu vas aller la voir?

– J'irai la voir, c'est sûr!

Le feu pétille, allume le banc nu. Sans la mémé, ce coin est désert. Le Drôle regarde Brutus couper son fromage. D'un geste précis, il appuie la lame usée de son couteau sur la croûte grise.

– Dis-moi, le Drôle... Tu crois que si je lui explique à la Mélanie... Si je lui dis que tout ça c'est parce que j'avais de la fumée devant les yeux et devant les idées... Tu crois que...

– Tu ne lui expliqueras rien... Elle a compris, la Mélanie!

– Comment tu le sais? Elle te l'a dit?
– Non, mais je le sais.

La nuit est claire. Une lune crue règne sur le Masselot. Janson ne dort pas. Ces jours derniers, il a servi la cloche mais à force de verser du gravier, la fente a dû s'agrandir et le bruit dure peu. La Jeanne lui jette un regard méchant :

– Toi, tu es encore en train de ruminer quelque chose!

– Je vais apporter du sable à ma cloche qui a faim.

– Tu vas aller te coucher! Plus personne n'y pense à ta Perceval!

– Moi, j'y pense!

Il sort. Le vent a tourné, le ciel laiteux annonce un beau soleil et une chaleur poisseuse avant de nouveaux orages.

Au jour, Brutus se lève, fatigué. Des cauchemars l'avaient réveillé toutes les cinq minutes. Il sort, la tête lourde. Son chien l'attendait devant la porte. L'animal remue la queue et vient lui lécher la main. Brutus en éprouve une grande joie :

– Te voilà, toi! Espèce de sale bête! Où que tu avais foutu le camp, encore?

Il trouve Noirac au bout du chemin du Masselot. Depuis le départ d'Aline, l'homme a maigri et ne coiffe plus ses beaux cheveux blancs.

– Je n'arrête pas! dit-il. Ça fait trop de travail pour un seul homme, toutes ces bêtes et la cuisine... Enfin, ce n'est pas du travail pour moi!

Brutus le remet en place :

– Pourquoi que tu t'embêtes? Tu es seul! Tes fils ne vont pas venir t'aider! Ils reviendront quand tu seras mort pour prendre tes sous. Pourquoi que tu ne vends pas tout?

– C'est vrai ce que tu dis. Mais l'habitude...

– L'habitude? Tu racontes n'importe quoi! Je t'en foutrais, moi, de l'habitude!

– Mais je vais m'ennuyer avec mes étables vides. Sans mes bêtes, je serai encore plus seul!

– T'ennuyer? Que non! Tu iras à la chasse et à la pêche. Faut bien se donner un peu de bon temps!

Noirac hausse les épaules. Il ne se rase plus qu'une fois par semaine et ses vêtements sont sales.

– Tu sais ce qu'on devrait faire, Brutus... Pendant que ta Mélanie est à l'hôpital, on devrait se mettre ensemble, dans la même maison. Ça serait plus facile pour la soupe.

Brutus se tourne :

– Surtout pas, Noirac. Je t'aurais étranglé avant deux jours!

Au pré, Brutus pose sa veste et se met à faucher. Puissant, le soleil mord la terre. Des nuages blancs se forment un peu partout, s'entassent et grossissent. Les hommes se sont arrêtés à l'ombre douce des grands arbres. Ils mangent rapidement quelques crêpes froides, du fromage ou simplement du pain frotté à l'ail. Brutus s'essuie le front. La fatigue alourdit ses membres. Pourquoi coupe-t-il l'herbe quand les autres sont déjà occupés à faner? Il fauche par habitude mais a-t-il toute sa tête? Ne sent-il pas le vent qui annonce la pluie plus tôt que prévu? Et ce foin coupé d'une semaine, grillé sur le dessus, pourri en dessous, qui le ramassera? Ne veut-il pas tenter de le sauver? Tout à coup, une volée de pierres probablement descellées par le gravier de Janson tombe sur la Perceval, qui sonne.

– Nom de Dieu de cloche!

Comment a-t-il pu supporter jusque-là ce bruit que l'air chaud amplifie. La faux ralentit sa cadence. Le soleil incendie l'herbe, les arbres voisins, le mont Gradis. Une bombe éclate dans la tête de Brutus. Ses muscles se contractent.

Il lance la faux qui tournoie dans l'air surchauffé et atterrit au fond du ravin. Du feu brûle ses mains, une douleur aiguë lui cisaille le ventre. La respiration courte, il se met à courir à grandes enjambées. Il croise Fernand qui pousse sa petite charrette à bras. Le vieux se gratte la tête sous sa casquette :

– Où que t'es parti, le Brutus, comme ça vite?

Brutus ne répond pas. Il ne voit rien que cette maudite ruine et la cloche suspendue là-haut, sombre sous le soleil torride. Chez lui, il s'empare de la hache à bois, sa cognée avec laquelle il fend les souches, si lourde que Mélanie ne pouvait pas la soulever. Il s'élance dans le sentier. Les ronces s'accrochent à sa chemise, mordent sa peau. Des branches fines lui cinglent le visage, mais il ne les sent pas. Voilà le clocher qui dresse devant lui ses pans de murailles. Les vents les plus forts n'ont pu en venir à bout, et s'il se fend par le haut, combien de siècles de neige et de glace faudra-t-il pour l'abattre? Les pierres des anciens murs recouvertes de ronces forment un monticule d'où apparaissent par endroits des morceaux d'arcades taillées avec soin. Brutus pose ses chaussures, s'agrippe aux moellons saillants du côté de la nef écroulée, grimpe sur la muraille brûlante. Il progresse à tâtons; ses orteils cherchent les trouées, s'enfoncent dans les fissures.

Le voilà enfin sur le rebord de granit qui soutient la poutre craquelée, un squelette de bois choisi dans le meilleur chêne noir, qui tient encore solidement l'énorme masse de la Perceval. Brutus soulève la hache à bout de bras et frappe de toutes ses forces. Des éclats heurtent le bronze qui sonne.

– Mais que fais-tu?

C'est Janson qui arrive en courant et lève les bras en signe de désespoir.

– Brutus, arrête!

Brutus ne répond pas. La cognée accélère la cadence. Les copeaux tombent dans les ronces autour de Janson. La poutre craque.

– C'est pas ta cloche, Brutus! Attends!

Janson part en courant dans le sentier. Quelques instants plus tard, il revient, tirant son échelle. La peur lui donne de la force. Il la dresse et s'élance. Ses mains se nouent autour des barreaux, ses yeux regardent la Perceval avec une étrange fixité.

– Arrête, je te dis!

Ruisselant de sueur, Brutus se découpe, sombre sous le ciel torride. Il a creusé une profonde entaille. La hache se lève de nouveau.

– Arrête!

– Janson, va-t'en ou je te fous en bas!

– C'est pas ta cloche!

D'une main, Brutus saisit Janson par la chemise, le pousse et le tient en déséquilibre au-dessus du vide.

– Que viens-tu me casser les pieds?

– Faut pas descendre cette cloche! Tu vas attirer le malheur sur tout le pays. C'est la Perceval!

– Et tu ne crois pas que ça suffit comme ça? Va-t'en...

– Non! Tu ne vas pas faire ça!

Janson ouvre de grands yeux blancs, sa bouche est tordue. Il s'empare d'un caillou, le lève sur Brutus, qui lui prend le bras. La pierre tombe sur le bronze qui émet un bruit énorme.

– Descends vite! dit Brutus hors de lui. Je fous l'échelle par terre!

Affolé, Janson dégringole les barreaux deux à deux. Brutus lève de nouveau sa cognée.

– Je t'en supplie, laisse cette cloche, Brutus! C'est le malheur que tu veux?

– Attention! crie tout à coup Brutus.

Un formidable craquement se fait entendre. La poutre cède et la Perceval tombe, explose en touchant le sol. Un bruit puissant soulève une tornade de poussière. Dans les prés, les gens posent l'outil. Louis et Noirac se précipitent vers le clocher. La déflagration s'est répercutée très loin, ballottée d'un vallon à l'autre, monstrueuse, de Millevaches à Saint-Merd-les-Oussines. Que se passe-t-il? La guerre recommencerait-elle? Les femmes se signent. Les chiens aboient, le nez levé, les poils du dos hérissés.

Brutus a failli tomber de son perchoir. Le souffle

de l'explosion a projeté Janson au milieu des ronces. Hébété, comme sourd, il fixe cette place béante entre les pierres. De la Perceval, il ne reste que des petits morceaux, débris d'une marmite géante, d'une chaudière à cochon qu'on aurait cassée à coups de marteau. En arrivant, Noirac et Louis voient ce ciel inhabituel qui remplace la masse de la Perceval. Brutus descend par l'échelle de Janson, la cognée sur l'épaule. Comment a-t-il pu oser?

– Allez! dit-il en arrivant en bas. Ce n'est pas le moment de rester là.

Il s'éloigne sans rien ajouter, va ranger son outil chez lui et repart au pré. Sa colère a cédé la place à un abattement profond.

Le Drôle l'attend à l'ombre des hêtres, un petit sourire au coin des lèvres.

– Viens, le Drôle. On a autre chose à faire, tous les deux!

Brutus pose son bras brûlant sur les épaules nues de l'enfant. Ils marchent ainsi un long moment, silencieux.

– Quand je serai grand, dit le Drôle, je te ressemblerai!

– Que racontes-tu là, le Drôle? Tu seras beaucoup mieux que moi. Regarde! Qu'est-ce que je suis, moi? Un paysan de rien du tout. Toi, avec ta voix, tu seras millionnaire!

– Tu as vu la tête qu'ils faisaient les autres?

– J'ai envie de les étrangler quand ils me regardent. Noirac avec son petit air... Et Louis qui n'ose pas lever les yeux sur moi, de peur que j'y voie écrit ce qu'il pense. Et tu sais ce qu'il pense, le Louis?

– Oui, je crois que je le sais...

– Non. Tu ne le sais pas! Louis pense à la propriété de la Mélanie qu'il achètera si je me décide à la vendre.

Le Drôle prend un air horrifié :

– Quoi? Que racontes-tu là, Brutus? Personne ne pense à la propriété de la Mélanie qui est aussi à toi. Tu n'es pas un étranger au Masselot. Et tu ne la vendras pas!

– Si, je suis un étranger pour eux! Je viens du bas pays et ils pensent que c'est bien ce qui m'est arrivé. Parce que les étrangers ont toujours tort. Tu le penses aussi, toi?

– Non, Brutus. Moi, je pense que c'est la fatalité! Tu n'y pouvais rien. Ma mère me l'a dit!

– Ah! Si ta mère te l'a dit...

Ils arrivent au pré, Brutus va chercher sa faux et la suspend à une branche. Il est sombre, préoccupé.

– Ça ne peut pas durer! dit-il. Demain, je descends voir la Mélanie. Il faut se décider une bonne fois pour toutes...

On croyait qu'on ne s'y habituerait pas. Le Masselot sans la Perceval, on pensait que ce ne serait plus le Masselot. Louis Caut se montait la tête avec des idées toutes faites qui viennent de l'habitude et n'étaient pas les siennes. Au début, il regardait ce trou béant entre les pierres et n'arrivait pas à en détacher ses yeux. Il lui semblait que personne ne pourrait survivre sans cette compagnie du diable perchée là-haut depuis des siècles.

Et puis le temps a passé. Avec lui, l'habitude s'est installée. Marion est revenue de Nice, fraîche et grandie, une véritable jeune fille. C'est son père, Louis, qui a miné le clocher. L'entrepreneur de Millevaches qui doit construire l'étable ultramoderne pour ses cent vaches a apporté le matériel. Les pierres vont servir, et c'est toujours ça d'économisé.

Ce soir, Louis rentre de Tulle au volant de sa voiture. Il dépasse Saint-Merd et prend la petite route qui conduit au Masselot. Partout où son regard s'arrête, c'est à lui. Ce pré qui appartenait à Flandrin, c'est son pré. Ce petit champ qu'il a transformé en pâturage, c'était celui de la Nerrine. Le bois de hêtres, derrière, était à Fernand, mais Fernand est parti raconter ses histoires au diable. On l'a trouvé un matin, sec dans son lit, les dents crochetées, les lèvres retroussées comme un chien qui veut mordre.

Les bonnes affaires n'ont pas changé Louis Caut. Il est toujours aussi gros, et le docteur lui parle de faire un régime. Comme il sue à grosses gouttes, il baisse la vitre de sa voiture. Et il parle tout seul, même cette manie lui est restée.

Mon père, Baptiste, et ma mère, Anaïs, n'ont pas travaillé pour rien! Leur grande patience a servi à quelque chose. On a eu de la chance aussi! Sans la Perceval, il ne se serait rien passé; au fond c'était peut-être une bonne cloche! Tout a commencé au retour de la Mélanie... La Nerrine n'est tombée malade que beaucoup plus tard!

La Nerrine, eh oui! Elle n'est plus au Masselot à boiter le long des chemins derrière ses chèvres. Je me souviens de son visage un peu tordu avec la peau grise et les deux rides profondes de chaque côté de sa bouche. Je revois son regard sombre de bête malade. Et ses mains aux grosses veines bleues qui te chauffaient la peau quand elles te touchaient parce qu'elles avaient le bon fluide. La Nerrine n'est plus au Masselot. Le Drôle non plus!

Moi, Louis Caut, je voulais agrandir mon domaine comme le souhaitait mon père, Baptiste, mais pas avec le malheur de la Nerrine. C'était une boiteuse et une bossue qui avait posé les mains sur la Marion quand elle souffrait. Je dois le dire, je l'aimais un peu plus que les autres voisins. Plus que la grosse Jeanne, en tout cas, qui pue le purin. La Nerrine, pliée dans son tablier noir, cachait quelque chose que tu n'arrivais pas à comprendre mais qui semblait béant, ouvert, une blessure. Et puis, je voulais le bien de son Drôle qui chantait si bien. Mais, laissons ces misères! Moi, en conduisant ma voiture sur cette route qui arrive au Masselot, ça me donne le frisson d'y penser. De savoir que le malheur m'a profité. Je précise que la propriété de la Nerrine n'est pas à moi. Je la travaille, d'accord, mais en locataire tandis que celle de Brutus...

Mais commençons par le début. Brutus, on l'avait laissé après qu'il eut descendu la Perceval. Il n'est pas parti avec l'étrangère, comme on le racontait à Millevaches, après l'accident de la Mélanie. Il n'a jamais reparlé de cette femme! Jamais, tu entends! Il est allé voir Mélanie à l'hôpital, et elle l'a reçu en pleurant. Elle lui a expliqué ce qui s'était passé... La nuit où Brutus est descendu au moulin, elle a fait un cauchemar dans lequel elle voyait Margot en train d'étouffer. Alors, elle est partie chez sa sœur en oubliant la mémé sous le tilleul et sans mettre un mot sur la table! Elle avait effectivement trouvé son aînée malade et elle l'a soignée toute la journée et la nuit aussi. Au matin, elle est remontée. Brutus n'était pas là. Elle a pensé qu'il était aux champs. Alors, elle est allée au puits pour tirer un seau d'eau comme elle le faisait tous les jours. En arrivant au bord du muret, elle a eu un étourdissement. Le soleil est devenu tout noir, et la voilà basculée! Ils ont pleuré tous les deux comme des enfants parce qu'ils connaissaient la vérité et qu'ils n'en ont pas dit un seul mot.

Pourquoi ont-ils vendu leur propriété du Masselot? Ils ne l'ont jamais dit! Brutus, c'est pas un homme à te faire ses confidences au coin d'un chemin. Même s'il parlait souvent beaucoup, c'était presque toujours pour ne rien dire! Ou pour oublier l'essentiel! Donc, Mélanie s'est soignée. Ils étaient aux assurances sociales, alors, ça ne leur a pas coûté très cher. Quand la femme est remontée, elle a voulu se remettre au travail. Mais l'accident lui avait laissé des traces : sa jambe cassée lui faisait mal dès qu'elle forçait un peu et ses côtes ne s'étaient pas remises tout à fait en place. Bref, elle ne pouvait plus travailler... Je le sais par ma mère, l'Anaïs, qui avait la confiance de Mélanie. Un jour, les deux femmes se sont rencontrées au coin du chemin de Millevaches où se trouve la fontaine. Et la Mélanie a dit quelque chose qui a laissé l'Anaïs raide comme un piquet, sans voix. La Mélanie lui a dit :

– Avec le Brutus, on a bien réfléchi. On va partir du Masselot.

Le tonnerre sur ma mère ne lui aurait pas fait plus d'effet. Enfin, quand elle a réussi à parler, elle a levé les bras :

– Vous partez? Mais, bigre, pour où?

– On va vendre la propriété de mon père Janet, mon Anaïs. Tu peux en parler à ton Louis. Il est jeune, lui...

– Vous allez vendre? Alors, là, tu m'estomaques!

J'ai vu Brutus, le soir même. C'était presque l'hiver. Il faisait un froid à couper au couteau. L'air te plantait ses griffes dans la figure! Brutus était dehors, il devait m'attendre, parce qu'il avait fini son travail, et ne se décidait pas à rentrer à la maison. Les affaires de vente se traitent toujours entre quatre yeux. Il ne faut pas trop de monde sinon, on ne s'entend jamais... Lui et moi, on n'a pas discuté dix minutes pour être d'accord. Alors, je lui ai dit :

– Où que tu veux aller, le Brutus? Tu as bien réfléchi? Parce qu'avec moi, tu peux te dédire et je ne t'en porterai pas rancune.

– Je ne me dédis pas, Louis. C'est la Mélanie qui veut vendre. Elle ne peut plus travailler.

– Mais qu'est-ce que tu vas faire?

– On va acheter un bistrot à Tulle. La Mélanie fera un peu de cuisine et, moi, je servirai les gars au bar. Faut bien prendre un peu de bon temps!

– Un bistrot, mais, Brutus, tu n'y penses pas?

– Si, j'y pense! Et même l'affaire est déjà bien avancée.

C'est comme ça que Brutus est devenu garçon de café à Tulle. Je vais lui dire bonjour chaque fois que je descends la Marion à l'institution où elle fait ses études. C'est un bon gars, Brutus. D'autres t'envieraient parce que tu as fait de bonnes affaires, ils iraient raconter que tu as trouvé des caisses d'argent pendant la Résistance. Pas Brutus! Pas Mélanie. Ils sont bien dans leur bistrot! Le midi, les ouvriers de la manufacture viennent manger et boire des apéritifs. Et je suis certain que le Brutus gagne autant d'argent que moi!

Maintenant, il faut que je parle de la Nerrine. Les gens ont parfois des destins qu'ils ne méritent pas. Ils sont trop bons et ils ne veulent pas laisser le malheur aux autres. Ils ramassent tout en vrac. Ils nettoient les devants de porte des voisins. La Nerrine était de ceux-là. De toute sa vie de pauvre femme, elle n'a eu qu'une consolation, son Drôle. Ce garçon robuste, souriant, que tout le monde aimait! Fort comme un homme et raisonnable comme s'il avait eu trente ans.

Le départ de Brutus l'avait marqué. Ce n'est pas qu'il chantait moins bien, mais il chantait si peu qu'on avait presque oublié l'or de sa voix. La Nerrine savait ce qui assombrissait le Drôle, mais elle n'en parlait pas. La Nerrine n'était pas de ces femmes qui racontent leur vie pour se faire plaindre. Elle passait son chemin en boitant et n'avait que des mots gentils pour les gens. Mais comme le Drôle était triste, elle marchait plus difficilement. Elle s'appuyait de sa canne et, sur son dos, la bosse avait grossi. Tu aurais dit la Perceval posée sur cette petite femme de rien!

Le Drôle, je le voyais souvent marcher dans les anciens champs de Brutus comme s'il y cherchait quelque chose. Un jour, je l'ai trouvé dans la maison, à la place de la mémé. Il a détalé comme un lièvre. Quand je l'ai revu, le soir, il rentrait ses chèvres, et j'ai voulu lui dire des paroles gentilles, mais je n'ai pas trouvé les mots. Et le Drôle a passé son chemin sans me regarder, comme s'il m'en voulait...

Et puis, la Nerrine est tombée malade. C'était l'hiver. Et pas un hiver de plaine, mais un bon hiver de chez nous, fort en gel et en vent du nord. C'était l'année où le chêne de la Gane a gelé. Je l'ai entendu se fendre, une nuit. Il a éclaté avec un bruit sec qui a dû briser toutes les chandelles de glace du pays. Le Drôle est descendu à la maison. C'était la première fois que je le voyais pleurer. Ce petit gars avait une raison d'homme; malgré ses yeux espiègles, ses joues rondes, je l'avais toujours considéré comme un grand. Là, il pleurait comme un tout petit enfant. Et ça m'a noué la gorge. Anaïs, ma mère, l'a pris sous son bras et l'a serré contre elle. Et il s'est laissé faire, le Drôle. Là, tout blotti contre la poitrine de ma mère, ce n'était plus notre Drôle qui courait partout à la fois et qui était allé chercher Brutus sur le plateau. Ce n'était plus ce vaurien qui savait tout, voyait tout, et qui chantait les matins en suivant ses chèvres. Je te l'ai dit, c'était un tout petit enfant! Sa poitrine était soulevée de sanglots qui me faisaient mal. Moi, j'étais là, debout, en peine de mes mains. Je sentais que j'allais pleurer aussi. Et je regardais la main de ma mère dans les cheveux du Drôle...

Quand il a eu pleuré un bon moment, il a levé la tête vers l'Anaïs, ma mère. Ses yeux étaient déjà secs. Il a dit tout bas :

– Ma mère est malade. Faut monter!

On n'a pas insisté. On est montés, la Marguerite,

l'Anaïs et moi. Mon père est resté pour garder le feu.

La Nerrine était sur son lit, accoudée. Depuis plusieurs mois, on la voyait boiter et se pencher vers l'avant. Elle nous a dit :

– Merci d'être montés!

Pendant tout le temps qu'on est restés, elle n'a pas regardé une seule fois le Drôle.

– C'est ma jambe! elle nous a dit. Le petit a dû vous en parler! Ma hanche ne veut plus me porter!

Alors, Anaïs lui a dit qu'on allait partir chercher le médecin, mais elle a refusé. Quand on a voulu descendre chez nous, elle m'a demandé de rester. Elle a dit au Drôle de sortir, qu'elle avait à me parler particulièrement. Je me suis assis sur le banc, et la Nerrine s'est calée contre le bois du lit. Sa bosse lui faisait comme un coussin. La nuit tombait. Le feu était en train de s'éteindre; j'ai ajouté quelques bûches. Ma mère avait emmené le Drôle chez nous, et je sais qu'elle le consolait comme une bête sauvage qu'il faut apprivoiser. La Nerrine m'a dit :

– Je ne veux pas que le petit souffre à cause de moi! Le docteur peut venir, je sais que je ne marcherai plus jamais. Ce soir, c'est le Drôle qui m'a apportée au lit dans ses bras d'enfant. Tu entends, Louis, des bras d'enfant qui sont robustes mais qui tremblent encore lorsqu'il a peur.

– Mais, la Nerrine, le médecin va te guérir! Faut pas parler comme ça!

– Je ne veux pas devenir comme la mère de Brutus. Le médecin ne me guérira pas. Et s'il m'arrive quelque chose, Louis, tu vas me jurer sur la vie de ta Marion...

Je n'ai rien dit. Je savais ce qu'elle allait me demander et je savais aussi que je le jurerais.

– Tu prendras soin de mon Drôle, Louis Caut. Jure que s'il m'arrive quelque chose...

– Dis pas ça! la Nerrine! Qu'est-ce que tu veux qui t'arrive? Allez, arrête de voir la vie en noir! Viens, je vais t'aider à te mettre sur le banc pour te chauffer.

– Jure, Louis! Mon Drôle, tu ne le laisseras pas tomber comme Brutus. Il n'a jamais eu personne, alors... Il aimait Brutus mais Brutus est parti... J'aurais pu te demander d'aller le chercher pour que je lui parle. Mais on ne force pas les gens... Et mon Drôle aurait eu trop de peine! Il ne faut pas remuer ce qui est fini! Brutus est heureux dans son bistrot, il ne pense plus au Drôle. Alors, jure-moi que tu ne le laisseras pas tout seul!

J'ai juré sur la vie de ma Marion. Même si ça ne se fait pas, même si c'est interdit par Dieu! J'ai juré et je suis sûr que Dieu a compris et qu'il n'a pas compté le péché.

La Nerrine a poussé un long soupir comme si je venais de la soulager d'un immense fardeau.

Le lendemain, le docteur est monté. Il a dit qu'il fallait l'hospitaliser. Elle n'a pas voulu. Le docteur lui a demandé de réfléchir : il remonterait dans deux jours. C'était au mois de janvier, la neige couvrait le pays.

Le Drôle est descendu vers huit heures, le lendemain matin. Il ne pleurait pas. Cette fois, c'était son visage d'homme qu'il avait, prêt à apprendre le pire. Il m'a dit :

– Ma mère est perdue. Elle a dû sortir quand je dormais. Ce matin, elle n'était pas dans son lit...

On savait ce que cela voulait dire. On l'a retrouvée en bas du buis, gelée. Le docteur a dit qu'elle avait mangé du poison à taupes. Une dose pour tuer tout un régiment. Ça l'a foudroyée. Anaïs, ma mère, qui a pourtant l'habitude de la misère, s'est mise à pleurer.

On l'a enterrée le lendemain. Non pas que ça pressait, vu qu'il faisait toujours près de vingt degrés en dessous de zéro, mais parce que le Drôle l'avait voulu comme ça. La terre du cimetière était si dure que le fossoyeur n'a pas pu creuser tout seul. J'y suis allé avec mon père et Noirac. On a tapé sur cette terre pour lui casser le dos à coups de pioche. Et la fosse était propre comme une chambre d'hôtel. On la voulait comme ça pour la Nerrine!

Quand on l'a descendue, je me méfiais. Le Drôle était à côté de moi. Je l'avais placé là parce que je voulais aller plus loin que ma promesse. J'étais prêt à en faire un fils, un frère de ma Marion. Et la Marguerite était d'accord. Et l'Anaïs aussi. On l'aurait adopté et il aurait eu sa part du Masselot. Peut-être qu'il l'aurait eu tout entier : la Marion est une belle fille! J'ai pensé à ça le jour de l'enterrement, parce que c'était le moment d'y penser.

Je m'attendais à le voir pleurer, le Drôle. C'était pour ça que je l'avais mis entre moi et ma mère. Mais il n'a pas bronché, le petit homme! J'ai seulement senti son épaule qui tremblait contre la mienne.

J'ai pris le Drôle chez nous et j'ai travaillé la propriété de la Nerrine qui lui revenait de droit. Là-dessus, les gens de Saint-Merd s'en sont mêlés. Voilà qu'un bonhomme monte nous voir. C'était un gars noueux avec une moustache en épines de hérisson. Il portait un sac noir sous le bras. Il nous a dit des mots compliqués. Le petit n'avait pas de famille. L'Assistance publique devait le prendre en charge... Alors, j'ai dit à mon homme à moustache hérissée de me suivre sur le chemin du clocher pour causer. Il est venu avec son sac noir.

– Le Drôle, je lui ai dit, c'est comme mon fils parce qu'à la mort de sa mère, j'ai juré de m'en occuper. Et il restera là.

– Le Drôle? qu'il me répond. C'est Julien Berronie, né de Nadine Berronie et de père inconnu. Il n'a pas de famille, sauf de lointains cousins à Madranges et un autre parent qui est, je crois, forgeron à Saint-Augustin, un certain Antoine Berronie qui travaille avec son fils, Jean.

Je savais que la Nerrine s'appelait Nadine Berronie. D'ailleurs, je connais un peu son cousin de Saint-Augustin. Il fait aussi le marchand de tracteurs. Mais le Drôle, un Julien... Pour moi, ce sera toujours le Drôle.

L'autre m'a dit qu'il fallait le placer ailleurs; ici, il n'avait aucun avenir. J'étais libre de mon serment, puisqu'il prenait tout sous sa responsabilité. L'enfant avait une belle voix et il fallait l'envoyer aux écoles pour étudier la musique! Comme si le

Drôle avait besoin d'apprendre les notes! Il les connaissait en naissant mieux que les professeurs! Mais l'homme à moustache de hérisson m'a sorti tout un baratin que je n'ai pas compris. Il m'a montré des pages de lois, des jugements tapés à la machine à écrire et tout un saint foin qui m'ont laissé sans réplique. Qu'est-ce que tu voulais que je lui dise, moi, à cet homme qui savait tout? Qu'ici la seule loi, c'était celle du ciel, de la pluie et du vent? Bref, on ne s'est pas compris. Et il m'a dit qu'il reviendrait chercher le petit. J'ai répondu que je le recevrais à coups de fusil.

Les gendarmes sont montés et l'ont emmené. Avant de partir, le Drôle s'est blotti une dernière fois contre la poitrine de l'Anaïs, ma mère. Puis, il m'a serré la main. Moi, je n'en menais pas large! j'avais une boule qui me serrait les poumons. Lui, n'a pas eu un seul mot de regret. Je lui ai dit :

– Tu nous écriras? Et tu viendras nous voir...

Il n'a pas répondu. Je savais que lui aussi avait une boule qui l'empêchait de respirer.

Ils ont failli en faire un voyou, les spécialistes de l'Assistance! D'abord, ils l'ont placé dans une école. Tu penses que le Drôle qui avait vécu ici, dans les collines, libre comme le vent, pouvait se mettre en rang pour aller manger et faire son lit au carré! Il s'est enfui. Les gendarmes l'ont trouvé trois jours plus tard et les spécialistes l'ont changé d'école. Il s'est encore enfui. Les spécialistes lui ont parlé de maison de correction pour les petits durs de son genre. Personne n'est venu me demander mon avis, sinon, je leur aurais parlé à ces gens si savants!

Ils ont décidé de le mater et l'ont mis aux Enfants de Troupe à Tulle. Notre Drôle s'est retrouvé avec un bel uniforme et un béret bleu marine. Mais le pas cadencé, l'appel à six heures précises, ce n'était pas son affaire. Il a faussé compagnie à ses chefs à la première occasion et, un beau jour, Julien Berronie est allé frapper à la porte du bistrot de Brutus. Fallait qu'il soit vraiment malheureux, pour en arriver là! Mais il a bien fait. On m'a dit que le Brutus l'avait pris dans ses bras et l'avait serré à l'écraser.

Le Brutus s'est fait expliquer ce qui se passait et il s'est mis dans une colère à tout casser. Moi qui l'ai vu descendre la Perceval, je peux en parler! Le voilà dans les bureaux de l'Assistance. Il leur fait un de ces foins! Une tornade, le Brutus! Il a tout rasé, les papiers qui étaient sur les bureaux, les tiroirs... Il a même pris le directeur par le col de la veste. Les employés ont eu peur et sont allés chercher les gendarmes. Un gars du journal *La Vie corrézienne* apprend l'affaire et en fait un gros titre. Alors, tu imagines le bruit dans le département! On ne parlait plus que de ça et de Brutus qu'on voyait partout en photo. A partir de là, les choses se sont arrangées. Des gens bien placés, des députés, des conseillers généraux ont voulu profiter de l'affaire. Et ils se sont mis en avant pour le journal. Ça les sert toujours, la misère des gens! Le Drôle a été confié à Brutus. Finis les Enfants de Troupe et les leçons de musique! Tu crois qu'ils n'auraient pas pu y penser plus tôt!

Et voilà l'histoire. Je la termine et j'arrive au

Masselot. Mon Masselot puisque j'ai acheté aussi la propriété de Jean Noirac, l'été dernier. Il en avait assez de travailler pour rien. Il m'a dit :

– Tiens, je vais faire comme le Brutus, je vais prendre ma retraite!

Il m'a vendu son bien un bon prix, mais je ne le regrette pas, c'est toujours ça de plus! Il est parti à Saint-Merd où il a ouvert un magasin de quincaillerie. Et je crois qu'il se débrouille bien!

Il ne reste que les Janson. Justement, voilà Jules en train de rapporter du bois avec son attelage. Je lui ai dit que je le ferai avec le tracteur pour lui rendre service, mais la grosse Jeanne ne veut pas.

Anaïs sort sur le pas de la porte en entendant la voiture qui se gare près de la grange.

– C'est toi, Louis?

– Tu le vois bien que c'est moi!

– Alors, tu as passé où je t'avais dit?

– Oui, j'y ai passé.

– Comment sont-ils?

– Tout à fait bien! Il sourit comme avant! Tiens, ils étaient tous les deux derrière le comptoir, le Brutus et le Drôle. Le Brutus a maintenant les cheveux blancs. C'est arrivé d'un seul coup, après son départ. Le Drôle était là. Un beau jeune homme, maintenant!

– Il a toujours sa voix?

– Il l'a toujours. Mais je n'ai pas osé lui demander de chanter. Le bistrot de Brutus est devenu le siège d'une association de pétanque. Et des gars parlaient de leurs concours, alors, je n'ai pas osé...

– La Mélanie allait bien?

– Elle envoie le bonjour à tout le monde. Elle a grossi un peu et ça lui a fait perdre quelques années. Elle m'a demandé des nouvelles d'ici et de sa sœur Margot, qui n'est jamais allée la voir. Paraît qu'elle lui en veut d'avoir vendu la propriété du père Janet!

– Parle-nous encore du Drôle...

– Je t'ai tout dit! Il travaille avec Brutus. Mais il ne va pas y rester tout le temps! Brutus a des idées sur la question. Un copain à lui est menuisier, et le Drôle aime le travail du bois. Alors, il va le placer en apprentissage. Brutus espère qu'il se mettra à son compte puisqu'il peut l'aider. J'ai dit que nous aussi, on pouvait l'aider...

– Il n'a pas dit quand il viendra nous voir?

– Il m'a dit qu'un lundi, parce qu'il ferme le lundi, le Drôle, la Mélanie et lui monteraient au Masselot. Avec son auto qui est plus puissante que la nôtre, il ne lui faudra pas longtemps... Une heure et demie, au plus... Ils seront là vers onze heures, juste au moment de boire le Pernod!

– Ça, c'est une bonne idée!

– On ira chercher la Marion à l'institution. Je voudrais les mettre ensemble, le Drôle et la Marion. Pas pour ce que tu crois, l'Anaïs, ma mère, mais pour les voir ensemble parce que ça doit être plaisant deux jeunes côte à côte quand ils sont beaux et contents!

– Et le Brutus? Tu, dis qu'il est bien? Je me demande s'il sait que le curé Baugue a pris l'étrangère comme bonne à la place de la vieille Marie, qui s'est mise à radoter l'hiver dernier?

– Je ne sais pas! Moi, je n'en parle pas. Je sais, pourtant, qu'il y pense encore. Même l'étrangère pense encore à Brutus. Je l'ai vu dans leurs yeux à tous les deux. Et Brutus ne me demande pas de nouvelles parce qu'il ne veut pas remuer le passé. A quoi ça servirait? Tu ne peux pas toujours choisir ce que tu as dans le cœur quand ça fait dépit à d'autres que tu aimes tout autant mais d'une autre manière... Et l'étrangère, non plus, ne m'en a pas parlé, l'autre jour, quand je suis descendu pour demander au curé de monter bénir le nouveau bâtiment. Pourtant, j'ai bien compris, à la manière qu'elle m'a regardé avec ses yeux qui avaient la couleur grise du ciel, que personne n'a remplacé Brutus et qu'il a laissé en dedans d'elle un trou si grand qu'il n'est pas près de se combler... Tu veux que je te dise : tout ça m'a donné à réfléchir... Je crois qu'ils étaient bien ensemble mais c'était trop tard pour l'un comme pour l'autre...

– Rentre donc et cesse de dire des bêtises, Louis! Tu parles de plus en plus et tu dis n'importe quoi! C'est l'âge qui te fait parler comme ça? Pourtant, tu n'es pas bien vieux, encore!

– Je parle, je parle... C'est toi qui me poses des questions à propos de Brutus et de l'étrangère... Alors, je te réponds! Sais-tu comment elle s'appelle, cette femme? Baugue l'a appelée devant moi, alors...

– Qu'est-ce que ça peut me faire?

– Eh bien, elle s'appelle Marguerite, comme ta

bru... Et même que ce nom ne lui va pas! Les Marguerite ne sont pas aussi minces à la taille...

– Rentre, je te dis que tu fais partir la chaleur!

– Tu te rends compte, ma mère? Marguerite! Ça m'a donné à réfléchir aussi! Maintenant, je ne pourrai plus appeler ta bru comme avant... Marguerite! Ce nom en devient tout différent, comme étranger! Je sais pas, mais je vais peut-être l'appeler Louise puisque c'est son deuxième nom.

– Tu vas rentrer au lieu de faire des simagrées! A tant réfléchir, tu vas finir par nous perdre la tête!

La porte se ferme. Sur le chemin de Gradis, un chien aboie. C'est celui de Jules Janson qui tourne autour du troupeau de moutons que Bébert, le sourd-muet, est en train de rentrer.

Achevé d'imprimer en février 1994
sur les presses de l'Imprimerie Bussière
à Saint-Amand (Cher)

POCKET - 12, avenue d'Italie - 75627 Paris Cedex 13
Tél. : 44-16-05-00

— N° d'imp. 572. —
Dépôt légal : mars 1994.

Imprimé en France